沖喜夫妻 3 完

風文創 812

福祿兒 著

風文創
812

目錄

第二十一章

京城。將軍府。

昏暗的屋子裡，斷斷續續傳出咳嗽聲。

含綠端著湯藥走到院門口，聽見裡面撕心裂肺的咳嗽聲，心頭一緊，加快腳步入內。

內室裡溢滿厚重的藥味。

床榻上，躺著一位羸弱的女子，深色被褥映襯著她削瘦的面頰越發蒼白，正病懨懨地掩嘴咳嗽。饒是如此，她精緻清麗的面容仍十分驚豔，不但不遜色，反而令人憐惜入骨。

「小姐，您的病情越發嚴重了，您不准許奴婢去求將軍，那奴婢去找淩大人，讓他請太醫給您診病，好不好？」含綠眼圈通紅，淚珠啪嗒地往下掉。「您不顧惜著自個兒，也得想想大少爺啊！他若是知道您過成這樣的日子，得心疼壞了。」

沈晚君費力地撐著身子坐起來，嗓音微啞。「不許去擾了外祖父的清靜，讓他為我擔心。我這身子骨兒早就敗壞了，看再多的太醫都無濟於事。」至於哥哥，他只要知道她過得很好就夠了。她唇邊扯出一抹虛弱的笑，輕聲道：「哭什麼呀？將藥端來給我喝。」

含綠強忍住眼淚，服侍沈晚君將藥喝下去。她心裡恨將軍當初眼巴巴地求娶大小姐，娶回府了又不懂得珍惜，使勁地作踐。若是夫人在世，威遠侯府不落在繼室的手裡，小姐有夫人撐腰，那些妖魔鬼怪，誰敢欺負到小姐頭上？

「小姐……」含綠想勸沈晚君，寫信給沈遇，讓他回京。只要他回京城，小姐就有人作主了。這話還沒有說出口，門口傳來細碎的腳步聲。

緊接著，進來兩個人。為首的是威遠侯的繼室，沈晚君的繼母常氏；稍稍落後的女人，是常氏的姪女常月盈，如今是將軍的寵妾。

來訪的常氏瞧見沈晚君病懨懨地靠在床柱上，滿臉擔憂。「哎喲，我的大小姐，這才多久未見，妳怎地病成這副模樣啦？可有請太醫？太醫如何說的？」

常月盈悄聲說道：「姑母，姊姊這是小產。小月子沒坐好，染了病，吃幾副藥就沒事了。」

常氏「啊」了一聲。「又小產了？這都第幾個了？妳怎地這般不小心呢？下次可得注意著點，再小產，說不定這輩子就沒法兒生嘍！」兵不血刃，常氏的話似刀子，往沈晚君的心口扎。

沈晚君的面色十分淡然，不為所動。

常氏捏著帕子的手一緊，這才說起來這裡的正事。「阿晚，妳外祖父再過不久要七十大壽，阿遇離京多年了，妳去信請他回京吧。侯爺為他說了一門親事，等他回來，侯爺替他活動活動，還能謀個缺位。」

常月盈搬一張杌子給常氏坐下，自己順勢坐在床邊，輕聲細語道：「姊姊，妳嫁進將軍府五、六年了，不曾為將軍生下過一男半女，老夫人對妳很有意見，三番兩次交代將軍給妳一封休書，雖然將軍念著舊情，沒有做絕情的事，但長久下去，說不定哪一天將軍就被老夫人說動而休了妳。若沈大哥在京城，有他給妳撐腰，老夫人萬萬不敢提這句話的。」

常氏再接再厲道：「阿遇將要三十歲了，他孤身一人在外還未娶妻，不知道的還以為我照顧他不盡心，刻意不為他商定親事呢！後娘難為，我也有自個兒的苦處，只希望你們兄妹倆幸福。」

沈晚君壓制住喉嚨的癢意，面容清冷。「你們著急讓我哥哥回京，是要給他請封世子嗎？」

這一句話，讓常氏變了臉色。

沈晚君清冷的眼睛裡布滿冷意，若當真為她好，又怎麼會將她的親姪女送給韓朔做妾？這幾句話裡，只有老夫人勸韓朔休她是真的。

常月盈肚子爭氣，進門四年為韓朔生下一兒一女，在將軍府的地位不低，能在老夫人跟前說上話。可常月盈輸就輸在出身太低，想讓她讓位又沒辦法被扶正。她走了，還有老夫人的外甥女壓在常月盈頭上。與那位相比，她無兒無女，對常月盈較有利。

「哥哥是嫡長子，他請封世子名正言順，父親給他謀求一個缺位也理所應當。」沈晚君忍不住，掩嘴咳嗽幾聲。「我會將這件事去信跟哥哥說。」

常氏為威遠侯生下一兒一女，她早就盯上爵位，怎麼會叫沈遇給奪去？她心下一急，當即說道：「阿晚，妳恐怕不知道侯爺著急讓阿遇進京，是因為聽見了風聲，說他在外娶了一個鄉下出身的野丫頭。這般低賤的身分怎麼配得上他？他們父子倆雖然有隔閡，但親父子哪有隔夜仇？老爺叮囑我為他張羅一門親事，門第雖比不上咱們侯府，但比他找的那個要好上太多。」常氏拉著沈晚君的手，語重心長地道：「阿遇娶個上不得檯面的女人，會連累得妳在外也抬不起頭來，讓旁人笑話的。」

沈晚君宛若一潭死水的眼睛，聽見沈遇娶親時驀地亮若星辰，心裡的歡喜讓她清冷疏淡的面容覆上了一層暖色。「夫人，妳的出身並不多光彩也能嫁給我的父親，旁人為何不許了？」這句話，一點面子都不給常氏留。

常家祖上是書香門第，後來子孫沒出息，家族衰敗，家裡窮困潦倒，死守著書香門第的名聲罷了。就算到如今，常家的兄弟也都是爛泥扶不上牆。

沈晚君曾經很費解，她勢利眼的父親為何將常氏娶進門？

「當初我母親仙逝，外祖父一家身陷囹圄，父親不願出手相救，恨不能與我們兄妹倆撇清關係，所以哥哥與他斷絕了關係，如今婚事又哪裡輪得到妳作主？給妳幾分薄面，蹬鼻子上臉了！」沈晚君看著常氏瞬息萬變的臉色，嘴角一壓。「含綠，送客！」

常氏受辱，眼中冒著火星，後槽牙幾乎咬碎。她霍然站起身，匆匆走出屋子。

常月盈緊隨著出來。「姑母，她這一張嘴向來氣人，您別往心裡去。」

「她嘴皮子再索利也下不了蛋，除了在我面前逞威風，她還能在誰面前嘚瑟？」常氏冷哼一聲。「沈遇和侯爺斷絕了父子關係，可這一層血脈還在，他只要是侯府的人，婚事就由我作主！」

「姑母，您打算說哪家的姑娘給他？」

常氏臉上露出古怪的笑容。「沈晚君說得對，沈遇的婚事該由淩楚嵐作主。她在世時，不是為沈遇定下了一門親事嗎？正好賀姑娘和離回府了，他們再續前緣，沈遇說不定多感激我呢！」她理了理袖襬，「嘖」了一聲。「繼母做到我這個分上，也是仁至義盡了。」

常月盈得知是賀家大姑娘，心裡鬆了一口氣。賀家許了好處給常氏，只要能撮合沈遇與賀大姑娘，就給她兄弟謀一個油水多的肥差事。出身低是常氏心裡的痛，因此才會幫扶兄弟出人頭地。

受益的是她爹，常月盈更加殷勤地攙扶住常氏。「姑母，您去我院裡坐一坐。」

常氏點頭應下。

含綠望著兩個人走遠的身影，氣得揮舞著拳頭，恨不得打她們兩拳解恨。她走進內室，面色突然一變。「小姐，您怎地下床了？趕緊上床去躺著！」

沈晚君笑容清淺，握住含綠的手，語氣難掩喜悅。「綠兒，哥哥娶妻了！他身邊有個知冷暖的人了，母親知道了一定會很高興！可惜，我不知道嫂嫂長什麼模樣。」

含綠愣住了，眼圈通紅，淚水在眼眶裡打轉。她記不清小姐有多久不曾這般高興。失去第一個孩子後，小姐便再也沒有笑臉，只有收到大少爺的書信，方才會展露歡顏。

沈晚君打開箱籠，拿出壓箱底的一個小匣子，打開小鎖片，裡面裝著兩只碧玉手鐲，她握著一只，入手觸感沁涼，手感細潤滑膩，是祖傳的玉鐲子。

她遞給含綠。「妳送去淩家，將哥哥成親的事情告訴外祖父。父親突然惦記起哥哥的親事，只怕另有圖謀，讓外祖父盯著他。」

「是！」含綠捧著盒子離開。

沈晚君聽到關門聲，待腳步聲離去，這才摀著嘴，纖弱的身子靠在桌沿，撕心裂肺地咳嗽。口中湧出鐵鏽味，她看著自己手心沾著的血，鎮定地進淨室洗淨。

兩天轉瞬即過，白薇啟程去往京城。

臨走前，她教江氏新做幾道點心，以免她耽誤歸期，點心鋪子的糕點來不及上新。

江氏憂心忡忡，知道沈遇不是孤兒時，她心中大吃一驚，之後聽說他家在京城，又忍不住犯愁。若是沈遇家的門第高，白薇配不上，會吃虧的。白薇要去京城見沈遇的親人了，江氏才切切實實地體會到女兒出嫁的滋味。之前住在一起，倒是沒有什麼感覺。

江氏不捨地將白薇與沈遇送到村口。

鄉鄰瞧見了，友善地問道：「薇丫頭，妳這是要出遠門啊？」

江氏回道：「是啊，這丫頭去找親戚。」

鄉鄰笑了笑，沒有再多問。

「京城不比咱們這小地方，妳脾氣收斂著點。」江氏偷偷瞥一眼沈遇，拉著白薇說幾句悄悄話。「咱們都是沒怎麼見過世面的人，娘特地打聽了，京城裡都是貴婦人，全是做官的。有不懂的地方，咱們就花錢請人教教規矩。」

白薇不禁失笑，江氏這是猜測沈遇家世不凡，害怕她鬧出笑話給沈遇丟臉，被人看輕了。真是可愛的小老太太。不過她前腳一請人，只怕後腳便會傳遍京城了。

江氏往白薇手裡塞一把銀票。「留著防身，想買啥，別省著。」

「娘，我有銀子。」白薇將銀票塞進她袖子內袋裡，手指撫過江氏霜白的鬢髮。小老太太已經上了年紀，處處省著花，對她卻很捨得。白薇抱住江氏，道：「娘，我給妳從京城帶禮物回來，小老太太們最時興的衣裳、首飾。」

「娘這皮糙肉厚的，還打扮啥啊？」江氏摸著自己的臉，心裡卻很高興。

「妳回去吧，我和阿遇趕路了。」白薇從江氏手裡拎過點心包袱，揮一揮手，轉身鑽進馬車。

「娘，我們先走了。」沈遇向江氏道別。

「你們路上保重。」江氏追著馬車走了一小段路，直到看不見馬車的蹤影，這才收回視線回家。

進廚房準備中午要做的菜時，江氏嘴裡哼著小曲，手裡抓著一把小青菜，虛虛抬起手來，假裝有人扶著，昂首挺胸踩著小步子，學鎮上富太太的走路姿勢，腰身屁股扭動起來，自個兒忍不住樂了。

白離站在門口，看著他娘矯揉造作的走著鬼步，一臉驚悚。「娘?!」

江氏嚇一跳，轉頭瞧見是白離，拍了拍胸脯。「你走路怎麼沒聲？」

「娘，妳在幹啥？」白離受了驚嚇，手背貼在江氏腦門上。「沒發熱啊！」

江氏「啪」一地拍掉白離的手。「你姊去京城，她要給我帶時興的衣裳和首飾回來，我先學學太太們走路。別到時候像猴子穿衣裳，不倫不類的，讓人笑話我！」

白離一言難盡。

「你每天攙著我練習，等你大哥做官後，我就是老太太，身邊會有小丫鬟照顧，我先適應適應，別到時給你大哥丟臉。」江氏一想到兒女出息了，心裡就美得很。

白離被拉做壯丁，眼皮跳了跳，轉身就要逃。

小老太太見狀，哼哼兩聲道：「你不來也成，別找我要銀子花，也甭吃我做的飯！」

白離瞬間變成霜打的茄子，蔫巴巴的。他磨了磨後槽牙，白薇果然剋他！

白薇第一次乘馬車出遠門，顛簸得身子骨兒要散架了。胃裡酸水翻湧著往上冒，她急急拍著車壁，馬車停下來，她一陣風似地衝下馬車，扶著樹幹嘔吐。

沈遇緊跟著下來，蹲在她身側，拍撫她的後背。

白薇恨不得將胃給吐出來，她才會舒服。

她面色蒼白，虛弱地靠在樹幹上，拿帕子擦嘴。

沈遇遞給她一竹筒水。

白薇漱了口。

「壓一壓味，胃裡會舒服一點。」沈遇不知打哪兒摸出一顆醃梅子，餵進她嘴裡。「前面幾里路有一個小鎮，我們歇一晚，緩一緩再進城。餓了嗎？就地生火做飯食？」

白薇搖了搖頭。「去鎮上歇一個時辰就繼續趕路吧。」她坐上馬車，對進來的沈遇道：「離京城不遠了，再忍一忍，到了就可以放鬆休息。」

沈遇無奈地折身下馬車，大步邁向後面那一輛馬車，然後提著一個小黑罈子回來，擱在小几上，揭開蠟封，一股濃郁的酸甜香氣立即撲鼻而來。

白薇的口水湧了出來，她將腦袋湊過去。「這是什麼呀？真香！」

「醋醃蘿蔔。」

白薇吞了一下口水，迫不及待地抽出筷子，挾一根蘿蔔條塞進嘴裡，咬一口，酸甜可口。她又挾一塊蘿蔔，遞到沈遇唇邊。

沈遇垂眸望著眼前的蘿蔔，又看著她晶瑩明亮的眸子，張開薄唇，將蘿蔔含入口中，細嚼慢嚥。

「好吃嗎？」白薇遺憾道：「再有兩碗白米飯便是人間美事了。」

沈遇從車壁櫃裡拿出一個細白的饅頭給她。

白薇拿在手裡，饅頭仍舊鬆軟。

沈遇道：「先墊墊肚子，去鎮上再吃飯。」

「好！」白薇捏了捏饅頭，傾身在他臉頰上親了一下。「謝禮。」

沈遇頓時愣怔住，唇瓣蹭過臉頰的柔軟觸感令他心神一蕩，似有小蟻躥向他的心口，酥酥麻麻。回過神來，他抬眸望向白薇，只看見她腦袋低垂，幾乎要埋進她自己的胸口。

沈遇的指腹摩挲著她親過的臉頰，唇角微微往上翹。

白薇也是膽子大了，才會腦子一熱地親了沈遇一下，親完後便又犯慫。她趕緊撕一小塊饅頭放入口中，眼角餘光瞟向沈遇，真擔心挨訓，那就太丟臉了。四目相對，白薇看著他眼中似乎蘊含著淺淺的笑，愣住了，驚愕道：「你不生氣？」

沈遇低聲笑道：「妳知規矩懂理，我生氣什麼？」他眉頭一挑，似笑非笑地道：「想將『謝禮』要回去？」

「咳咳咳！」白薇被饅頭噎得直咳嗽，眼睛裡漫著一層水氣。「你、你變了！」居然還會開玩笑了？

沈遇將蠟封蓋在罈子上。「別吃太多，待會兒顛簸得不舒服。」

白薇也吃不下了，任他將東西收起來。

馬車顛簸得她渾身痠痛，白薇看著沈遇氣定神閒，閉眼養神，她挪到沈遇旁邊，側身倒在他的腿上，感覺到脖子下的腿瞬間緊繃起來，她連忙說道：「我躺著舒服一些，馬車晃得我骨頭都要散了。」一生怕沈遇將她推開，白薇立即伸出雙手圈著他的腰，臉埋在他的腹部。

她溫熱的呼吸幾乎灼穿他的衣料，熨燙他的皮膚，一股熱流自小腹躥起，白薇不舒適地用手去壓，沈遇眼疾手快，握住她的手，用力一拽，將她上半身拉起來，雙手托舉著她的腰肢，讓她坐在他腿上，靠在懷中。

「……」

「……」

白薇覺察到坐的位置不對，慫慫地不敢動。

沈遇渾身緊繃，面龐僵硬，未曾想到弄巧成拙了。

他的臉黑紅，大掌緊扣著白薇的手掌，一隻手緊緊鎖住她的細腰，一副從容而鎮定的模樣，繼續靠在馬車上睡覺，假裝這種尷尬的事情不存在。

白薇面紅心跳，掌心都沁出了汗水，也不敢提出坐回車上，怕他會惱羞成怒，擰斷她的腰。

這時，馬車顛簸了一下，白薇腳下一蹬，借著這股勁，離開那尷尬又危險的位置，接著心虛地瞟沈遇好幾眼，就怕他發現她的小動作。見他呼吸均勻，眼珠都不動一下，確定他沒有發現，心落回肚子裡，這才把腦袋靠在他的肩膀上，睡了過去。

沈遇哪會不知道她的小動作？但他反倒鬆了一口氣，因為那一種無形的尷尬氛圍瓦解了。手臂收緊，將她往懷中摟緊幾分，他垂目凝視著她恬靜的睡顏，心中安寧。

他們抵達京城的時間，比預計晚了一天。
馬車停在城門口，沈遇下車與李大人道：「大人先進宮覆命，薇薇明日去面聖可行？」
李大人精神不濟，且白薇的狀態的確不合適馬上進宮，遂道：「行，明日咱家來接。」
「有勞大人。」沈遇兩人便與李大人分道揚鑣，他們直接去往淩府。
馬車在淩府門前停下來，說來也巧，這時府門正好打開了。
淩世華穿著錦袍，正準備外出會友，瞧見府門前停了一輛馬車，便微微頓足，只見一道高大的身影走下馬車，然後，他整個人就震驚地定在了原處。
沈遇將白薇從馬車上攙扶下來。
兩個人似乎因為之前在馬車裡的舉動，那一點微妙的距離感被瞬間拉近，親密了不少。
沈遇敏銳地覺察到異樣，側頭望去，低聲道：「舅舅。」
白薇看著眼前的中年男子，蓄著山羊鬍，外表溫潤儒雅，卻一臉驚愕的模樣，也跟著喚一聲。「舅舅。」
淩世華眨了眨眼，確定真是沈遇，他轉頭就往府內匆匆走去。「爹！爹，阿遇帶媳婦回來了——」
望著舅舅遠去的背影，淩世華神情激動，已失去平日的穩重，沈遇心中滋味難言。
他不願留在京城，面對那些污濁不堪的往事。京城裡少了人情味，為了利益紛爭，一再突破人性底線，沈遇厭惡這一切。可如今再次回到京城，見到久未謀面的親人，對這個承載著沈重記憶的地方，他似乎並沒有想像中那般抵觸。

「我們先進去。」沈遇擔心白薇緊張，畢竟是初次來京城，見他的親人。「別害怕，他們性情都很溫和，極為好相處。」

白薇溫順地點頭。「我看出來了。」醜媳婦見公婆，雖然是見外祖父和舅舅，可還是很緊張。

沈遇拉著一片袖子給她攥住，緩解一下緊張。

白薇拽住袖子，手指一點一點往上爬，握住他布滿粗糙繭子的手掌，挽住他的手臂。

沈遇側頭望著兩個人交握在一起的手指，左右沒有外人，他便不出聲阻止。

兩個人穿過迴廊，古樸的屋子出現在白薇眼前，充滿書韻氣息。

淩世華攙扶著淩秉德走出堂屋，一眼就看見相攜而來的一對璧人。

淩秉德渾濁的眼睛裡有淚花閃動，他站在門口沒有動，目光直直地望著沈遇。待他們走得近了，淩秉德才將目光放在白薇身上，端詳她的面孔與五官，連說幾個「好」。

是說沈遇回來得好，也是很滿意白薇，面容圓潤，是個有福氣的孩子。

「你終於肯回京了。」淩秉德以為這輩子他都難再見到沈遇，這個外孫與嵐兒一樣，固執得很。「我還以為高老在哄我開心呢。知道你過得好，還給我娶了一個外孫媳婦回來，這便是最好的壽禮。」

沈遇屈膝跪在地上，磕了三個響頭。「沈遇不孝，令外祖父操勞掛心了。」

白薇跟著沈遇一道跪下，磕了幾個頭。

凌世華將沈遇攙扶起來，匆匆趕來的妻子高氏得了凌世華的指示，很有眼色地扶著白薇起身。

「你們這兩個孩子，來的時候怎麼不派人說一聲？我們好出城接你們啊！」高氏身材矮小豐腴，圓圓的臉蛋和藹可親，親暱地拉著白薇的手，眼睛帶笑。「一路舟車勞頓，辛苦了吧？阿遇和阿晚在這裡都有單獨的院子，你們就安歇在那兒，舅母吩咐了婢女去打水，妳先漱洗一番，鬆鬆筋骨。」這兒就騰出來，留給他們爺們幾個說話。

白薇心領神會，跟著她離開。「有勞舅母了。」

「傻孩子，一家人說什麼客氣話？」高氏沒有生閨女，只生下一個臭小子，瞧見誰家生閨女，她就羨慕得緊，經常請娘家姪女上門作伴。如今白薇住進凌府，高氏別提多高興了。「阿遇是我看著長大的，雖不是我親生的，那份情也差不了多遠。妳把這裡當作自己家，有什麼短缺的，只管吩咐丫鬟去準備，可不許和舅母生疏客套。」

白薇心裡一暖，緊張的心徹底鬆懈下來，這一家人一團和氣，十分和睦，相處起來也很舒心。這個時代極為講究門當戶對，看著凌府門前的石獅子與朱紅鉚釘大門，她就知道凌家的家世不凡，想必在朝中為官，且品級不低。她一個鄉野出身的丫頭，如今又從商，他們不說不滿意這門親事，絕對也談不上喜歡，因而她心中一直惴惴，卻未料到他們一家子都很熱情，對她也並無偏見。

白薇沒有特地打扮，與平常的穿著差不多，一身簡單樸素的棉裙，一頭青絲綰成一個髮髻，別上一支碧玉簪，襯得她清雅動人。她微笑道：「阿遇特地回京來見外祖父，可見外祖父在他心目中是最親近重要的人，我不和您見外。」

高氏見她舉止落落大方，心裡很滿意。她的身世沈遇寫信告知過他們，他們並沒有多少門第之見，即便是對白薇的身世不滿意，可既是沈遇認定的，也無人能夠勸服他，結局是既定的，又何必鬧得全家不痛快？因而他們知道這個消息時，很欣然地就接受了。

白薇雖然出身不高，可卻是個堅韌的孩子，個人能力不俗。

「妳去漱洗，我去廚房，吩咐廚娘加幾道菜。」高氏將身邊得力的婢女問蘭指給白薇，留在白薇身邊伺候。如此在外遇見什麼人，也有個給白薇提醒的人。

驀地，高氏想起沈遇與白薇進京，似乎威遠侯那邊沒有得到消息。她眉心一皺，眼底漫上一絲厭煩，不知那邊又會鬧出什麼事來了！

高氏帶著人一走，院子裡只剩下白薇與問蘭。

問蘭相貌清麗，一雙眼睛十分有神，是個精明能幹的。

「大少奶奶，熱水已經備好了，乾淨的衣裳放在衣架上。」沈遇與淩家關係很親厚，因此她直接去掉一個「表」字。問蘭將白薇領進淨室，將澡巾與香胰子放在浴桶旁邊，恭敬地說道：「奴婢在外守著，您有需要喚一聲奴婢。」

白薇頷首，對淩府的好感又上升許多。

畢竟她看電視劇，婢女都是要服侍主子沐浴更衣的，好在問蘭沒有留下來。轉念一想，又覺得淩府的人不簡單，一個小丫鬟都心細如塵，知道她出身鄉野，身邊沒有伺候的人，若留下來幫她沐浴，只怕會很尷尬。

她將身體泡在溫水中，渾身都酥軟了，睏意隨即席捲上來，她一個激靈，忙拿著香胰子淨身。洗漱之後，換上乾淨的衣裳，白薇覺得渾身爽利。

「與外祖父、舅舅敘舊完了？」白薇瞧見沈遇坐在凳子上，極為驚訝，看一眼天色，這才發現這個澡她洗得久了一點。

白薇肌膚白皙瑩潤，被熱水熏染後泛著薄粉色，沈遇眼神深暗，站起身，高大的身影像一座山嶽，將白薇籠罩住。「我派人去將軍府接阿晚，算著時間快要到了。」

他拉著白薇坐在梳妝鏡前，將她包裹頭髮的布巾拆開，換一塊乾淨的棉布，將她濕漉漉的長髮包住絞乾。

白薇很不自在，這是沈遇第一次這般主動親近她。她一雙鳳目望著昏黃的銅鏡，看著他一側臉龐線條凌厲，深幽冷峻的眸子裡深藏著一絲不易覺察的溫柔。

頭髮絞乾後，沈遇便側身讓開。

問蘭為白薇梳妝打扮。

這時，有人匆匆進來稟道：「大少爺，將軍府傳來消息，說大小姐染了風寒，不便過來。」

「風寒？」高氏邁進屋子，正巧聽見小廝的話，難掩驚訝。「我一個月前見阿晚，她身子不爽利，這都一個月了，還不見好？」高氏剛從廚房走來，額頭上冒出細汗。此刻的京城正是酷暑，屋子裡擱著冰盆，方才感到好受一些。「你們兄妹許久未見，這大夏天的病在床榻上著實不好受。待會兒我去一封拜帖，明天你帶著薇薇去見見阿晚，她準得高興。」

沈遇面容冷沈，默默不語。

之前與外祖父在堂屋敘舊時，他問起沈晚君，外祖父說沈晚君已嫁做人婦，不好常來娘家，怕會讓人說閒話，一年之中，只有幾個節氣方才帶著婢女回淩府。這幾年中，期間去寺廟祈福長住過兩次，一次住上大半年。每一回從寺廟回來，高氏都會去探望沈晚君，而沈晚君或許是舟車勞頓，身子骨兒弱受不住，病懨懨的。

沈遇記得沈晚君小時候身體不好，湯藥不斷，後來母親帶她去國寺找大師，為她開藥調理身體，身子骨兒調養好後就極少再生病了。但從外祖父的口中，似乎嫁進將軍府後，她的身體很不好。

高氏嘆息一聲。「阿晚嫁進將軍府將近六年，沒有一子半女，比她遲兩年進門的常月盈，兒女雙全，後來韓朔又納他表妹為妾，進門兩年也抱了兒子。子嗣的事情不用在阿晚面前說，我怕她心裡難受。」

沈遇周身散發出冰冷駭人的氣息。「韓朔立過誓，阿晚三年無所出，方才納妾，庶出子女絕不會在嫡長子之前落地！」如今卻是妾已納了兩個，庶出子女一個接著一個出生！

「阿晚身體弱，懷了兩個都沒能保住。」

「舅母，這種話您也信？」沈遇眼中散發出戾氣。

高氏一滯，沈晚君的身體似乎是進了將軍府之後才不大好的，當時她說起過這件事，沈晚君只說是因為淩楚嵐過世，她傷心過度所致，之後淩家又出事，她憂思過重才虧空了身子。當初並未多想，覺得沈晚君不會騙她，更是沒有想過將軍府敢虧待她，畢竟他們淩家也不是吃素的！如今沈遇一提，高氏的心不禁往下一沈，眉宇間厲色頓顯。「他們竟敢！」

「韓老夫人不是好相處的人，當初我就不贊同阿晚嫁進將軍府，可她卻執意要嫁給韓朔。」沈遇霍然起身。「我去一趟將軍府，他們若當真欺負阿晚，我必然要替她討一個公道！」

「將軍府是個豺狼窩，咱們就算養著阿晚一輩子，也要和離！」高氏往外走。「我去給他們送帖子。」

白薇挽住高氏的手。「舅母，阿晚沒有告訴你們實情，或許是受到了將軍府的威脅。我們若提前去了帖子，他們知道我們要過去，便會粉飾表面，咱們也沒法知道她在將軍府裡究竟過得好不好了。」

「妳說得對！」高氏認同白薇的話，立即指使問蘭去準備馬車。「我們現在就過去。」殺他們個措手不及！

沈遇道：「舅母，您不必隨我們一起去。」

高氏想說什麼，轉瞬便明白了沈遇的用心。將幾碟點心裝在食盒裡，讓問蘭提到馬車上，先給白薇與沈遇墊一墊肚子。

白薇泡澡後，渾身的疲倦消散，肚子也餓了。她吃了兩塊點心，到底沒有飯食飽腹。此時問蘭從食盒底部端出兩個小瓷盅，揭開蓋子，頓時鮮香四溢。白薇一眼瞅過去，黏稠的大米粥，水米交融，柔滑一體，裡面放了蝦仁與雪白的魚片，撒上青翠的蔥花，讓人見了食指大動。

「大少奶奶，您嚐一嚐，可合您的口味。」問蘭將一支瓷勺放在粥盅裡，遞給白薇。

白薇舀一勺，輕輕吹一口，手一伸，勺子遞到了沈遇的唇邊。「先吃飽了，才有力氣應對。」

沈遇將她的手輕推開。「妳吃，我不餓。」

「你自己吃，我很餓。」白薇將其中一個粥盅遞過去，一副「你不吃，我就跟著一起餓」的模樣。

沈遇只得沈默地將粥盅接過來，幾口將粥給喝了。

白薇微微一笑，她小口將粥喝下肚，頓覺暖心暖胃，渾身舒坦。

將軍府。

凌家派人來接沈晚君一事，已經驚動了韓朔。

以往凌府也會派人來接沈晚君，但沈晚君的身體不好，她擔心凌家人為她的事情操碎了心，所以能不見凌家人，她就儘量不會見。大約是她與凌家說了什麼，後來幾乎不再派人來接了。如今不年不節的，凌家突然派人來，是有什麼事情嗎？

韓朔沈吟片刻，派家僕去凌府打探。

這一打探，家僕大吃一驚，匆匆趕回將軍府稟報韓朔。「將軍，沈遇回京了！」

韓朔身著寶藍色常服，稜角分明的面容俊美無儔，一雙劍眉英挺，細長而蘊含銳利光芒的黑眸透著一絲驚詫。回來了嗎？

沈遇與沈晚君兄妹關係親厚，每一回沈遇派人來京城給沈晚君送禮，沈晚君雖厭惡他至極，為了讓沈遇放心，仍會主動找他，讓他配合她扮演夫妻恩愛的戲碼。

韓朔手指叩擊桌面，忽而攏袖，往後院走去。

踏進院子裡，沈晚君輕柔的嗓音難掩雀躍，透過窗子傳進他耳中。

韓朔的腳步一頓，站在桃花樹下，透過窗戶看見沈晚君端坐在銅鏡前，纖細的手指拿著珠釵往頭上比劃，最後挑選一支鏤空蘭花珠釵戴在頭上。含綠將脂粉塗抹在她的臉頰上，沈晚君的手指挑著口脂抹唇，蒼白的唇瓣頓時鮮紅欲滴。她攬鏡自照，看不出絲毫的病態，絕美的面容露出一抹淡笑，彷彿枝頭迎風綻放的杏花，嬌媚瑰麗，一顰一笑，風韻天成。

他的目光太強烈，沈晚君抬頭望來，韓朔眼神銳利，濃烈的占有慾幾乎滿溢而出。

沈晚君臉上的笑容倏地斂去，吩咐含綠將窗戶關上。

韓朔大步邁進屋子裡，冷漠的面容透著一抹柔和之色，站在沈晚君身後。「要去見沈遇？」

沈晚君看著自己太削瘦的手，輕輕一嘆，想換一件長袖裙子。

「需要我陪妳一起去嗎？」韓朔自身後摟住沈晚君的腰。

沈晚君拍開他的手，冷冷道：「不需要。」

韓朔目光熱辣，盯著煥發出迷人風姿的沈晚君，微微勾唇道：「妳當著別人的面與我裝恩愛，沈遇又看不見。他人回到京城了，我不陪妳過去，他不是會懷疑？」

沈晚君被韓朔抱在懷中，他身上的氣息包裹著她，令她胸口窒悶，透不過氣。

韓朔緊緊扣住沈晚君的腰肢，讓她無法掙脫，灼熱的氣息噴灑在她的耳邊，低聲說道：「今晚我在妳這裡留宿。」

沈晚君眼中的厭惡毫不掩飾。

韓朔手臂力道加大，幾乎要勒斷她的腰肢。「我承諾過妳不會納妾，但妳不能生，我是韓家的獨子，需要繼承香火。我心裡只有妳，從始至終只有妳一個人。阿晚，我知道妳介意，可她們是我孩子的生母，不能將她們遣散。我今後不碰她們，妳原諒我可好？」

他的氣息、他說的每一個字，都令沈晚君作嘔。「你納常月盈進門時，我已懷有兩個月的身孕，你知道，你母親也知道。你母親說我不能伺候你，徵詢過你的意思，你點頭答應了，是你指名要抬常月盈進府。我懷第二個孩子時，你表妹上門投奔，你說她雙親亡故，無依無靠，只能依靠你，所以你將她納進後院照顧。」沈晚君直視韓朔，嘲諷道：「我說這些並非在意你，而是告訴你，每一筆帳我都記在心裡，你別再說這些似是而非的話噁心我。」

韓朔的目光一冷。

「我們之間早已沒有夫妻情分，大哥若是常駐在京城，早晚會看出端倪，既然如此，我何必委屈自己？」沈晚君用力將韓朔推開。

韓朔扣住她的手腕。「如今有沈遇給妳撐腰了，妳想離開將軍府？沈晚君，妳要違背當年的諾言？」

「韓朔，不是人人都像你一樣言而無信。你不休我，我活一天便做一天的將軍夫人。」

沈晚君最初並不愛韓朔，他只是眾多追求者之一。嫁給韓朔後，她試著接受韓朔，做好他的夫人，但在她愛上他的時候，他卻往她心口狠狠扎了一刀。

他背叛了他們之間的誓言，所以她將付出去的感情收回來，沒有任何的餘地。

韓朔愛沈晚君，可這與納妾並不衝突。哪個男人不納妾？她有孕，並不適合在身邊伺候他，他是正常的男人，為了不傷害她和孩子，才會順從母親的提議，可她並不體諒他，甚至為這個與他決裂。韓朔難以費解，認為是自己太縱容她，才讓她小題大作。因此，他持續留宿在常月盈的院子，逼迫沈晚君低頭。結果卻適得其反，兩個人越走越遠。

沈晚君將衣裙整理好，準備去前廳等消息。之前回絕之後，她便覺得不妥，特地打扮一番，是以防萬一，怕大哥擔心她的身體，會趕來將軍府。她久病不癒，病容著實駭人，並非是染上風寒的樣子，這樣裝扮一番，還能夠勉強糊弄過去。

這時，婢女進來通傳。「夫人，您大哥來了。」

沈晚君的臉色驟變，害怕沈遇從藥味聞出什麼，忙說：「含綠，快將屋子打開透氣！」

含綠匆匆進屋，打開窗子，散掉屋子裡的藥味，又點上熏香。

等這一切都做好，沈遇與白薇已相攜進來。

沈晚君站在屋簷下，遠遠看見沈遇和小嫂子走來。她眉眼舒展，蘊含著笑意，翩然步下臺階，朝沈遇疾步而去。

「慢一點。」沈遇扶住沈晚君，看著她跑幾步就氣喘吁吁，臉頰生出紅暈。「外頭曬，有話進屋說。」

「我許久沒有見到哥哥，心下高興。」沈晚君轉頭望向白薇，聲音清脆地喚道：「嫂嫂，快進屋。」

一行人進屋，沈晚君請兩人坐下，含綠捧上幾杯茶。

沈遇聞到馥郁的熏香味，卻難掩厚重的藥味。他看著沈晚君臉上的妝容，一眼窺破胭脂下是一張蒼白虛弱的臉。她強打起精神坐在梨木椅中，發出壓抑、細微的咳嗽聲。

「身體不好，注意多休息。」沈遇心中懊悔，他該早點回京，沈晚君便不會遭受這般多的委屈。這一次來是要帶走沈晚君的，韓朔若心中有她，以韓朔的能力，絕不會讓她一而再的小產。

「哥哥，我病快好了，不礙事。」沈晚君捧著溫水潤一潤喉，一雙清冷的眸子望著白薇。「哥哥與嫂嫂什麼時候成親的？怎麼不來信請我去喝一杯喜酒？還是說，會在京城再補辦一場婚宴？」

「時機成熟，再辦一場婚宴。」沈遇當初與白薇稀裡糊塗的成親，根本沒給他們準備的機會。「妳的身子骨兒已經調理好，怎麼嫁給韓朔後，小病、小災不斷？他們沒有善待妳？」

「哥哥，我過得很好。」

「他接二連三地往後院抬女人，一個、兩個的庶出子女出生，妳做個現成的母親，這就是過得很好？」沈遇看著沈晚君連脂粉都掩不住蒼白的臉，心中生出不忍，又怒其不爭。目光倏地冷冽地射向內室，沈道：「韓朔！要我請，才肯出來嗎？」

「哥哥。」沈晚君知道沈遇不好糊弄，所以不打算請韓朔演戲。但兩個人這個時候對上，也並非沈晚君樂見的。沈遇剛剛回京，事情鬧大，對他並不好。她給白薇使眼色，讓白薇拉住沈遇，不要衝動地動手。

韓朔從屏風後走出來，衣冠楚楚地道：「大舅兄幾時進京的？怎麼不提前來信？阿晚經常惦念著你，所以我才想著先讓你們兄妹倆敘敘舊的。」他撩開袍襬，在沈晚君身邊坐下。

「這次進京不走了吧？」

沈遇端坐在椅子上，目光如刃，森然道：「韓朔，你當年承諾阿晚，三年內無子再納妾，嫡長子未出世前，府中絕不會有庶子。如今你違背當年的承諾，我會將阿晚帶走。」他拿出一封和離書，遞給韓朔。

沈遇十分愧對沈晚君，他若是不離京，韓朔怎敢這般對她？除了母親過世、淩家遭逢大變，沈晚君在府中的日子向來備受寵愛，何嘗受過委屈？

韓朔眼中閃過悔意，歉疚道：「大舅兄，這件事是我對不起阿晚。我們夫妻之間已經解開心結了，她願意給我一個補償的機會。」他略作停頓，又道：「阿晚若是願意跟你走，我絕對不會阻攔。」

白薇心一沈，韓朔敢這般有恃無恐，就表示……

果然，沈晚君道：「哥哥，我現在過得很好，暫時不想離開韓家。我哪一日想要離開了，再讓含綠給你送信，你來接我回家。」

聞言，韓朔緊握成拳頭的手一鬆。「大舅兄，留下來用膳？」

沈遇手背青筋猙獰，他如何看不出沈晚君在將軍府過得不快樂？可她卻不願意離開！沈遇心中挫敗，怒火在胸腔裡翻湧，灼燒著他的五臟六腑。他起身道：「許久未曾與將軍切磋武藝，我們去練武場切磋一番吧！將軍看看，我的武藝可有長進？」

韓朔的臉色剎那變了！

沈遇也曾經年輕氣盛過，匪氣十足。當年他被威遠侯扔進軍營後，雖看似莽撞，可每一次的行軍布陣都十分有章法，有勇有謀，武藝高強，因此很快就坐上千總的位置。自然有人不服，他就是其中之一。但凡不服沈遇的人，最後都被他打服了，再不敢生出異議。

不到一年的時間，韓朔看著他與南安王不斷立下軍功，從千總步步高升到從五品武略將軍，前途大好。

不料一夕之間，淩楚嵐暴斃，淩家遭逢變故。沈遇上下打點，為淩家洗刷冤屈，卻因受到牽連，被褫奪官職。待淩家沈冤昭雪並官復原職後，他卻離開京城，從此再無消息。

時隔六年，沈遇再次回京，第一件事便是與他切磋武藝。

當初被沈遇一腳踢斷的肋骨，現在似乎又隱隱作痛了。

韓朔知道，沈遇這是要給沈晚君出氣。

「大舅兄……」韓朔話剛剛出口，沈遇已轉身，朝將軍府的練武場而去。韓朔略作遲疑，很快就面色冷沈地跟上。

沈遇離開軍營六年，而這六年自己卻在軍營中鍛鍊，殺敵立功，武藝不凡，真的與沈遇過招，未必會輸！

韓朔方才走上練武場，沈遇已經騰空而躍，快如箭矢，一拳擊出，力可碎石，擊向他的腦門。

韓朔臉色一變，提腳往左跨一步，抬手生生擋了沈遇一拳，掌風襲向沈遇的胸口。

沈遇矯若游龍，進退迅疾，與韓朔在一起打鬥。

沈晚君與白薇趕過來時，兩個男人赤手空拳，躍前縱後，虛實莫測，根本看不見誰贏了，只聽見拳拳擊打肉體發出的沈悶聲。

「喀嚓」一聲，沈遇抓住韓朔的手臂一擰，肩關節脫臼。

韓朔悶叫一聲，胸口挨了沈遇一拳，結結實實甩出一丈開外，痛得臉龐扭曲。他仰倒在地上，捣住胸口，咳嗽幾聲。嘴角被沈遇一拳打裂，他以手指揩去上頭的鮮血。沈遇逆光而站，黑漆漆的眼眸鋒芒銳利，朝他抬步走來，一股寒涼之氣驀地躥上他的脊背，他下意識往後挪兩步，胸口的刺痛讓他額頭上滲出了冷汗。「大舅兄……」點到即止啊！

「朔兒！你這是怎麼了？」常月盈攙扶著老夫人匆匆趕過來，一眼看見韓朔鼻青臉腫地倒在地上，老夫人氣得胸口痛，倒三角眼瞪向沈遇。「又是你！又是你打了我的朔兒！沈遇，你今兒不給個說法，我就要到刑部去告你毆打朝廷官員！」

沈遇雲淡風輕地道：「我和韓朔切磋武藝，比武場上拳頭無眼，韓朔你多擔待。」

老夫人氣血上湧，哪裡會不知道沈遇是故意的？為的是給沈晚君出氣！她心裡更痛恨沈晚君了！一個下不了蛋的女人，白白占了正妻的位置，還唆使她的兄弟上門來揍人！

她號哭著，捶打韓朔。「你這個孽子，我叫你別娶沈晚君那個女人，她的面相就是個福薄剋夫的命，你偏偏不聽我的話將她娶進門。不給你生兒育女，她還有臉待在將軍府，霸占你正妻的位置。不會下蛋的人，她算是個女人嗎？今兒竟還找娘家人打上門來，有沒有王法？還有沒有天理？」老夫人是真的恨韓朔不爭氣，下手沒個輕重，一拳頭捶在韓朔受傷過的肋骨上，痛得韓朔面色猙獰。「休了她！你給我立馬休了這個災星！」老夫人恨恨地剜沈晚君一眼，大有秋後算帳的意味。

沈晚君聽得多了，無動於衷，目光冷淡地看向韓朔。

韓朔武藝比不上沈遇，後來他也有故意賣慘的心機，想要惹沈晚君心疼。可看著沈晚君神情漠然、毫無半點心疼，只有在聽見他母親叫他休她時，眼中才漾起一圈漣漪，他心中不禁一陣苦悶，又生出恨意。她嫁給他，一顆心卻從未在他身上，始終想要逃離。他不會給她機會，更不會成全她的。即便要相互折磨一生，他也要將沈晚君綁在身邊！

「母親，我愛阿晚。您心中若有我這個兒子，這種話不要再說。」韓朔咳嗽幾聲，扯得胸口一痛，說不定已被沈遇打成內傷了。

老夫人氣得倒仰，可又不敢逼迫韓朔。「妳是個死的？還不趕緊過來攙扶朔兒起身！」老夫人轉頭，將怒火發洩在沈晚君身上。

「一個大男人還要一個女人扶著起身，丟不丟臉？」白薇冷笑道：「將軍？堂堂一國的將軍就是這等本事而已？不會是撿了別人的軍功，才爬上這個位置吧？」

韓朔有能力，但是他能坐到如今這個位置，更大的原因是他撿了自己父親的便宜。

老夫人卻不是這麼想的，這個兒子就是她的驕傲，白薇這句話簡直戳進她的心，她當即就要怒罵。

「您年紀大了，肝火別這麼旺盛，我不過說句實話罷了。您平時可得修身養性著點，若有個好歹，可別賴上我，說是被我給氣死的。」

白薇這句話氣得老夫人肺都要炸了，眼前陣陣發黑，往後倒去。見老夫人渾身哆嗦，翻著白眼，白薇蹲在她身邊，故作驚訝道：「我就是這麼一說，您還真的裝上了，要訛詐我呀？」

老夫人這回是真的被刺激得厥過去了。

「老夫人、老夫人！」常月盈焦急地大喊。「郎中，快去請郎中！」

韓朔沒見過白薇這般嘴毒的人，竟活生生將他母親給氣暈了。

白薇朝他露齒一笑，笑容燦爛，比陽光還刺眼。「你母親罵人時中氣十足，看來是個聽不得好話的人。正常地說句話都能厥過去，今後若有個三長兩短，可別賴上和她說話的人，冤不冤啊？」

「大嫂，多謝妳關心。我平日對母親多有疏忽，會請郎中為她調理身體。」韓朔轉而看向沈遇。「大舅兄，你的身手大有長進，看來離開京城並沒有丟下功夫。你與南安王關係匪淺，請他活動活動，說不定你能重新回軍營。以你的身手，不用一年的時間，便能夠官復原職了。」

沈遇懶得理會他，輕飄飄地瞥向常月盈。

韓朔目光冰冷地射向家僕。

家僕戰戰兢兢地將韓朔攙扶起來，帶回前院歇下。

常月盈向來怕沈遇，臉色驀地一白，眼神躲閃。

沈遇逕自走向沈晚君。「阿晚，別怕，有哥哥給妳作主，在哥哥面前不必委屈自己。無論妳想做什麼，哥哥都能讓妳如願。」

沈晚君鼻子一酸，心中盈滿了感動。哥哥還是當初的哥哥，縱使他們六年未見，可這份血脈親緣仍在，時間並沒有沖刷掉他們之間的親近，反而讓他們兄妹的關係更為深厚。她搖了搖頭，淚珠從眼眶中落下。「我、我很好，哥哥，你不必為我擔心。」

當初淩家出事，哥哥被褫奪官職，早出晚歸，整個人迅速的地削瘦下來。哥哥在她心中是個頂天立地的男兒，她看不得他低聲下氣去求人，吃閉門羹。

韓朔說他能救出舅舅，條件是，她嫁給他。她毫不猶豫地答應了，韓朔便走了南安王的路子，給淩家正名。於是她遵守諾言，嫁給韓朔。

在沈晚君心目中，他們之間的夫妻情分已不在，剩下的只是交易。

沈遇很失望，可更多的是心疼。她有自己的堅持，想必有苦衷。

白薇攥住沈遇的袖子，讓他不必多說，等尋個時機她再好好和沈晚君談一談，得先問出她不願和離的癥結，他們才好對症下藥。韓朔之前篤定沈晚君不會和離，其中必定有隱情。

沈遇看懂白薇的意思。「妳好好照顧自己，淩家還在，有什麼事情可以找舅舅，妳不需要忍受委屈。」

沈晚君喉頭哽咽，說不出話來，只得點了點頭。

白薇給沈遇遞一個眼色，他心領神會，轉身先離開。

第二十二章

「阿晚，我們回房歇一歇。」白薇挽住沈晚君的手臂，方才發現她瘦得厲害，根本就不正常，看來她在將軍府過得非常不好。「我沒有來京城的時候，聽阿遇說妳很堅強，不願在旁人跟前展現半點脆弱。這種性格我很喜歡，我也是這樣的人，將所有的心事沈甸甸地壓在心底，但是這樣活得太累了，當事情積壓到一定程度，總有爆發的一日。妳看前邊裝垃圾的木桶，裝滿了就要倒出去才行。我們心裡的事情裝得多了，也需要發洩，這樣心裡才會輕快。妳不願意讓別人為妳的事情操心，那妳就得過得很好，身邊的親人才會安心。可妳分明過得不好，將自己的苦楚小心翼翼地隱藏起來，我們是妳最親近的人，妳隱藏得再好也瞞不住我們，只會讓我們在一旁暗自心急。」白薇並未想過一下子就得到沈晚君的信任，勸服她將心事全都吐露出來。「我聽舅母說，妳很少回淩家，他們都很想念妳。」

白薇前面鋪墊的話，令沈晚君心中很觸動，可有些事她並不願說出來。她心中甚至在編造一個答案，準備在白薇追根究柢的時候敷衍過去。只要不是關於和離的事情，所有問題都很好回答。面對白薇的關心，沈晚君心中感到歉疚，實話實說道：「邊關興起戰事，老夫人不願意讓韓朔去征戰，所以想要我找外祖父說項，在朝中活動活動，將韓朔的職務調動一下。但外祖父年事已高，又經歷過一次動盪，如今事事明哲保身為主，因此我當時拒絕了老夫人的提議，可她卻並未死心，準備將她的女兒嫁給我表哥。每次我回淩府，她都讓人跟著。」沈晚君苦笑一聲。「韓家人的性子與韓老夫人差不多。」她擔心長此以往，會讓老夫人得逞，索性與淩府保持距離。

正是因為這件事，老夫人痛恨上她，為了給她添堵，在她有孕時為韓朔納妾。她以為韓朔會拒絕，並未放在心上，可沒有想到韓朔點頭答應了。在韓家遭受的委屈，她告訴淩家也無濟於事，他們同樣會如哥哥一般，讓她和離。

韓朔常在她耳邊說「沈晚君，妳再厭惡我，也是我用淩家的平安換來的妻子，妳就算死，也是我韓朔的人」。他說當年的確有一份對淩家不利的證據，他費了很大的勁才為淩家平反。她如果敢離開韓家，他便會親手將那證據交給御史。

白薇心中思索，判斷出沈晚君只說了一半，還有一半最主要的原因沒有說。

沈晚君摀嘴咳嗽，出來走動許久，她身體又十分虛弱，眉眼間已顯露疲憊之色。

「妳身體不適，先回去床上躺著吧。」白薇送沈晚君進屋，將她交給含綠後，便離開韓府，前去馬車與沈遇會合。

白薇坐上馬車後，沈遇立即詢問。「她說了嗎？」

「沒有。」白薇對他們的情況並不清楚。「沈家只有阿晚一個人嗎？」

沈遇不再隱瞞，擔心她日後會遇見威遠侯府的人。「威遠侯是我的父親……」簡短地道出當年的事情，母親仙逝，屍骨未寒，威遠侯便大張旗鼓地將繼室迎娶進門。淩家出事，威遠侯落井下石，他與威遠侯斷絕父子關係。

白薇從寥寥幾句話中，窺見當年的情勢嚴峻，許多人都明哲保身，不願與淩家有牽扯。

「最後是如何平反的？」

沈遇見她好奇，低聲說道：「我與高老說動南安王出手相助。」

南安王是當今天子的胞弟，很得皇上信任，淩家一事非他出馬不可。

當初沈遇在軍營時隸屬於南安王麾下，關係親厚，因此向來不愛干預朝政的南安王才賣沈遇與高老一分薄面。最主要的原因，淩家的確是清白的，與造反的甯王毫無關聯。

甯王事敗，他的黨派與甯王一同伏誅，皇上對此事十分敏感，其他大臣誰敢在這風口浪尖上為淩家求情？對那些與淩家撇清關係的朝臣，沈遇心中十分理解。也因此，南安王於淩家的恩情，他更是銘記於心。

「阿晚為何嫁給韓朔？」白薇仔細回憶當時的場景，韓朔被沈遇打成重傷，她毫無波動。「阿晚如今心裡並沒有韓朔，我這幾日會經常去找她，陪她聊一聊，說不定她會對我打開心扉。只要找到癥結，事情會好辦許多。」

沈遇回道：「她說與韓朔兩情相悅，執意嫁給心愛的人，還說若是嫁給不愛的人，人生便是一潭死水，對她來說太折磨，求我成全她與韓朔的愛情。」沈晚君在將軍府過得並不開心，老夫人對她極為仇視，將她留在將軍府，沈遇心中難安。離開京城之前，他勢必要將沈晚君從將軍府帶出來。

兩個人心事重重地回了淩府。

淩家眾人全都等在正廳，見到兩個人回來，高氏立刻從椅子上站起身，焦急地問道：「怎麼樣？阿晚病情嚴重嗎？」

白薇說道：「她的身體很虛弱，我想著，明天過去將她接回來吧？再煩勞舅舅請太醫來府中為阿晚診脈。」

「欸，就照薇薇說的做。一個風寒居然病了一個多月，可見將軍府並未把她放在心上。」高氏心疼沈晚君，對淩世華道：「你明兒早朝後請太醫一同回府。」

淩世華臉色陰沈，一巴掌拍在桌子上。「韓朔欺人太甚！」眉頭緊緊皺起來，唉聲嘆氣道：「阿晚這孩子，受了這般大的委屈也不往家裡說。」他搓一把臉。「都怪我們對她不太上心，才沒有及早發現問題。」

沈遇清楚沈晚君的性子，只怕當初去寺廟便是身體不好，擔心被覺察到，所以刻意避開，待身體好些方才回京。

淩秉德渾濁的眼睛裡布滿滄桑，淩楚嵐留下的兩個孩子他都沒有照顧好，反而連累了他們。「淩家如今雖掩去鋒芒，但一個將軍府，我們還是能為阿晚討一個公道的。阿遇，淩家是你們兄妹倆的後盾，能夠為你們遮風避雨，即便拚盡全力，也在所不惜！」

經歷一次動盪後，淩秉德看得很開。官場風雲瞬息萬變，誰也不知道最後是光宗耀祖，還是鋃鐺入獄。可權柄在握時，便是為了蒙蔭子孫後輩，讓他們衣食無憂，不必受冷眼委屈。若是連子孫後輩都無法相護，這個官只會是累贅，要來又有何用？

沈遇安慰道：「外祖父，您不必多憂心，阿晚不會有事。」

淩秉德聲音蒼老，感慨道：「世間富貴如煙雲，宜將才德教兒孫，平安無憂方是福。」他拄著枴杖起身，腳步蹣跚地去往後院。

高氏深以為然。「爹的話很在理，我們鑽營到如今的地位，不就是為了兒女後輩？將軍府若是不肯放人，給他們好看！」

淩世華神色稍霽，贊同高氏的話。

沈遇拱手朝高氏與淩世華深深行一禮。「舅舅……」

不等他將話說出口，淩世華托扶沈遇的手臂起身，不讓他行禮。「我們是一家人，這些話不必多說。淩家人丁單薄，嵐兒只留下你們兄妹兩個，舅舅自當護住你們。」淩世華拍一拍沈遇的肩膀。「你們還未用膳，先吃完飯，好好歇著，明天薇薇還得入宮。」

高氏連忙道：「飯菜溫在灶上，我這就讓問蘭送去你們院子裡。唉，我親自去一趟！」

白薇看著高氏風風火火地去往廚房，嘴角往上翹。

白薇與沈遇回京城的事情，託韓老太太的福，頃刻間傳遍了整個京城。自然而然，也傳到了威遠侯府。

威遠侯五十多歲，歲月並未在他臉上刻下痕跡，反而增添了幾許魅力。

他身著一件褻衣坐在炕上，常氏跪坐在他身後，為他按摩腦袋。

「阿晚不願意給阿遇遞話，讓他回京城，看來還是在怨咱們，當初淩家的事情沒有出力。而且姊姊暴斃不久，您就娶我過門，他們心裡對我有很大的成見。」常氏說到這裡，不禁坐到威遠侯身旁。「老爺，我是個繼母，家世又比不得淩家，阿遇的親事我沒有資格作主。再說，阿遇如今回京，他已經娶妻，這件事我不便插手去管。」

「哪個孽障又渾說了？妳是他們的母親，妳不配為他們張羅親事，誰能作這個主？淩家嗎？那兩個狗崽子姓沈，不姓淩！」威遠侯聽常氏說起淩楚嵐，眼睛驀地充血，語氣中充滿憤怒。「我將她葬進沈家祖墳，已經仁至義盡！」

「老爺，您消消氣！姊姊已經作古，生前的事情不必再提了。」常氏拍撫著威遠侯的後背。「阿晚嫁進韓家後未能盡到妻子的職責，韓老夫人對她成見很深，只怕地位不穩固，我這才應允這門親事，讓盈兒進了韓家的門，幫襯她鞏固正室的地位，就算阿晚恨我，我也認了，只要她過得好。眼下阿遇回京了，卻都沒來家裡，直接上門將姑爺打成重傷，韓老夫人將我叫上門一通怒罵，我給她賠禮道歉，方才平息她的怒火，不將這事告到御史跟前。」

「砰」的一聲，威遠侯一掌拍打在炕几上。「這個孽障！」

「老爺，您別動怒。阿遇與阿晚兄妹情深，姑爺沒有照顧好阿晚，他為阿晚討公道，也是應該的。就是盈兒這一樁事，我擔心讓阿遇對咱們成見更深。」常氏眼珠子一轉，出了個主意。「不如明天老爺請阿遇帶著他媳婦上門，我親自跟他解釋這一件事？」

威遠侯冷笑一聲。「一個鄉下出身的村姑，也配做沈家的兒媳？他若同意娶賀大姑娘進門，我不介意他將那個女人納作妾，不然，我就當沒有這個兒子！」

「老爺——」

「妳別再勸，我不只他一個兒子。」威遠侯揮開常氏的手，下炕進入內室，坐在床上。「妳好好教導月兒與旭兒，他們兩個白眼狼，妳不必理會。」他這個父親，他們說不認就不認，又怎麼會記得常氏的好？想到這裡，威遠侯心中更恨淩楚嵐，將兒女教導得與他離心，好狠毒的婦人！

常氏聞言，心裡鬆了一口氣。

翌日。

李公公一大早接白薇入宮，交代清楚宮中禮儀，叮嚀她不得直視龍顏。

白薇一一應下，心中感激李公公。

西嶽帝在御書房召見白薇。

白薇站在御書房外，抬頭望著巍峨莊嚴的皇宮，飛閣流丹，碧瓦朱甍，令人心生敬畏。

「白姑娘，裡邊請。」李公公拉開門，請白薇入內。

白薇將思緒斂去，緩緩入內，一股無形的威壓撲面而來。

她目視腳下方寸之地，給西嶽帝行一禮。
「抬起頭來。」
白薇抬頭，西嶽帝身著龍袍，四、五十歲的年紀，兩鬢已經霜白。端是坐在龍案後，渾身依然散發出上位者的威嚴。
西嶽帝深邃精銳的目光落在白薇身上，聽聞她只有十七歲。真正看到，比實際年紀還要小上一些。
「妳是段羅春的徒弟？」西嶽帝將視線收回去，掌心托著富貴吉祥薄胎茶壺，正是白薇參賽的作品。時刻放在案上供他玩賞，可見是真的喜歡。
白薇垂眸道：「回稟皇上，段老正是民婦的師父。」
「他的薄胎玉雕最得朕心，妳的玉雕比起他來，稍稍遜色一些，但妳勝在年紀小，假以時日，定能夠青出於藍而勝於藍。」西嶽帝起身，抽出一張宣紙，步下臺階，抬手示意白薇坐著說話。「妳不必拘謹，朕欣賞有才德的人，不問出身。」他將宣紙放在白薇面前，問：「妳看一看，這幅圖案，妳能雕刻出來嗎？」
「民婦先過目。」白薇雙手接過圖稿，描畫的是薄胎雙耳瓶，瓶身描繪的是纏枝蓮紋。
「皇上，花紋雕飾得採用浮雕技法，這種大件的薄胎玉器，民婦需要耗費上一些時間，才能夠將它雕琢而成。」
「朕別無其他的要求，只需要線條流暢優美，行雲流水，一眼望去賞心悅目。至於厚薄度，與那套茶壺差不多就行。上面紋飾多，妳得讓它繁而不雜，華麗而不庸俗，襯托出它的高雅。」西嶽帝聽聞白薇能雕，便和顏悅色地提出要求，隨後又道：「妳不必心急，朕給妳半年時間。」

白薇算一算時間，太緊湊了。

西嶽帝端著茶盞，飲一口茶。「需要什麼玉料，只管與李公公說。」

依照西嶽帝的想法，是想讓白薇在宮中治玉，將薄胎雙耳玉瓶做好之後，再另做打算。但昨日李公公回宮覆命，便將白薇的想法告知了他。西嶽帝對玉匠師格外寬厚，他認為好的玉匠師，需要具備敏捷的思維，若是他強行將白薇困在宮中，便會抹殺她豐富的想像力。靈感一旦枯竭，製出的玉器便會失去靈氣，所以他並不會強人所難。

白薇以為西嶽帝會提留宮一事，見他一個字不提，心裡鬆了一口氣。

「妳是沈遇的妻子？」

「是。」

西嶽帝笑道：「朕記得他，他是南安王的左膀右臂。他離開京城不願為朝廷效命，南安王十分惋惜。如今他回京城，是改變主意了？」

「皇上，我們是奉皇命入京的，又正好外祖父七十大壽，為他老人家慶生完後就會回寶源府城，那裡盛產玉料，更有利民婦治玉發展。」白薇笑道：「民婦能夠親自去石場尋找適合的玉料，為您打造出精美絕倫、渾然天成的玉器。旁人挑選的玉料，民婦的靈感會受到限制。」

西嶽帝爽朗大笑。「那朕拭目以待！妳若將這雙耳玉瓶雕刻得合朕心意，朕重重有賞！下去吧，朕等妳的消息。」

「民婦全力以赴。」白薇告退，出宮。

常氏親自來一趟淩府，婢女上前敲開門。

門僕瞧見是威遠侯府的馬車，連忙進去通傳。

高氏挑眉。「常氏？」她臉色一沈，冷笑道：「她也敢上門？打出去！」

沈晚君第一個孩子小產，就與常氏姑侄倆脫不了關係！

慣會在威遠侯跟前搬弄是非、挑撥離間，導致威遠侯沒少噁心淩世華。

門僕意會主子的意思——不必理會威遠侯府的人。

常氏在門口等了一刻鐘，不見淩府有動靜，如何不知道吃了閉門羹？

「妳再去敲門。」常氏環顧四周，左鄰右舍住的都是朝廷大員，淩家不怕丟臉，她又何必給淩家留面子？

婢女握住銅環，「砰砰砰」地敲門。「開門，你們快開門！夫人上門找大少爺！」

常氏也捏著嗓子，尖聲說道：「高氏，我知道你們一家子不待見我。妳出身名門，最是知書達禮，應該知道婚嫁是由父母作主。姊姊仙逝後，老爺請媒人上門求娶，是我的父母親應下的這樁親事，我心中是不願意嫁給人做繼室的。繼室的身分本來就不體面，何況又是匆匆出嫁？侯府的白事還未過去，我嫁進門不是平白給人戳脊梁骨？可我自己作不了主啊，但凡明白是非曲直的人，必定會知曉我心中的苦楚。

「阿遇離京六年，侯爺心裡牽掛他，派人四處找他，一直杳無音信，侯爺生怕他在外遭遇不測，愁白了頭髮。如今好不容易盼到阿遇回京了，他卻連家門都不進，直接來了淩家。我勸老爺寬心，說阿遇是個孝順的孩子，知道先來探望外祖父，讓老人先安心。可左等右等，只等來將軍府的消息，說是他上門將韓將軍給打傷了，我與老爺連忙出面為他擺平。

「我思來想去，阿遇是因為姊姊的事，怨老爺在姊姊屍骨未寒前匆匆娶我進門，方才心生怨懟，不願再回家。可是老爺他一心向著他們兄妹倆，喪婦長女不娶，他匆匆迎娶我進門，為的是兄妹倆的親事，阿遇誤會老爺了。因此我才想親自上門對他解釋，解開他們父子倆心裡的結。」常氏說到傷心處，淚水流淌下來。「高氏，妳開開門，讓我見見阿遇吧！只要他肯原諒老爺，就算讓我後半生青燈古佛，我也願意！」常氏這番聲情並茂的話，驚動了左鄰右舍。

高氏氣得胸膛起伏，一口牙幾乎咬碎。常氏刻意說這些話，無非是想告訴鄰里，他們淩家不通情理，沈遇為子不孝。她若不將門打開，只怕常氏說的這些話，即刻就會插上翅膀飛遍京城。高氏臉色陰沈如水，氣沖沖地前去府門口。

常氏見高氏出來，立即啜泣道：「高氏，妳自個兒也是為人母的，應該能夠體諒我做後母的心吧？」

「說什麼話呢？我又不是繼室，哪裡能體諒？」高氏繼而又笑道：「可我站在妳的立場想一想，自己真的幹不來妳做的噁心事。嘴裡說著疼阿晚，願意為她折壽十年，結果一轉頭就將親姪女塞到阿晚夫婿的床上，害得阿晚小產，至於妳姪女倒是一個接著一個的生。謝謝妳啊，讓阿晚免受生子之痛，直接做個便宜母親。外頭誰敢說妳不疼繼女，我第一個不答應！他們做親生爹娘的，也做不到讓自個兒親生的閨女不用受生子的痛苦啊！」高氏諷刺常氏不安好心，表裡不一。

常氏臉色一變。

眾人吃一個大瓜，嗝都要打出來了。他們只知道淩家與威遠侯府不對盤，沈遇與威遠侯決裂。常氏在外哭訴阿晚不容易，身子骨兒弱，生不出孩子，在將軍府吃苦，她聽著心疼，可生孩子這一件事她也沒法去幫，只能將自個兒的姪女送進韓家，幫助阿晚鞏固地位。誰都不知道沈晚君小產過，而且這件事還與常氏有關。

「妳少在這兒假惺惺，若真的盼望阿晚好，妳難道不是應該去寺廟為她求子，多捐香油錢給菩薩塑金身嗎？你們讓阿晚在將軍府受盡折磨、苛待，阿遇看見她瘦得脫形，方才給阿晚討一個公道！妳一個月往將軍府跑三趟，阿晚過的是什麼日子妳看不見嗎？」高氏冷笑道：「阿遇是最孝順的孩子，他為何不去威遠侯府，你們心裡真的沒有數？我是念在阿遇和阿晚的情面上，才給威遠侯府留一點臉面，你們既然不要臉，那我也不必客氣了！」

常氏眼皮一跳，心裡暗道不好，急忙想要說些什麼，高氏已經開口了。

高氏冷嘲熱諷道：「阿遇已成親，可你們瞧不上阿遇他媳婦的出身，想讓他娶賀大小姐。賀大小姐是誰？當年小姑子為阿遇訂的親事。當初淩家獲罪，賀大小姐就上門退親，轉身另嫁他人，如今和離回府了，你們又將主意打到阿遇頭上。妳摸摸良心，捫心自問，這是為阿遇好？一個堂堂侯府嫡長子、將來的世子，娶一個破鞋？這事只有後娘才做得出來！」

常氏急了。「高氏，妳胡說！」

高氏輕蔑道：「常氏，妳的臉皮也就值這幾個錢！堂堂侯府夫人，為了賀家這點小恩小惠，竟豁出臉皮不要，在淩家門前顛倒黑白，盡往阿遇頭上潑髒水。若不是你們心存壞心，想拆散他們小倆口，阿遇早就想回府，連厚禮都備著了。可他這心啊，被威遠侯傷透了！」

常氏最痛恨別人拿她的身分說事，她家雖是書香門第，可是窮啊！爹又是個渾不吝的，吃喝嫖賭樣樣俱全，親戚避如瘟神，誰都不願接濟。她發誓要出人頭地，因此勾上威遠侯。

如今被高氏一刀扎進心窩子，常氏紅著眼圈道：「沒有，你們誤會了，老爺是為阿遇好。賀大姑娘她對阿遇一片癡心，我們雖被她給打動了，卻也沒有應下，想先問一問阿遇，願不願意與賀大姑娘再續前緣？」常氏一臉被冤枉的委屈表情，哽咽道：「妳也說阿遇將來會是世子，他的妻子必定要系出名門，他現在的妻子是出身鄉野的村姑，大字不識幾個，如何成為他的賢內助？我和老爺商量過，不會讓阿遇休離她，可以將她納為良妾。賀大姑娘也大度地接受了，並說會好好善待白薇，畢竟是她在照顧阿遇，我們領她的情。」

「妳這份心真的要感動天地了。」高氏譏誚道：「妳方才不是說阿遇原諒威遠侯的話，妳願意後半生伴著青燈古佛嗎？好啊，妳趕緊去庵廟裡禮佛抄經文吧！做到這個分上，阿遇一定羞愧，會與威遠侯重修父子情的。」

常氏瞪圓了眼睛，難以置信地看著高氏。

高氏拍一拍她的肩膀，語重心長道：「他們父子能不能和好如初，全看妳的了。」

常氏簡直要吐血了，高氏壓根兒沒有按常理出牌，居然反將她一軍！她也就是隨口一說，故意噁心淩家的，她根本巴不得沈遇與威遠侯父子決裂，沈遇一輩子不回威遠侯府呢！

「怎麼？難道妳就是隨口說一說而已？」高氏咄咄逼人。

常氏掃一眼看熱鬧的眾人，不禁吞嚥一口唾沫。她不去庵廟，便是假仁假義；真的去，會被人笑話死的！常氏心中不甘，眼珠子一轉，心中頓時有了主意。「高氏，阿遇會答應娶賀大姑娘嗎？若是他肯應下，我這就去庵廟。」

高氏似笑非笑地道：「我若沒有記錯，妳的出身也不高，照妳的說法，威遠侯要先休掉妳或者將妳貶為妾室吧？上梁正了，下梁才不會歪嘛！」

常氏被高氏堵得死死的，她更痛恨自己的這一層身分。淚水在眼眶中打轉，常氏一邊走向高氏，一邊委屈全道：「高氏，我們之間有誤會，需要坐下來好好……」兩個人的手觸碰上的瞬間，常氏正準備假裝被高氏推倒在地。

不料高氏比常氏更快一步，死死握住常氏的手往自己肚子上一按，然後巧妙地鬆開常氏的手，狠狠摔倒在地上，接著睜大眼睛，錯愕地看向常氏。「妳、妳居然推我？好妳個常氏！妳故意上門誣衊淩家，空口白牙往淩家潑髒水，現在爭論不過，被我揭穿了真面目，妳竟惱羞成怒地動起手來！」高氏右手撐地，痛得眉頭緊皺。「哎喲！我的手給摔折了！常氏，你們威遠侯府當真是欺人太甚，不將你們告去御史，我嚥不下這一口惡氣！」

婢女慌忙攙扶高氏起身。

高氏當即託人去御史府上，狀告威遠侯夫人毆打二品誥命夫人。

論起夫家身分，常氏的夫家身分高過高氏。可高氏有誥命，常氏沒有。

常氏嚇得臉色慘白，若真的讓高氏去告，鬧到御前，丟盡的會是威遠侯府的臉面。威遠侯雖然專幹不要臉的事，卻又極其好面子，一定不會饒了她的！常氏心裡急得上火，當即就要跪下。

高氏出身名門，從小與庶出姊妹鬥法，早練出一雙火眼金睛，最清楚這一類人的手段，在常氏跪下來之前，她先一步冷冷說道：「妳甭給我跪下。我的右手被妳弄折了，我也不以其人之道還治其人之身，讓御史給我一個公道就好。威遠侯不會管教妻子，就讓別人為他代勞。」說罷，高氏轉身進府。

「砰」的一聲，府門合上。

常氏的腦袋嗡嗡直響，她怎麼會不知道高氏這賤人是裝的？可高氏眼疾手快，先一步摔倒在地，旁人都親眼「看見」她推了高氏，她沒法狡辯啊！

「高氏，對不起，我不是故意的。我們只是女子之間的小糾紛，為何要鬧到聖上面前叫大家看笑話呢？妳什麼時候原諒我，我就什麼時候離開。」常氏想出苦肉計，到時候她受不住昏倒過去，御史那邊真的追查起來，她也能開脫。

此時，一輛馬車緩緩停在淩府門口。白薇從馬車上跳下來，看一眼圍觀的人，目光掃過常氏，敲開淩府的門。

常氏瞬間聯想到白薇的身分，連忙抓住白薇的手，卻被白薇給揮開。「白薇，我是阿遇的娘。」

「阿遇的娘親早就仙逝了。」

常氏面容一僵，訕訕地道：「我是阿遇的繼母，今日上門想請妳與阿遇回府的。剛剛我分明想握住高氏的手，求她讓我見阿遇一面，不知為何她卻摔倒在地，還咬定是我推倒她，害她摔折右手的，現在請人告到御史跟前了。等一下妳替我說情，咱們兩家還是親戚呢，別鬧得太難看了。」

白薇稀奇地看著常氏，不知道她哪來的臉說出這種話？「妳打斷自己的右手，我為妳求情。」白薇朝門僕伸手。

門僕心領神會，將門閂遞給白薇。

白薇將門閂扔在常氏腳下。「妳無緣無故上門打傷人，舅母只告到御史那兒，已經是顧念兩家的情分了。妳想平息這件事，要麼斷了自己的右手，要麼妳就等著御史彈劾吧。」

這一根門閂彷彿敲在常氏心口，她嚇得跳了起來，臉色發白，僵硬地說道：「妳、妳在說笑嗎？」

白薇諷刺一笑。「我像是在開玩笑嗎？」她踢一踢地上的門閂。「需要我幫忙嗎？」

常氏渾身一顫，下意識握住自己的右手。

白薇彎腰，撿起門閂。

常氏往後退一步，生怕白薇打斷她的手，再顧不上其他，掉頭就跑。

婢女驚愕地看著常氏灰溜溜地離開，連忙跟上去。

白薇對看熱鬧的人說道：「各位與淩家毗鄰而居，淩家人的品行想必十分清楚。舅母是熱心腸，向來與人為善，這是被人上門欺負了，才不再忍氣吞聲。若是明日御史在朝中彈劾，還請諸位做個見證，我們淩家感激不盡。」

鄰居老太太說了句公道話。「阿遇媳婦，妳放心，我們都是老鄰居，淩老一家什麼為人我們都很清楚。倒是妳這個繼母，不是省油的燈，還得叫阿遇多加防備啊！」

繼母與繼子女的關係，本就易遭人詬病。

常氏表面一套，背地裡一套。她若做的有說的這般好，絕對不會將姪女送上姑爺的床。

白薇行一禮，落落大方道：「謝謝諸位！」

眾人散去，白薇立即進府，去往高氏的院子。

高氏換了一身衣裳，正端坐在炕上，對淩世華說：「你明兒上早朝，御史彈劾威遠侯時，你什麼話都別說，就讓威遠侯狡辯。皇上若問你話，你就先沈默個幾息，再回說威遠侯說得對，我就是傷著個手罷了，沒必要小題大做，是我心肝脆弱，聽不得別人誣衊，等散朝回府，再教訓管教我。」

凌世華連忙演練一遍，讓高氏看看演技過不過關？

白薇聽得嘴角直抽，想給高氏豎個大拇指。有錯的人本來就是威遠侯，而威遠侯為了脫罪，自然會申辯一番。凌世華顧念兩家情分，十分忍讓，並且還苛責妻子不懂事，會回家管教。兩廂一對比，高下立見。總比兩個人爭得面紅耳赤，令聖上頭疼得好。到時候即便威遠侯受罰了，凌世華也好不到哪裡去。

婢女瞧見白薇來了，進去通傳，隨後請白薇進去。

凌世華端正地坐在炕上，十分有長輩派頭。對上白薇的視線，凌世華咳嗽一聲，端茶喝幾口遮掩尷尬。

高氏笑咪咪地說道：「妳不用擔心，我的手沒事，不嚇唬嚇唬常欣雲，她真當咱們是紙糊的！」

婢女蹲坐在高氏身邊，拿細布給她纏手，再比劃長度，套在脖子上。這是明天出門作戲要用的。

白薇看著高氏套路純熟，這種事以前估計沒少幹。

「您沒事就好，對付常氏這種人，不用拿自己的身體開玩笑，傷敵一千，自損八百。」

白薇確定高氏沒有事情，方才問起沈遇。「他還在將軍府嗎？」

「是啊，去了一、兩個時辰了，還沒有回來。」高氏不禁擔心。

「我去看看。」白薇也不放心，當即趕去將軍府。

將軍府。

沈晚君昨日太疲累，晚間病倒發起高熱，一直虛弱地躺在床上，咳嗽的聲音很沙啞。

含綠在一旁默默垂淚，擔憂得不行。見沈遇直接領著太醫進來，她立即起身道：「大少爺，小姐的身體一直不好，府中不給小姐請太醫，隨便找了一個郎中，這都一、兩個月了還不見好，眼下又高熱，燒得迷糊。」她撲通地跪在地上。「大少爺，求求您救救小姐，將她帶走吧！再留在將軍府，她會……」香消玉殞。這幾個字，她無法說出口。

若是在沈晚君清醒的狀態，含綠萬萬不敢這般說的。

沈遇臉色冷冽，讓含綠起身，請太醫給沈晚君診脈。

太醫擱下藥箱，取出脈枕，為沈晚君號脈。良久，他又換一隻手，隨即說句「冒犯了」，掀開沈晚君的眼簾，又捏開她的嘴，然後盤問婢女，沈晚君有哪些表面症狀？含綠皆一一作答了，好半晌，太醫才臉色凝重地道：「她這是中毒了。」

含綠被「中毒」兩字嚇懵了，她以為沈晚君是小產後憂思過重，沒能好好調理身體，又染了風寒，才會一直咳嗽不止。他們、他們居然敢下毒？多麼狠毒的心腸！

太醫道：「中了砒霜，每日少許地下在她的食物裡。」若是加大劑量，恐怕早就斃命。

沈遇僵立在原地，他怎麼都想不到沈晚君是中毒，將軍府的人竟敢這般待她！

沈晚君孱弱地躺在床上，燒得不省人事。大抵是身體很痛，她不安地動著腦袋，嘴裡含糊地喚著哥哥。

每一聲哥哥都如利刃劈在沈遇的心臟，他許誓保護好沈晚君，不讓她受到任何傷害，可她卻每日遭受痛苦折磨，而他並未在她的身邊。沈遇憤怒、心疼，更多的是自責。明明知道將軍府並不適合她，怎麼就在她的祈求下將她交給了韓朔那樣的人？他若是不曾離開京城，讓她在自己的眼皮底下，這些魑魅魍魎誰敢動她？

「治好她。」沈遇的聲音沙啞得幾乎說不出來，他雙目赤紅地望著太醫，極力克制住心底翻湧而起的戾氣。

太醫說：「我盡力而為。」

沈晚君難受地嚶嚀一聲，她動了動腦袋，睫毛顫動一下，緩緩睜開眼睛，屋子裡的強光刺得她又將眼睛閉上，那一剎，她的餘光似看見了沈遇，她頓時一個激靈，撐著身體要坐起來，結果空氣急促地吸入肺腑，她猛烈地咳嗽起來。

沈遇急忙上前，扶住沈晚君。

沈晚君身上滾燙，被燒得四肢無力，軟綿綿地偎在沈遇懷中捂嘴咳嗽。感受到溫熱的液體噴在掌心，她忙將腦袋悶在沈遇懷裡，手指握成拳，身體想滑進被窩中，擋住沾著血的唇。
沈遇敏銳地覺察不對，一隻手扣住沈晚君的手腕，迫使她張開手掌。白皙的掌心上，一灘觸目驚心的紅。
一陣寒意爬上心頭，沈遇強壓下恐慌，聲音發顫地問：「阿晚，多久了？」
沈晚君沒有想到這件事會突然間暴露出來，她側躺在床上，深色的被褥映襯著她巴掌大的小臉更加蒼白虛弱，唇色被鮮血染紅。她長長的睫毛半垂著，遮掩住眼底的神色，一點點的眼角餘光看見沈遇拿著帕子沾水，幫她將手心的血漬擦乾淨。
沈遇烏雲遮面，陰戾煞氣在鋒芒銳利的眼眸中翻湧，可動作卻無比輕柔。沈晚君的鼻子驀地一酸，憶起曾經溫馨幸福的生活。縱然她已經出嫁，可她與哥哥仍是最親近的人，她仍是被他放在心中疼愛。
她這般不愛惜自己的身體，這般的作踐自己，又何嘗不是在傷哥哥的心？她覺得這樣的日子如臨深淵，永無盡頭，她過得太累了，可這一刻，看見哥哥眼中的自責與愧疚，沈晚君心裡很難受，覺得自己做錯了。緊抿著的唇角一鬆，她的手輕輕拉著沈遇的袖襬，細聲道：「哥哥，我……」一張口，淚水決堤而下。彷彿無根的浮萍，突然間終於有了依託，卸下了堅強的外表，將自己脆弱的一面展露出來。沈晚君雙手摀住臉，淚水從指縫湧出，將這些年失子的痛苦與彷徨無助全都宣洩而出。
沈遇眼睛赤紅，手掌放在她的腦袋上，一下一下撫摸，任由她哭出來。發洩之後心中會好受一些，過往的苦難全都將成為過去，她會迎來新的生活。

含綠被沈晚君哭得心都揪起來了，她沒有想到小姐咳血了，還一直死死瞞住他們。

沈遇沈聲問太醫。「她的情況如何？」

太醫沈聲說道：「砒霜傷肝傷肺，她有咳血的症狀，怕是損傷了肺。我開幾副解毒的藥方子，再捏一些藥丸給她服用。等吃完這幾劑藥，我再給她診脈，看看情況可有好轉。」太醫留下藥方，遞給含綠去抓藥。

含綠千恩萬謝，將太醫送走，去府外抓藥，再去廚房親自煎藥。

沈晚君身子骨兒弱，一直在高燒，哭完之後，已經又滿臉倦意地睡過去。

沈遇將她放平在床上，掖好被子，然後大步流星地走出屋子。

韓朔聽聞沈遇帶著太醫上門，梅姨娘正巧在他的身邊，給他臉上的瘀傷上藥，於是兩個人便一同過去，結果在院門口就與沈遇碰上了。

韓朔看著沈遇一身黑色袍子，劍眉斜飛，目光銳利如鷹隼，盛氣逼人。他胸口的痛楚陡然尖銳，接好的手臂又隱隱作痛了起來。

「大舅兄……噗——」韓朔口吐鮮血，往後退幾步，沈遇裹挾怒火的一拳，怕是打斷了他的肋骨。

沈遇渾身殺氣縈繞，如同修羅，寒氣懾人，抓著韓朔按在牆壁上，一拳一拳暴擊。

韓朔從一開始就落下風，毫無還手的能力，胃裡的酸水都被打出來了，連慘叫聲也發不出，整個人氣息奄奄。

「別打了！再打你要將表哥打死了！」梅姨娘不敢靠近，只能站在一邊驚慌地大喊。

「砰」的一聲，沈遇將韓朔扔在地上，一腳朝他踹去。

梅姨娘撲過去，沈遇那一腳直接踹在她的腹部，梅姨娘痛得一口氣差點上不來，朝一旁倒下去，蜷縮在地上。

韓朔爬到梅姨娘身邊。「表妹！」

梅姨娘提著的那一口氣吐出來，面白如紙，虛弱地笑了笑。「表哥，你沒事就好。我、我的肚子好疼啊！」

「別怕，我帶妳看郎中。」韓朔打橫抱起梅姨娘，步履踉蹌不穩，咬牙忍痛將梅姨娘放在屋內軟榻上，朝外低吼。「來人！快去請郎中來給梅姨娘診病！」

家僕立即去請郎中。

韓朔擦一把臉上的鮮血，滿腔怒火朝沈遇發洩。「我三番五次地忍讓你，你別得寸進尺！沈晚君小產，她自己胡思亂想，心思太重，不肯看太醫，又不是我們不願意給她請太醫，你在我這兒發什麼瘋？」韓朔聽著梅姨娘的呻吟聲、低泣聲，更加憤怒道：「沈遇，我可以狀告你私闖官宅，重傷朝廷官員！」

「韓朔，是個男人就該敢作敢當！阿晚是將軍府的夫人，她病重還要自己開口請太醫，那要你這個夫君有何用？我看你們是巴不得她死，好給人騰位置，才迫不及待給她下毒，又怎麼會為她請太醫？」沈遇冷笑一聲。「我今日會將她帶走，待她身體好一些，再來清算嫁妝事宜！」

梅姨娘帶著哭腔喊了一聲。「沈大公子，你這話是什麼意思？我們誰敢害姊姊……」沈遇目光銳利地掃向梅姨娘，她心底湧上寒氣，不敢再開口。

沈遇厲聲道：「阿晚為何中毒，妳心中有數，這一腳是妳應得的！」

常月盈沒有身分，沈晚君死了，也輪不到她上位。相反地，沈晚君活著，對常月盈會有更大的利益。梅姨娘與老夫人十分親厚，她又是老夫人的外甥女，沈晚君一死，便是梅姨娘上位。誰對沈晚君下的手，不言而喻。

剛剛那一腳沈遇可以收回來的，但他沒有，今日只是先討個利息。

沈遇回到後院，吩咐含綠收拾東西，他要帶走沈晚君。

韓朔心中震驚，他的確不知道沈晚君是中毒。聽了沈遇的話，他陡然看向梅姨娘。

梅姨娘嚇壞了，沒有想到沈遇這般霸道。他不講究證據，認定了就直接定她罪！她看見韓朔帶煞的眼神，心肝一顫，緊張地說道：「表哥，你信他的話？我平時都不和姊姊接觸，怎麼對她下毒？」她雙手緊緊揪住腹部的衣料，擔心被韓朔看出來，忙痛苦地呻吟道：「痛、表哥，我的肚子好疼，會不會被沈遇一腳踢壞了肚腸？」

老夫人聞訊趕來，聽見梅姨娘淒楚的喊叫聲，又見韓朔臉上沒有一塊好的，她嚇得撫著胸口，一副要厥過去的模樣。「朔兒，又是沈遇那煞星傷你們？你快把沈晚君給休了！立即將這災星給休了！」

「娘，是妳給阿晚下的毒？」韓朔沒忘這件事。

老夫人叫號的聲音一頓，先是不可置信地看向韓朔，繼而怒罵道：「你這是什麼意思？我在你心中就是一個心狠手辣的毒婦？你寧可相信一個外人，也不信任你娘的為人？我看你是被沈晚君灌了迷魂湯！休了她！咱們將軍府容不下她！你不休了她，我就回祖宅去！」老夫人往椅子上一坐，掏出帕子按住眼角。「我上輩子是造了什麼孽？老爺走得早，我兢兢業業地經營這個家，半點好沒有得到，又遭兒子嫌棄，我活著有什麼意思啊？乾脆死了算了，免得揹上謀害媳婦的罪名！」

韓朔頭昏腦脹，他也不願意相信是母親害的沈晚君。他當即去找沈晚君，這其中怕是有誤會。

他一走，老夫人的哭聲立即止住，眼底一片冷意，哪有還有半點淚痕？

老夫人恨道：「這賤人倒是命大，再一個月她就……」誰知道沈遇偏偏這個時候回來，還請了太醫來。

梅姨娘的肚子是真的疼，彷彿有一把刀在肚子裡翻攪一般的疼，她只能用手按壓住。聞言，她抽著氣道：「娘，您別擔心，她吃了幾個月的砒霜，就算太醫發現了，對她身體的損傷也已經造成，日後別想再生孩子，對我構不成威脅的。沈遇對沈晚君極為看重，她在將軍府沒能過好日子，沈遇不會再將她留在府中，也算順了咱們的心意。」她咬緊牙根，這一腳，她不能白挨！

老夫人沈默不語。

郎中過來為梅姨娘號脈。「妳已經有一個多月的身孕了，目前有小產的徵兆。」

這個消息宛如晴天霹靂，梅姨娘半晌都回不過神來。

老夫人臉色大變。「是喜脈？」

郎中點頭，神色凝重。「這個孩子保不住了。」

梅姨娘的雙手緊緊抱著小腹，在這之前她就懷疑自己可能懷上身孕了，因為她整個人變得容易疲憊犯睏，月事又遲了大半個月。再過幾日是她的生辰，她本打算在那一日請郎中來，給韓朔一個驚喜的。今日事發突然，那一刻她忘了孩子，只知道若替韓朔擋下那一腳，兩人的情分會不一般，可沒有想到這竟是要以孩子為代價！梅姨娘閉上眼睛，眼淚滑下來，難受地說道：「請你為我開一副落子湯。」她能少受一點痛。

老夫人不忍心，偏開頭，領著郎中出去開藥。讓身邊的嬤嬤送走郎中後，去藥房抓藥。她回到內室，見梅姨娘摸著小腹默默垂淚，遂坐在床邊，抹去她眼角的淚水。「別傷心，這個孩子與咱們沒有緣分。妳身邊還有緒哥兒，不心急。」老夫人信佛，很迷信，不禁道：「妳說，咱們這是報應嗎？」

梅姨娘想到沈晚君後來小產的兩個孩子，牙齒打顫，她狠狠甩了甩頭，將附骨的寒意散去。「常月盈也害了她一個孩子，不見遭報應。不可能，這是意外！」

老夫人取下手裡的佛珠，嘴裡唸著往生經，企圖超度沈晚君後面小產的兩個孩子，減輕心中的罪孽，不被冤魂纏上。

梅姨娘躺在床上，耳邊是老夫人唸的經文，腦子裡嗡嗡作響，森寒之氣驀地從心底往上湧。她的手心沁出冷汗，摸著小腹，也忍不住想，難道真的是報應？

韓朔臉色陰沈，不肯相信沈遇的話。

表妹溫柔膽小，哪有膽子給沈晚君下毒？

母親不喜歡沈晚君，但極為信佛，最怕犯下業障，如何會做那害人性命的事情？

韓朔連身上的傷都不做處理，直接來到了沈晚君的院子。

一陣撕心裂肺的咳嗽傳到耳中，他腳步一滯，而後大步入內，一眼就看見沈晚君手中帕子上的鮮血。所有質問的話，瞬間堵在了嗓子。

「阿晚！」韓朔這一刻不得不信，沈晚君真的中毒了。他神色複雜地站在床邊，眼中蘊含著痛苦之色。「嫁給我，和我在一起，真的這般痛苦？痛苦到妳寧願輕生，也不肯留在我身邊？」思來想去，他懷疑是沈晚君自己服毒的。這樣也能解釋為何沈晚君不願請太醫。

沈晚君連與韓朔說話的慾望都沒有，他這句話一出口，她直接就閉上了眼睛。

韓朔握住沈晚君的手，語氣中帶著哀求。「阿晚，妳別走，給我一次機會！妳不願意看見表妹和盈兒，我另外置辦一間宅子，將她們兩個安置過去，再不見她們。三個孩子放在妳膝下，認妳做母親可好？」沈遇手段強勢，韓朔意識到，只憑沈晚君的承諾是無用的，需要她心甘情願與他重修舊好才行。

沈晚君將自己的手抽回，睜開眼睛，面無表情道：「韓朔，你打的好主意。將這幾個庶子女養在我的膝下，記名為嫡出嗎？」

「阿晚……」

「就如你說的，我寧可死了都想離開你身邊，連自己的性命都不在意了，我又怎麼會在意你、為你養孩子？」沈晚君的語氣中充滿諷刺，指著門口。「你出去！」

韓朔看著不近人情、十分決絕的沈晚君，心中極挫敗。似乎無論他做什麼，都無法得到沈晚君，只會將她越推越遠。她眼中只看得見沈遇，就是看不見他的付出。他受重傷，身上的傷口看著嚇人，可她毫無波動，甚至問都不問一句，他的傷怎麼來的？為何不去看郎中？

韓朔的目光緊緊盯著沈晚君冷漠的臉，陡然激出一股怒火，甚至生出一絲怨憎。「沈晚君，我不知道自己做錯了什麼，讓妳對我這般冷心無情！妳看得見所有人對妳的好，獨獨看不見我對妳掏心掏肺！有的時候我真想切開妳的胸口，看看裡面究竟有沒有長心？我告訴妳，就算妳死也得死在韓家，就算我們要相互折磨一輩子，我也不會放手！」

沈遇大步進來，聽見韓朔的話，抓著他，「砰」的一拳打在他的臉上，將他摔出去。

韓朔重重摔在地上，悶咳兩聲。他死死盯著沈遇，堅定地說道：「我不會和阿晚和離的。你接她去淩府住幾天，到時候我派人去接。」說罷，他直接起身離開。

沈晚君看著地上流下的鮮血，抿緊唇角。

「妳擔心他？」沈遇不滿地問。

沈晚君連忙說道：「哥哥，我怎麼會擔心他？我對他的感情早被消磨掉了。他對我有感情，可他更愛的是自己，我和他之間的裂痕已經無法修復。」孩子永遠是她心口的傷。她對韓朔失望，不再愛他，因此將軍府的一切，她全都給放下了。

「我沒有經過妳的同意就要帶妳回淩家，妳怪不怪我？」

「哥哥怎麼會這般想？你是為我好，回淩家更適合我養病。」沈晚君重新見到沈遇後，看到他為自己難過、憤怒、自責，突然之間，她茅塞頓開，不捨得去死了。

即便對韓朔冷心冷情，可她還有自己的人生，要好好活著，看著親人們幸福。

何況，哥哥已經失去母親，若再失去妹妹，對他該是多麼沈痛的打擊？

沈遇唇角牽動，揉一揉她的腦袋。「哥哥帶妳回家。」

「好！」沈晚君笑靨如花。

含綠端著藥碗，看著沈晚君發自內心的笑容，她歡喜得眼淚簌簌地往下落。

韓朔背叛小姐，抬常月盈進門，令小姐傷心失望，難過了幾日，是腹中的孩子讓她堅強的，沒有男人，她還有自己的骨肉。可惜孩子並沒有生下來，小姐為此備受打擊，消沈許久。後來大少爺派人來京，小姐強顏歡笑，請韓朔陪同演戲，韓朔卻無恥地利用機會留宿，將小姐的避子湯換成尋常滋補調養身體的藥，另外兩個孩子便是在這種情況下懷上的。結果給了小姐希望，又一次次滅了她的曙光，叫她怎麼承受得住？又怎麼能對韓朔生出感情？只怕就算有，也該是恨！可小姐說恨一個人太累，得將所有的心思全都放在他的身上，自己被仇恨的烈焰燒心灼肺，變得面目可憎，太不值得了。

大少爺回京後，小姐終於從陰影中走出，充滿了生機，她怎麼能不高興？照她說，小姐連死都不怕了，今後誰敢欺負到頭上，直接用硬邦邦的拳頭打過去！

她用袖子抹淚，端著藥入內。「小姐，咱們喝完藥，趕緊回家。往後那些人再敢欺負您，奴婢就拿掃帚打過去，管他是老夫人還是誰。最好將軍受不住，將您給休了！」

沈晚君被含綠給逗笑。「妳說得對，哥哥都捨不得傷我一根頭髮，我又何必給別人作踐？今後誰敢欺負我們，我們就打回去！」

含綠高興地蹦起來。

沈遇目光寵溺地看著沈晚君。「哥哥不會讓人欺負妳的，誰都不允許。」

沈晚君笑了，這一句話如同春日和煦的暖陽，令她冰冷的心漸漸回暖。

沈遇將沈晚君抱上馬車時，正巧遇見從另一輛馬車上下來的白薇。

「阿晚願意回淩家小住嗎？」白薇詢問。

「嗯。阿晚身體不好，先住進淩家養病，等身體好轉，再商議和離一事。」沈遇將白薇拉上馬車，讓她坐進去陪沈晚君。

白薇問道：「你還回石屏村嗎？」

沈遇略作停頓。「回。」

「阿晚和離之後，住在外祖父家，只怕侯府會動心思。我的打算是將阿晚一同帶回石屏村，她如果不想離開京城，咱們給她置辦一棟宅子，讓她傍身用。」白薇心底是打算在京城置辦一棟小宅子落腳的，畢竟沈晚君若留在京城，沈遇只怕不會放心，每年至少會來京一次。淩家雖然親厚，可到底是外祖，不如自己有一棟宅子方便。

「隨妳安排。」白薇說的話都是經過深思熟慮的，沈遇沒有意見。

沈晚君心思玲瓏，猜出白薇心中所想，因此沒有拒絕。這棟宅子，便用作哥哥和嫂嫂的落腳點。

第二十三章

回到淩府後，沈遇將沈晚君安置在她的院落裡，將她的情況簡單地說給大家聽。

淩世華與高氏聽後極為憤怒。「這個畜生！離！必須和離！」

沈遇又道：「阿晚中毒一事不必告訴外祖父。」他年事已高，只怕受不住刺激。

高氏心疼地落淚。「阿晚這孩子太倔了，她在將軍府遭受這般多的委屈，竟不與家裡說，還死死地掩飾。如果不是你回來……我們都沒臉見你了！」

沈遇寬慰道：「舅母，不必自責，事情已經過去了。」韓家欠沈晚君的，他會全討回來。

白薇默默退出屋子，前去廚房找正在熬藥的含綠。

含綠見到白薇十分拘謹。「大少夫人。」

「妳繼續熬藥，我們隨便聊一聊。」白薇看見含綠更緊張了，不禁笑道：「就是問問阿晚在將軍府的事情而已。」

含綠鬆了一口氣，不爭氣地紅了眼圈。「小姐剛剛嫁進將軍府的時候，姑爺對小姐很好，小姐為此對姑爺生出感情。懷上孩子的時候，她十分歡喜，姑爺當時也對小姐許諾，這輩子只愛她一個人，不會再有其他女人。可好景不長，一個月之後，姑爺就將常月盈抬回府，常月盈的婢女將小姐從閣樓上撞下來，害小姐失去孩子，姑爺將那位婢女給杖斃了，要懲罰常月盈時，常月盈說她懷有身孕了，因此老夫人將她力保下來。常月盈就是故意在自己有身孕的時候用這個毒計害了小姐的，不然她為什麼懷胎十月都不敢踏出院門，直到生完孩子才敢出來走動？不就是擔心小姐睚眥必報嗎？後面兩個孩子是被梅姨娘與老夫人弄沒的。」含綠諷刺地說道：「老夫人做盡惡事，偏又信鬼神，害怕孩子的冤魂纏上她，每天都吃齋唸佛。如果不是姑爺用淩家的事情威脅小姐，小姐早就報仇了。幸好現在大少爺回來了，韓朔手裡雖拿捏著淩家的把柄，但我們可以讓大少爺想辦法解決，這樣的話，小姐就能夠脫離苦海了。」

「把柄？什麼把柄？」白薇認為，這個「把柄」大概就是沈晚君不同意和離的關鍵了。

含綠驀地咬住嘴唇，神情懊惱。這件事她也是無意間偷聽到韓朔與小姐的對話才知道的，現在一高興竟說漏嘴了。

「阿晚是報喜不報憂的性子，她寧可委屈自己，也不願讓家人多操勞。妳若是不說，阿晚就算爛在肚子裡也不會自己說出來的。妳難道忍心看著韓朔用這把柄威脅阿晚，讓她一次次妥協嗎？」白薇拿捏住含綠的軟肋。

含綠絞著手指頭，猶豫片刻後，支支吾吾地說道：「當年淩家獲罪，大少爺求救無門，姑爺找上小姐，說他有門路能夠救淩家，但淩家洗清冤屈後，小姐必須嫁給姑爺。」

白薇心裡想不到的地方，經過含綠的話，總算想明白了。

沈遇說沈晚君與韓朔是「兩情相悅」，可方才含綠說的卻是沈晚君與韓朔「日久生情」。原來是韓朔無恥地劫走了沈遇與高老的功勞，哄騙沈晚君嫁給他，真夠讓人噁心！

「今日咱們之間的談話，妳別告訴阿晚，我們會處理的。」白薇叮囑含綠之後，怒氣沖沖地前去找沈遇。

沈遇在屋裡等白薇，桌子上擺著一個匣子。她一進來，沈遇便將匣子遞給白薇。「這是我攢下來的積蓄。」

白薇將匣子擱在一邊，面容嚴肅，再次問道：「阿遇，當年淩家是你和高老說服南安王，他才出手相救的嗎？當時就答應了？」

「南安王當時就鬆口答應了。」沈遇瞬間知道白薇話中有話。「有疑問？」

「有沒有其他人也參與了這件事情？」白薇換個說法。「就是說，南安王在你們勸說之前，是否已有人先求過他，而後你們再勸說，南安王才答應的？」

「若是有人在我們之前就說過，那南安王見到我們必定會提及，這並不是什麼大秘密。我們當初過去勸說的時候，是將證據收集齊全，他方才答應出手的。南安王性子爽利，憑證據說話，即便你是清白之身，若沒有證據，只憑一張嘴，誰的面子他都不會買帳。」正是因為南安王的性情豪爽，沈遇當年才會與南安王成為莫逆之交。

白薇確認沒有誤會後，臉色便冷了下來。「阿晚根本不愛韓朔！韓朔當年趁人之危，利用淩家的事情做人情，找上阿晚。他說會幫忙救出淩家，條件是阿晚得嫁給他，這才是阿晚為何執意要嫁給韓朔的原因。只怕這件事情是韓朔聽到了風聲，他才會鑽空子騙了阿晚。」若是他好好待阿晚，兩個人婚姻和睦，倒還可以原諒。但韓朔太人渣，得到手之後便不珍惜。「這件事你去告訴阿晚。不用等她養好身體了，咱們直接寫好和離書，讓阿晚簽字蓋上手印，派人去將軍府搬東西。」白薇十分氣憤，將軍府欠阿晚的，她不會放過。老夫人手裡有兩條小生命，做盡惡事，吃齋唸佛求庇佑嗎？那就看看佛祖會不會保佑她！

沈遇從未想過竟是這麼一個原因。他周身散發出駭人之氣，此刻殺了韓朔的心都有。

他倏然起身，去找沈晚君。

沈晚君呆怔地坐在床上，眼睛放空，仍是無法從沈遇帶來的消息中回過神來。

謊言，一切都是韓朔的謊言！

這些年她一直感念韓朔的恩情，若非他挺身而出，淩家說不定已被滿門抄斬。她對韓朔恨到極致，厭惡到極致，但每每念起這份恩情，她仍處處忍讓。可到頭來，根本沒有什麼恩情，而是他搶占了哥哥的功勞，毀了她一生！

淚水奪眶而出，她屈著雙腿，雙手環住膝蓋，將臉埋在腿間。

她不知是該恨韓朔，還是該慶幸這一切是騙局，她可以得到解脫，不必擔心韓朔會對淩家不利了。

真相大白的一瞬，各種情緒彙聚心頭，沈晚君只想痛哭一場。所有深深壓抑在心底的痛苦、絕望，統統宣洩出來。一次！只許這一次！

之後她會徹底拋下過往的一切，重新開始。

沈遇知道整件事的內情後又驚又怒，到最後只剩下心疼。他靜靜地站在一旁，等沈晚君止住哭聲，方才道：「薇薇的意思是，現在將和離書送去將軍府，把妳的嫁妝清點抬回來。」

沈晚君一雙杏眼哭得紅腫，吸一吸鼻子，嗓音沙啞地道：「離。」這種荒誕的事情，竟發生在她的身上，沈晚君神思有些恍惚。她不敢想像，韓朔竟是這般無恥下作的人！「這件事有勞哥哥和嫂嫂為我操勞。」沈晚君咬著唇瓣，又氣憤、又羞愧。如果不是她自作聰明，也不會掉進韓朔的圈套裡。這一次的教訓，足以讓她謹記一生。「哥哥，今後有事我們要有商有量。」

沈遇低聲說：「好。」

他將早已準備好的和離書拿出來給沈晚君過目，又將筆遞給她簽字。

沈晚君在上頭簽下自己的名字後，沈甸甸的心口驀地一鬆，脊背也挺直了些許。細細看一遍後，她才將和離書遞給沈遇。

沈遇將和離書收起來，手掌貼在她的額頭。「高熱退了，好好將養身體，其餘的事情交給哥哥。」

沈晚君很順從地點頭。

沈遇大步流星地離開，即刻帶上人去往將軍府。

將軍府的門僕見到沈遇，不敢攔，恭敬地將門打開。

韓朔身上的傷都處理好了，正在書房看公文。

家僕匆匆過來稟報。「將軍，沈遇帶人來清點夫人的嫁妝！」這可是大事，嫁妝拉走了，夫人還是將軍府的夫人嗎？

韓朔霍然起身，疾步去往沈晚君的院落，就見護衛一箱箱地往外搬嫁妝，淩府管家正在庫房裡面清點物品。

「大舅兄，你這是幹什麼？」韓朔臉色鐵青，額頭上青筋跳動，極力地克制胸腔裡翻湧的怒火，心慌意亂道：「阿晚對我有誤解，夫妻之間拌嘴是正常的事情，但床頭吵架床尾和。她如今是我的妻子，我認定了她，不會輕易和離的。」

沈遇面若寒霜，將和離書擱在他懷裡。「阿晚已經簽字。」

韓朔急忙拿起和離書，看清楚沈晚君的筆跡後，心神一震。「不、不可能！她說過，我不休她，她不會主動和離。」將和離書揉成一團，扔在地上。「你騙我的！定是你找人模仿阿晚的筆跡。大舅兄，寧拆一座廟，不拆一樁婚，阿晚是你的妹妹，你為何不盼著她好，千方百計讓我們和離？我對她還不夠盡心盡力嗎？為了我納妾一事，她與我置氣了好幾年，但我對她初心不改。你同樣身為男人，最該體諒我，這世間哪有男子不納妾的？這並不妨礙我對她的感情啊！我真的無計可施，只差將心掏出來給阿晚看，以證我對她的心意！」韓朔後悔了，當初不該在沈晚君有孕時納妾的，他該等沈晚君生下孩子之後。若他們之間有了孩子，沈晚君就不會走得這般決絕。

「韓朔，你怎麼將阿晚娶進門的，你心中有數。」沈遇這句話，令韓朔大驚失色，他冷笑道：「阿晚已經得知真相了，你省省心，別再叨擾阿晚。」沈遇的手按在韓朔的肩頭，指尖用力，骨頭立即發出咯咯的聲音。「若胳膊廢了，不知你這將軍之位可還能保得住？」

韓朔臉色發白，額頭上不斷滲出冷汗。

沈遇看著淩管家出來，朝他點頭，表示嫁妝數目沒有錯。「阿晚從今日起，不再是韓家婦。今後男婚女嫁，各不相干。」收回手，帶著人浩浩蕩蕩地離開。

「朔兒！朔兒！沈遇那煞星來抬沈晚君的嫁妝了？」老夫人聞訊，氣喘吁吁地快步跑過來，正好將沈遇堵在門口。「這是將軍府的嫁妝，你這是要搬到哪裡去？上回你打傷我兒，是朔兒念在你是大舅兄的情面上，所以既往不咎，沒和你算帳，你倒好，給點顏色，你還蹬鼻子上臉了？放下！東西全都給我放下！」老夫人撲倒在箱籠上，不許人給帶走，大聲叫嚷道：「來人啊！快來人啊！有人私闖將軍府，搶奪錢財！快把這賊子抓起來，扭去送官！」

將軍府的侍衛立即上前，將沈遇帶來的護衛團團包圍住。

老夫人見狀，腰桿子挺直，氣勢十足地道：「這些東西全都是咱們韓家的，你們快將東西搶回來！他們若敢動手，不必客氣！」

侍衛們看向韓朔，等他發話。

護衛們也緊張地看向沈遇，那些侍衛手裡有刀，他們不是對手。

老夫人見韓朔還在發呆，立即喝道：「朔兒，你快下令將東西搶回來！」

韓朔被老夫人這一叫嚷給驚得回過神來，他心思一轉，連忙揮手，讓府中的侍衛將嫁妝奪回來。若能留住嫁妝，或許便能將沈晚君給留下來了。

「大舅兄，這是我們夫妻之間的事情。要和好如初，還是和離，都應該阿晚出面，讓她與我當面說清楚。她如果心意已決，我絕對不會阻攔，會遵從她的心意。」韓朔到底是理虧，當初這樁婚事是他算計來的，在沈遇面前底氣不足，就怕事情鬧大，南安王若得知，對他就不利。「娶阿晚我用了手段，是我做得不厚道、不夠磊落。可我對她的那一片心意不作假，我可以向她解釋。」

「韓朔，做不到的事情，不必輕易許諾。」沈遇冷眼看著老夫人叫罵，指使侍衛將嫁妝抬到她的院子裡去，目光驀地一沈。「讓開！」

韓朔巍然不動，沈著臉。「我敬你是阿晚的兄長，方才讓著你，並不是怕你。大舅兄，你別逼我以刀劍相向！」

沈遇冷笑一聲，身形一動。

「來人，將他扣拿下！」韓朔急急下令，閃身退開。

沈遇身形如鬼魅，比他更快一步，將匕首抵在韓朔的脖子上，挾持他，眼中戾氣橫生。

「我再說一遍，讓開！」

老夫人沒有想到沈遇居然還敢對韓朔動手，氣急敗壞道：「沈遇，你快放手！你一個白身，屁都不是，敢對朔兒動手，我讓人去報官！」

「妳去報官，正好查一查，阿晚是如何中毒的。再叫眾人看一看，將軍府是如何搶奪嫁妝的！」沈遇絲毫不懼。

老夫人面色一變，爭論不過沈遇，乾脆往地上一倒，撒潑打滾。「作孽啊！家門不幸，娶了一個討債鬼進門，自個兒占著茅坑不拉屎，不給韓家生下一子半女，我兒納妾延續香火，這個妒婦竟回娘家請人打上門。欺人太甚了！欺人太甚啊！」她扯著嗓子號哭，想鬧得左鄰右舍聽見動靜，看看沈遇是怎麼欺負堂堂將軍的！如果不是沈晚君中毒一事被沈遇捏著把柄，老夫人這會兒得敲登聞鼓、告御狀！

沈遇看著無理取鬧的老夫人，眉頭都不動一下，手上用力，韓朔的脖子立即滲出鮮血。

老夫人雖打滾叫屈，但一直注意著沈遇的動靜，看見韓朔的脖子被割破了一道口子，且沈遇一點都沒手軟，那道口子還越拉越大，她登時被唬住了，哪裡還敢鬧，立即爬了起來。

「住手！你給我住手！」

「娘，把嫁妝留下來！妳不要管我！」韓朔賭沈遇不敢真的要他的命。

老夫人哪裡敢賭？她雖捨不得這筆嫁妝，可韓朔更是她的命根子啊！見沈遇無動於衷，她心裡一急，朝侍衛低吼道：「閃開！你們快讓開！」

沈遇給護衛遞一個眼色，護衛立即抬著嫁妝魚貫而出。

老夫人緊緊咬著牙關，一臉肉疼。

沈遇挾持韓朔走到大門口後，將韓朔一推。「你再敢招惹阿晚，問問我手裡的匕首答不答應！」

老夫人瞧見沈遇鬆開韓朔，急忙檢查他的脖子。「朔兒，你的傷要不要緊？」立即指使婢女去請郎中。

韓朔避開老夫人，衝出府外，沈遇一行人已經驅車離開，他望著空盪盪的府門外，心都跟著空了。

「朔兒……」

韓朔聽不見老夫人的叫喊，他轉頭去沈晚君的院子，看著搬空的屋子，茫然中又帶著無措。沈晚君就這般毫無徵兆地從他生命中抽離了。不，或許從一開始就有端倪。

當沈晚君對他不再有笑顏時，結局早已注定。

他太過自大自傲，認為沈晚君是他的妻，她這一輩子都是他的人，因此從未顧慮過她的感受，只是暗自與她較勁，等著她先低頭。然而等他意識到錯誤的時候，為時已晚，覆水難收。留不住，他終是留不住她！

老夫人不放心韓朔的傷，跟著他進屋，見那一張架子床都被拆掉抬走，庫房裡更是乾乾淨淨，啥都沒有留，她不禁陰著臉，心裡更恨了。「我就說了，沈晚君不能娶。她娘就是個水性楊花的人，在外和男人不清不楚，這才讓威遠侯對她生恨的，還不知道這兩個壞種是不是威遠侯的呢！她娘不是個好的，沈晚君又能好到哪裡去？可你偏不聽我的話，現在嚐到苦頭了吧？離了也好，免得攪得咱們家烏煙瘴氣，家宅不寧！」就是可惜了那一大筆嫁妝！

韓朔突然問道：「娘，爹納妾，妳心裡是如何想的？」

老夫人冷哼一聲。「你爹耳根子軟，被人吹一吹枕邊風，心裡、眼裡哪還有我們娘兒倆？你爹抬了兩個女人進府，都被我使計趕出去了。好在她們一進門，我就給灌了絕子湯，不然若生下幾個孽子，你哪有如今這般安逸？」這話一出口，老夫人陡然意識到不對勁。

「朔兒，你可別亂想。我是我，沈晚君是沈晚君，怎麼能混為一談？」

不同，哪裡不同？同樣身為女子。他不懂。

「我為你爹生下你，他後繼有人。但沈晚君下不了蛋，你納妾延續香火，她能怨得了誰？你可別再犯傻！兩人都和離了，你就將你表妹扶為正妻吧！為了救你，她肚子裡的孩子都沒保住，你可不能忘恩負義啊！」老夫人耳提面命。

韓朔什麼也沒有說，走進沈晚君的屋子，將屋門給合上。

老夫人氣得倒仰。

沈遇乾淨俐落地將沈晚君的婚事處理妥當。

沈晚君一顆心落回肚子裡，渾身輕鬆，只管在府中靜心養病。

常氏得到消息，急得團團轉。沈晚君與韓朔和離，嫁妝被沈遇拖走了，她是一點兒都沾不上手啊！

身邊的婆子勸道：「淩楚嵐嫁過來時，十里紅妝，豐厚的嫁妝讓人眼紅，多半都給沈晚君帶去將軍府了，咱們侯府還貼補了三十二抬嫁妝呢！咱們不惦記淩楚嵐留下的嫁妝，但侯府補貼的總該要回來。小小姐也將要成親了，咱們可得為她謀算謀算。」

常氏當初為這嫁妝與威遠侯鬧過，威遠侯想結交韓朔，因此捨了本錢。現在和離了，東西全落在沈晚君手裡，彷彿在常氏身上剮了一塊肉。

「等侯爺回來，我與他說一說。」常氏話音一落，就見威遠侯大步走來，她連忙起身迎上去，為威遠侯解開官袍。「侯爺，我方才聽說阿晚與姑爺和離，沈遇將嫁妝全都拉回淩家了。哪有這樣的道理？阿晚是咱們侯府的姑娘，怎能住進淩家？我這就派人去將人接回來？」只要沈晚君一進侯府的門，嫁妝就得全落在她手裡。

啪！威遠侯面色陰沈，揚手一巴掌甩在常氏臉上，清脆響亮的巴掌聲瞬間響徹滿室。

常氏摀著臉，耳朵裡一陣嗡鳴聲，錯愕地看向威遠侯。成婚至今，兩個人相敬如賓，威遠侯從未對她動手過！

更重要的原因是，當初她還未嫁給威遠侯前，兩個人互通書信，她誘使威遠侯將謀害淩楚嵐一事詳細寫在信中，然後偷偷藏起來，以備不時之需，用來威脅威遠侯。

威遠侯知道這封信的存在，大多時候因為她的溫柔小意，且並未用這封信對威遠侯做過什麼，所以他向來對她很和善，極少這般大動肝火。

「侯爺……」常氏的淚珠子往下掉，委屈道：「我說錯什麼了，叫您這般動怒？」

威遠侯指著常氏的鼻子，怒聲道：「廢物！一點小事妳都辦不好！沒將沈遇叫回來，妳還將高氏打了，讓御史彈劾我治家不嚴！顧時安入翰林原本是穩妥的事，如今也被妳攪黃了。沈晚君已經出嫁，是侯府潑出去的水，她愛上哪兒就上哪兒。眼皮子淺的賤東西，侯府哪裡虧待妳，叫妳惦念著沈晚君的嫁妝？再讓淩世華告到御史前彈劾我，就將妳給休了！」

常氏嚇壞了，明知有那封信在，威遠侯不會休她，可她同樣不敢輕易拿出來威脅威遠侯，畢竟她也參與其中，除非事關生死，才能當作護身符，不然只會惹得威遠侯對她厭棄，好日子便到頭了。

她不敢再提嫁妝一事，臉色發白地道：「侯爺，我、我沒有打她，是她自己往地上摔，陷害我。」

「蠢婦！妳還有臉說！」威遠侯想到為顧時安在翰林院謀的缺位原本十拿九穩，就因為常氏辦事不力給打了水漂兒，不禁氣得肝疼。「妳去淩府給高氏賠罪，直到她原諒妳為止！」居然還惹出許多閒話來，說淩府是他元配的娘家，常氏卻打上門去，實在是鬧得太難看了，累得他也得奉聖意上門道歉。

常氏緊緊握住拳頭，心裡很不甘願，可又不敢惹威遠侯，只能強忍住一口惡氣，吩咐嬤嬤準備去淩府賠罪的禮物。她忍了忍，到底沒有忍住，問起關於顧時安的事情。「侯爺，高氏的事情與顧時安在翰林院的缺位有什麼關係？」常氏看不上顧時安的出身，父母雙亡、沒有身家背景也就罷了，學問做得也不好，連留在翰林院的資格都沒有獲得，還得靠人活動。可她再如何不滿，也架不住威遠侯看重，她的女兒喜歡。

「南安王說『修身齊家治國平天下』，我齊家都做得不好，看人的眼光自然不行。翰林院都是國之棟梁，請皇上三思。」威遠侯冷冷瞥她一眼。「妳真當就妳一個人聰明？下一回辦事，不可草率！」

常氏低低應聲。

嬤嬤將禮物備齊了，兩個人準備去往淩府。

正好顧時安聽到風聲，上門來拜訪威遠侯。

威遠侯讓常氏在馬車上等，他讓門僕將顧時安請過來。

不消片刻，顧時安疾步跟在門僕身後進來，入內躬身行禮。

「你聽見風聲了？」威遠侯望向顧時安，他面容平靜，不急不躁，倒是沈得住氣。「不必心急，待事情平息，本侯再想辦法為你周旋。進不了翰林院，本侯在其他地方給你謀一個缺位。」

顧時安進京城方知居大不易。他是草根出身，喬縣令的人脈不足以令他飛黃騰達，因此他借用喬縣令的人脈鑽營，引起威遠侯的重視，甚至得到沈新月的愛慕。

昨夜得了準話，他能進翰林院，誰知一夜之間竟生出了變故。

他心中急躁，可面上得穩住，不能顯露出來。

「侯爺，我今日來並不是問缺位，這種事不能操之過急，我能等。我的事情給侯爺增添了不少麻煩，若是行不通，我可以外放。」顧時安以退為進。他不能不急迫，因為直到昨日他才知道，沈遇是威遠侯的嫡長子。他還未功成名就，對沈遇與白薇心存忌憚。

「你與月兒已經訂親，再過幾個月便將成親，她沒有吃過苦，你外放她可能適應不了艱苦的生活。京城就很好，不只有翰林院，還有六部。」威遠侯已經五十多歲，幼子卻只有六歲，能力半點都沒有顯出來。挑上顧時安做女婿，便是看中他沒有任何背景，只能倚仗威遠侯府。先幫顧時安在京城站穩腳跟，待自己年邁時，再靠顧時安扶持幼子。「不出一個月，本侯幫你落實下來。」

顧時安得了一句準話，心裡稍安。沈遇暫時不知道他的存在，在缺位落實下來之前，他得避讓沈遇。

「你去看看月兒吧，本侯有事出去一趟。」

威遠侯吩咐婢女將顧時安領去後院，他則與常氏去往淩府。

淩秉德即將要七十大壽。

高氏手把手地教白薇一起張羅壽宴的事情。

白薇聽著高氏侃侃而談，各個不同的門第階層，送的禮都不同；什麼樣的宴會，宴請什麼樣的人也都有講究。她聽得津津有味，認真地看高氏寫菜譜與名單。

高氏見白薇好學，溫柔地笑道：「妳在京城這段時間，就跟在我身邊學掌家管帳吧？」

「好啊！」白薇想跟著高氏學精，到時候以備不時之需。

此時，淩世華像一隻鬥志昂揚的公雞，打了勝仗，昂首挺胸地闊步進來。

高氏與白薇在對材料，瞧見走路帶風、神采飛揚的淩世華，他一臉喜色，正等著她們詢問朝堂上的情況。兩人對視一下眼，裝作沒看見，繼續對菜譜與宴請賓客的名單。

淩世華清一清嗓子，故意弄出動靜，讓她們關注他。

兩人十分沈得住氣，就是不給淩世華一個眼神。

淩世華憋不住了，站在她倆面前。「在準備壽宴啊？」

「嗯。」

「我下朝回來了。」

「哦。」

「咳，今天早朝發生的事情十分精彩。」淩世華見高氏終於抬眼看他，眉毛抬一抬，等著高氏問。

「是嗎？你讓開一點，擋著光了。」高氏將淩世華拉開。

「……」淩世華的鬍子抖了抖，他哼一聲，逕自道：「我就知道妳憋不住，想知道！今日在早朝時，御史彈劾威遠侯內帷不修，治家不嚴，繼室不端莊賢德，打傷朝廷二品誥命夫人，又為母不慈，苛待繼子、繼女，因此罰他一年俸祿，並勒令他好好管束治理後宅。」

高氏提筆添上幾個名單，抽空瞥了淩世華一眼。「就這點懲罰，看把你嘚瑟的！」

「妳等著吧，威遠侯待會兒會上門賠罪。」淩世華又說起另一樁事。「今年春闈，有一個二十歲出頭的青年考中進士，入了威遠侯的眼，想招為女婿，本打算為他謀一個缺位，安放在翰林院，為這未來女婿今後的仕途做跳板。結果今日御史揪著他的小辮子彈劾，這件事皇上原來是答應了，如今又將他的摺子留中不發了，威遠侯知道的時候，臉都氣綠了。妳等著吧，為這樁事，威遠侯都得好好訓一訓常氏。」

「非翰林不入內閣，威遠侯對這便宜女婿倒是盡心盡力。」高氏滿臉諷刺，沈新月是以養女的名義被記在常氏名下，其實沈新月就是常氏與威遠侯私通生下的孽種，這是京城裡眾人心照不宣的事情。

正是如此，沈新月如今十五歲，鐘鳴鼎食之家、詩書簪纓之族都瞧不上她，未曾派人上門說親。常氏先前眼巴巴地替沈新月尋覓了一戶好人家，男方給拒絕，鬧了一場笑話。或許也是有這一方面的原因，威遠侯才會挑選上一個毫無身家背景的寒門士子。

反正威遠侯府倒楣，高氏就高興。

淩世華笑得高深莫測，他瞧過威遠侯的便宜女婿，和威遠侯倒是一路人，果然是物以類聚！

高氏與白薇將名單和材料全都準備好後，威遠侯正好帶著常氏上門了。

白薇直接去沈晚君的院子，看看可有需要幫忙的地方。

高氏撐著痠痛的腰，神色慵懶地道：「我的腰要累斷了，得休息一會兒，不得空見他們。」

門僕出去，將話潤色一番。「夫人在忙老太爺壽宴一事，沒空招待你們，侯爺請回。」

威遠侯臉色鐵青，哪裡會不知道是高氏刻意為難？

常氏一口牙幾乎要咬碎，恨不得闖進去，將手裡的東西砸在高氏臉上！

但經過昨日一事，常氏長了教訓，不敢鬧騰了。

「我們在這兒等著，高氏何時有空，我再進去。」常氏忍氣吞聲，賠著笑臉，心裡卻在想：我面子做足了，高氏卻得理不饒人，那就怨不得我了！

這一等，等到月上中天，凌府緊閉的門都不曾打開過。

常氏的雙腿痠軟得厲害，滿面倦色。「老爺，高氏這是鐵了心不願意見咱們，等到明兒一早，她都未必會開門。」

威遠侯臉色青黑，咬牙道：「回去！」

常氏心中一喜，精神懨懨地說：「侯爺，高氏太囂張了，您是奉聖意來賠禮道歉的，她卻閉門不見，這是連聖上都不放在眼裡呢！」

威遠侯心中一動，預備第二日上朝時，反告淩世華一狀。

哪裡知道，早朝時，不等威遠侯開口，淩世華就拱手出列道：「皇上，昨日威遠侯攜威遠侯夫人登門道歉，內子張羅好家父壽宴一事，預備將人請進門時，他們卻不在門前了。不過他們的心意微臣與內子已經收到，這件事就此作罷吧。」淩世華睨了威遠侯一眼，透著挑釁：我早就看穿你心裡的小心機了！

威遠侯氣得內傷，淩世華這狡詐的小人，分明是惡人先告狀！

西嶽帝不贊同地看向威遠侯。「這就是你說的誠意？」

「微臣……」

「好了，這件事你們私下協商。」西嶽帝話音一轉道：「威遠侯，你嫡長子如今已經進京，你預備何時請封世子？」

威遠侯對淩楚嵐生的兩個狗崽子沒有任何感情，反而很看重常氏生的兩個，尤其幼子是他親自教導，侯爵之位是要給幼子繼承的。西嶽帝這話一出，便是暗示他為沈遇請封世子，化解與淩家的矛盾糾紛。即便心裡有一百個不願意，威遠侯也不能拂了聖意，遂拱手道：「回稟皇上，微臣散朝回府後便寫摺子。」

西嶽帝看了淩世華一眼，滿意地點了點頭，自認將這一場臣子之間的矛盾給圓滿化解了。

凌世華心想，沈遇不稀罕威遠侯的爵位，可看著威遠侯氣得吐血還得將這一口血咬牙吞進去，他心下就解氣了。為了膈應他們，怎麼也得叫沈遇先給應下，今後繼承不繼承再說。

「皇上，這本就不是多大的事情，只是婦人之間的糾紛，是威遠侯小題大做了。」凌世華神采飛揚，對威遠侯說話時的語氣十分氣人。「阿遇就住在我們府裡，你三番兩次地帶著令夫人來凌府道歉也不好，不知內情的會傳出閒話，妨礙阿遇的名聲。我父親想念他，留阿遇在府中多住一些時日，這事你是知道的。」

我不知道！我什麼都不知道！威遠侯差點甩袖走人。從未見過這般信口雌黃、顛倒黑白的人！可他不但不能發作，還得強顏歡笑。對得了便宜還賣乖的凌世華說：「常氏傷了高氏，她上門賠禮道歉是應該的。」隨後看向西嶽帝，轉移話題，說起朝事，就怕繼續糾纏下去，他得被凌世華氣得中風。

一下朝，威遠侯便臉色陰沈、怒氣沖沖地回府。

常氏生怕高氏又鬧啥么蛾子，心裡惴惴不安，在家裡等著威遠侯回來。

遠遠瞧見威遠侯過來，一看他臉色不對，常氏心裡咯噔一下，強忍著不安問：「侯爺，凌家又為難咱們了？」

威遠侯看著常氏一張哭喪臉，一把將她給推開，不厭其煩道：「皇上讓我為沈遇請封世子，平息這場風波。」

常氏聽了，當即就要昏過去。

常氏坐在凳子上嗚嗚哭泣，這個家今後被沈遇當家作主的話，哪裡還有他們的活路？她將常月盈塞進將軍府，沈遇會在心裡狠記她一筆的！

「侯爺，這爵位不能給阿遇繼承啊！他與咱們離心，並不親厚，會善待咱們旭兒嗎？」常氏心痛啊，那兩兄妹早已離開侯府，這偌大的侯府就是她的掌中物，誰知偏偏生出這麼個意外。她若是早知會因為高氏一事而橫生枝節，壓根兒就不會為了賀家的小恩小惠去打沈遇的主意。這回可不就撿了芝麻、丟了西瓜？

「妳難道讓我違抗聖意？」威遠侯臉色沈鬱。昨日他在淩府外站了半天，沈遇都未曾出來開門請他進去。「我暫時為他請封，其他的事情，以後再說。」

「阿遇若和咱們一條心，這個爵位給他也沒有關係，可他這是硬了心腸啊！但凡向著咱們，也不會由著淩家這般羞辱侯府，讓別人看了笑話。」常氏淚眼朦朧，嬌柔地說著，覷一眼威遠侯，他面色並無不悅，便又道：「不管怎麼說，皇上已經開口，我們斷不能違背皇上的意思。阿遇與我們決裂，得想辦法修復關係。再過幾日是淩老七十大壽，我們過去參加壽宴，可以找阿遇好好談一談，若是談不攏就找白薇，讓她勸阿遇回府。」有任何的選擇餘地，常氏都不會讓威遠侯請封的。沈遇一旦成為世子，他們再想奪回來，太難了！

威遠侯眼神一動，想到常氏極力撮合沈遇與賀青嵐，嘴角總算有一絲笑意。「這件事，妳去辦。」

常氏看著威遠侯眼中的深意，瞬間領悟他的心思。

白薇與沈遇一條心，不可能勸沈遇回府的。

威遠侯這是默許她在壽宴上，使用一些手段逼迫沈遇不得不娶賀青嵐。

「老爺放心，妾身會辦妥的。」常氏眼底閃過陰鷙。沈遇與賀青嵐若是鬧出醜事，就容不得他不娶！

白薇忙得腳不沾地，操持壽宴的事情。

這幾日忙活下來，白薇學到了許多管家的東西。

李大人送來的玉料她都沒有空閒看一眼。

這一日總算能歇一口氣，高氏拉著白薇逛街。

「衣裳已經請繡娘做好了，咱們還差一些首飾，正好出來走一走，透透氣。」高氏特別喜歡白薇，她性子隨和，勤勞俐落。「明日府中會來不少客人，得正式將妳介紹給他們。」

高氏將白薇鬢角的髮絲撫順，越看越喜歡，笑咪咪地說道：「真好看，阿遇的眼光不錯！」

白薇認為她和沈遇是緣分使然，若不是這一場沖喜的烏龍，他們大概不會相處出感情。

「你們多留一些日子吧，家裡好不容易熱鬧起來，等你們一走，又冷清了。」高氏眼底露出溫柔目光。

白薇失笑。「我們今後還會回來，您們想我們的時候，也可以去石屏村。」

高氏想一想，是這個道理。

白薇自打入京便一直在淩府，不曾出來走動。她掀開簾子，繁華的街道，人來人往，熱鬧非凡。

馬車停下來，高氏掀開簾子，正好停在珠翠閣。「我們下車，這家鋪子的珠寶還不錯。」

白薇率先下馬車，攙扶著高氏下來，兩個人一同入內，珠翠閣裡面有客人。

高氏是常客，她一入內，掌櫃立即迎上來。「淩夫人，您今兒來得巧，正好有一批新貨。」將高氏往內請，繼而又看著高氏身旁的白薇道：「這位是您的親屬？」

「她是我的外甥媳婦。」高氏拉著白薇的手一同坐下。「將你們鋪子裡小姑娘戴的時興首飾端過來。」

掌櫃心裡有底了，今兒的主角是白薇。他一點兒也不含糊，吩咐夥計將各類首飾端過來，供高氏與白薇挑選，其中混雜著高氏這種年紀戴的珠寶。

托盤上擺著各種各樣的頭飾與手鐲、瓔珞，她挑選一支簡約又不失精緻的笄，這種簪子可以隨意將挽起的頭髮固定住。至於玉簪子她會自己做，這裡頭的她一樣都沒有看上。

高氏見白薇挑選的太簡單了，便挑選一支步搖道：「妳試一試？」

白薇不喜歡步搖，覺得花式繁複。「舅母，這一支笄足夠了，我那兒還有玉簪。您挑選自己用的首飾就好，玉飾就不用挑了，您喜歡什麼樣的，我給您做。」

高氏欣喜道：「真的？」白薇帶了禮物，正是一整套玉製首飾，很得她喜歡。「好，那我挑個華勝。」

掌櫃聞言，挑選一支白玉梅花釵，玉質細潤，通體拋光。「這是上等的山料，出自姜家的玉匠師之手，樣式簡約大氣，很襯這位少夫人的氣質。」

白薇對買玉釵並沒有多大的興趣，尤其還是姜家的玉釵。「我不愛在外買玉飾，除非是特別入眼的東西。」

高氏連忙說道：「對，我外甥媳婦做的玉飾，比外頭買的大多要精緻漂亮，重要的是合我的心意。」

「外甥媳婦做的玉飾，只這一份心意就不同了。」掌櫃隨口說一句，實則對白薇的手藝並不放在眼裡，只當是高氏收到晚輩做的禮物，心裡高興，便一通吹。

「淩夫人，您也在這裡呀，真巧。」

一道輕柔伴著驚喜的聲音響起，白薇與高氏側頭望去，便見屏風處走出一位女子，嫋嫋娜娜，環珮叮噹，生得花容月貌，神清骨秀。她淺淺一笑，宛如春梅綻雪。

高氏瞧了眼後，便又轉回頭，壓根兒不搭理對方。

白薇見狀，便也淡淡地收回視線。

賀青嵐神色不變，依舊笑若春桃，站在高氏身邊道：「方才我聽淩夫人說這位姑娘會做玉飾，我正好鍾情玉飾，不知道能不能見識一番姑娘做的玉飾呢？」

掌櫃是個精明的人，淩家只有沈遇這麼一個外甥，這兩日都在傳沈遇回京了，而今高氏帶來的姑娘說是外甥媳婦，那不就是沈遇的媳婦？眼前這賀青嵐是沈遇的前未婚妻，此時有這一問，只怕也暗藏機鋒啊！「賀大小姐，您請坐。」

掌櫃的稱呼一出，白薇立即抬頭看向賀青嵐。她已經從高氏這兒知道沈遇當初的未婚妻是賀青嵐，而且常氏如今有意撮合賀青嵐與沈遇。賀青嵐現在熱情地迎上來，看來真的是賊心不死呢！

掌櫃也不由得說道：「不知能否見識見識少夫人的手藝？」

白薇也不矯情，直接從頭上將玉簪拔下來，放在桌面上，供他們看個仔細。

這是白中帶綠的岫玉，玉質細膩，晶瑩濕潤，雕琢的是玉簪花。柔碧的莖葉長出新芽，似夏天從葉叢中抽生出串串的白色花序，乳白色的玉簪聚插在碧綠枝頭。簪頭是白色部分，盛綻的花瓣潔白無瑕，其中鮮嫩的花蕊與蕊柱都清晰分明，簪身則通體碧綠，毫無雜質，往桌子上一擱，栩栩如生，彷彿是剛自枝頭採摘下來的玉簪花，芳香襲人。

不只是雕工好，這一分心思也靈巧。

賀青嵐瞧一眼就很喜歡，想到這支玉簪是出自白薇的手，心中對白薇不禁多了一層看法，微微含笑道：「姑娘當真是心靈手巧。」

高氏壓根兒不覺得賀青嵐心懷好意，她將玉簪拿起來，親自為白薇插進髮間。「那是自然，薇薇此次是奉皇命入京，她的手藝入了皇上的青眼，自然是沒得挑。」

賀青嵐心中凜然，十分意外地看向白薇。

高氏對賀青嵐很看不上眼，甚至認為沈遇會離京，有很大一部分是因為賀青嵐，如果不是她突然退親，沈遇繼續留在京城只怕前途無限。不過也正是因為淩家出事，才看清了賀青嵐的為人。她只會同富貴，不能同甘苦，這等愛慕虛榮的女人，配不上沈遇。若是她沒想吃回頭草，高氏還能稍微高看她一眼，如今賀青嵐的所作所為，十分令高氏厭煩。

「薇薇挑好了嗎？我們去其他地方看一看。」

「好。」白薇起身，與高氏一同離開。

掌櫃被高氏剛剛丟下的話給砸昏頭了，他心思一動，連忙追出去。「少夫人，您等一等！」掌櫃將白薇之前挑好的笄包給她。「這是您挑中的首飾，方才小的冒犯了您，這是給您的賠禮，請您收下。」

白薇哪裡會不知道掌櫃打什麼主意？無非是想要與她談合作。她的雕工入了皇上的眼，她若是為皇上雕刻玉器，那麼與他們合作時打出這個噱頭，他們不愁生意不好。

只不過，他們已與姜家合作了，白薇對他沒興趣。「你不必客氣，方才並未冒犯我，是我太忘形了。」

「您是實話實說，是我心存偏見，還請少夫人見諒！」掌櫃將東西往白薇手裡塞。

白薇推回去。「你並不是東家，東西送給我，回頭你還得往裡頭添補銀子。」不等掌櫃多說，白薇挽著高氏的手臂上了馬車。

掌櫃看著馬車走遠了，懊惱地抬手在臉上打了一下，錯失了一個好機緣啊！方才他聽高氏與白薇的話，只覺得白薇太輕狂，哪裡知道人家真有這個本事？回頭瞧見賀青嵐還坐在原處，他忙打起精神。「賀大小姐，您有中意的首飾嗎？」

賀青嵐搖了搖頭。若說之前想與沈遇重修舊好，那是因為看中了淩家，可看來淩家對她十分敵視，且沈遇與威遠侯父子倆的關係並不好。之前她還想強行促成這一段姻緣，今日看見白薇之後，她不禁收斂起對白薇的輕視。白薇出身寒門，僅憑一己之力便得皇上賞識，靠的不僅僅是手藝，還有過人的心機與智慧。

賀青嵐不打算再逛了，坐上馬車，準備回府。

婢女瞧見，跟著鑽進車廂，看見賀青嵐手裡拿著一柄摺扇出神，上面的字跡遒勁有力，筆鋒凌厲，宛如出鞘的利劍。這一把摺扇是出自沈遇之手，當年兩家訂親，互相交換信物時，沈遇贈的是一柄摺扇，而賀青嵐送的是一塊玉珮。

「小姐，您不必擔心，白薇即便得皇上器重，身分也不過是低賤的玉匠師，她又不能入朝做官，還能阻擋您的路嗎？反正常氏與威遠侯是站在咱們這一邊的，有賀家做倚仗，您想嫁進威遠侯府是十拿九穩。」婢女奉承賀青嵐道：「白薇出身低微，相貌普通。您當年名動京城，那些公子都道您『氣質美如蘭，才華馥比仙』，沈公子若是對您無意，也不會因您退親另嫁而傷心地離開京城。如今您和離，沈公子也回京了，說明您與沈公子有夫妻緣啊！」

「不得胡言亂語。」賀青嵐被吹捧卻並未忘形，她深思熟慮一番後，準備放棄沈遇。她與常氏各懷鬼胎，相互利用對方達成心願，看誰技高一籌。如今她有危機感，白薇與沈遇不是善類，便決定不去冒險了。賀青嵐垂下眼簾，幽幽地說道：「白小姐很優秀。」若白薇只是普通的村姑，她還能放手搏一搏，可惜白薇不是。

白薇回到府中，心事重重。

沈遇曾經說他有一位未婚妻，後來退親嫁人了，她認為此事已翻篇，並未放在心上。誰知這未婚妻竟殺個回馬槍，和離後，想與沈遇共續前緣。

沈遇正好在洗臉，白薇倚在門框上，看著他寬大的手掌掬起一捧水搓臉。

她拎起一塊帕子遞給他。「我今日遇見賀大姑娘了。」

沈遇擦去臉上的水珠後，將帕子擱在銅盆邊沿，目光炯炯地看著她問：「她為難妳了？」

「那倒沒有，就是發現她和我想的不一樣，是個大美人。」白薇一邊說，一邊盯著沈遇，見他一根眉毛都不動一下，她倒是忍不住挑眉了。「你當初怎麼答應結親的？是看她長得漂亮？」

「她漂亮嗎？女子不都是長得如此？」沈遇壓根兒不記得賀青嵐長什麼模樣了，當初答應訂親，或許就是奉母命，又看她順眼，便順口應下了。「美人在骨不在皮。」一個人的品性，比她的相貌更重要，至少沈遇更注重內在。

「是嗎？」白薇酸溜溜地說：「當初咱們成親，你可只當我是妹妹。」

沈遇不禁頭疼，不知好端端的，白薇為何會平白無故翻起舊帳？「我是依順妳的意思。」

好吧，的確是這樣。白薇啞口無言。

從這幾句話中，白薇得知了沈遇的態度，他對賀青嵐沒啥想法，她便不再介懷。

「明天她若過來，你不許多看她一眼！」白薇腦中閃過賀青嵐的仙姿玉色，警告道：「記住，你是有婦之夫的人！」

沈遇莞爾一笑。「我記下了。」

這還差不多！白薇滿意地拿著衣裳去內室沐浴。

第二十四章

第二日。

淩府各院忙碌起來。

白薇穿著一條煙霞色薄紗長裙，一頭青絲綰成髮髻，斜斜插著一支碧玉簪，描畫淡雅的妝容。

高氏遠遠地注視著白薇，明眸皓齒，杏臉桃腮，盈盈俏立在潔白的玉蘭花旁，眉眼含笑，掩映生姿。「妳的底子很不錯，天生麗質，稍作打扮便光彩照人。」高氏很驚豔。

白薇第一次被誇獎，微微臉熱。

「走，舅母帶妳去迎客。這個圈子就這般大，妳和阿遇回京的消息他們早就得了信。阿遇當年在京城可是風雲人物，想嫁給他的姑娘不少，最後挑到……也幸好是她，否則阿遇怎麼遇見妳呢？這樣一說，咱們還得感激她了。」高氏說著，自己都樂了，她和白薇很投緣。

「如果不是忙著老爺子的壽辰，我早就等不及拉妳出去顯擺了！」

白薇和高氏相處半點壓力都沒有，絲毫感覺不到階級分明的待遇。但今日只怕有一場硬仗要打，不是所有人都如淩家這般和善，沒有門第之見。

淩老是朝中一品大臣，來的都是貴客。

賓客陸陸續續而來，在高氏的介紹下，眾人與白薇認個臉熟，所有的想法都隱藏在笑面下，客氣不失禮地與白薇點頭，算打了招呼，隱隱顯露出一絲高人一等的姿態。

威遠侯與常氏來得不算早，也並不算晚，他們帶著沈新月一同參加壽宴。

高氏見到這一家人，臉色立即沈下來，他們並未給威遠侯送請帖。

「今日淩老七十大壽，我們來沾沾喜氣。」常氏臉上堆滿笑容，將賀禮遞給高氏。

高氏想要將人趕走，可滿庭院的賓客在這兒，鬧大了有失顏面。她冷著臉，讓婢女請這一家子進去。

沈新月站著沒有動，她的相貌與常氏有五、六分相似，穿著蔥綠色的裙子，倒也是小家碧玉。她盯著白薇看了好一會兒，方才開口道：「妳就是大哥哥納的妾？」

高氏的臉頓時拉下來。

沈新月瞧見高氏要發作，便噘著嘴道：「大哥哥成親的事情，爹娘都不知情，無媒無聘即為奔。聘者為妻，奔者為妾，這是禮法，難道不對嗎？」她的聲音並未壓抑，甚至比平日說話要高，引得賓客紛紛側目。

高氏臉一沈，立即就要喚人將這一家子給趕出去。

這時，門口又起了一陣騷動，原來是賀青嵐與賀夫人相攙走來。

賀青嵐穿著雪白無瑕的長裙，一頭青絲散落在腰際，飄逸如仙，宛如出水清蓮，氣質清雅高潔。若不是知道她的身分，不知情者，倒以為她是哪家未出閣的千金。不少賓客眼中充滿驚豔，卻也紛紛可惜她已經嫁過人。

賀青嵐習以為常，她輕聲說道：「月兒，沈遇與沈伯父已斷絕父子關係，他的婚事可以自己作主。沈遇與白薇拜過堂，便是正經夫妻了。」

常氏與沈新月皆錯愕地看向賀青嵐，她這是何意？

常氏原來打算今日在壽宴上將她的計謀說給賀青嵐聽，可賀青嵐看起來是想要抽身了？如此一來，常氏就不得不另想辦法，將賀青嵐與沈遇算計在一起了。

沈新月急忙說道：「賀姊姊，我只認妳是我的嫂……」

「月兒，話不可亂說。我與沈遇有緣無分，這種話我不想再聽見。」賀青嵐將一柄摺扇遞給白薇，含笑道：「物歸原主。」

常氏認出這摺扇是當年沈遇給賀青嵐的訂情信物，她此刻給了白薇，是真的要放棄沈遇了？「嵐兒……」

賀青嵐得體地朝常氏一笑後，挽住賀夫人的手臂，朝宴廳而去。驀地，她腳步一頓。

沈遇大步流星而來，他的身形依舊挺拔如松，面容剛硬，英氣凜然，一雙銳利的眸子注視過來，賀青嵐心口不禁微微發顫，很快低垂著頭。

已經六年未見，他越發成熟穩重，身上的陽剛之氣令人著迷，可是，再不會屬於她。

「沈大哥。」賀青嵐嗓音輕細地喚一聲，微微一笑。「恭喜你。」

沈遇淡漠地頷首。

他眼中完全陌生的眼神，令賀青嵐心中慶幸她放下了。

沈新月歡喜地說道：「大哥哥，這個女人配不上你。今兒趁著大夥兒在，你將話說清楚，免得她死皮賴臉地纏上你！」

沈遇並未理會沈新月，他大步邁向白薇，站在她的身側，對威遠侯道：「父親，如今世子之位由我承襲，你們今後若再上門鬧事，我會請皇上收回爵位。」

威遠侯臉色陰沈，這個孽子幹得出來這種事！

沈遇冷酷無情地道：「今日外祖父七十大壽，我不希望有不愉快的事情發生，請你們離開。」

「你——」威遠侯見眾人圍觀看熱鬧、小聲議論紛紛，面子撐不住，冷哼一聲。「你別後悔！」轉身，拂袖而去。

威遠侯今日見沈遇態度這般堅決，不敢再讓常氏設計沈遇，就怕逼急沈遇，魚死網破。常氏備受打擊，賀青嵐不要沈遇，她還能用下作手段。如今連威遠侯都放棄了，將世子之位拱手讓人，賀家原先許諾的好處也要落空了。常氏不甘地瞪沈遇一眼，拉沈新月離開。

「今日感謝諸位百忙之中抽出時間參加我外祖父的壽宴，借此吉日，我有一事向諸位說清楚。」沈遇看向眾人，執起白薇的手，神色肅穆道：「我的妻子出身不高，可她的能力卻並不比各位低。自古妻憑夫貴，而在寶源府城，我卻是夫憑妻榮。她是知府的座上賓，還是眾人競相要合作的人。而我除去祖輩給予的身分，不過是籍籍無名之輩。希望諸位叔伯用看待沈遇的眼光，去看待我的妻子，給予同等的尊重。」

白薇心中震動，眼圈發酸。

這個男人為了維護她，將她捧得這般高。她能獲得如今的成就，最大的功臣明明是他。

白薇並不在意別人的看法，只要自己過得痛快肆意，哪裡需要他們品頭論足？

但是她知道，這是沈遇的心意。心底在意一個人，便容不得旁人去詆毀、輕視。

白薇心裡盈滿感動，被人護著的滋味，挺好的。

高氏連忙道：「淩家只認白薇是阿遇的媳婦，誰低看她，就是看不起淩家！」

眾人心中同樣震動，沈遇這是對白薇一片癡心，淩家也對白薇另眼相看，才會這般維護。該如何對待白薇，眾人心中有了衡量。

有人立即奉承道：「這丫頭長得標致水靈，一瞧就是宜家宜室的人。我聽說她在玉器大比上，力壓溫、姜兩家，脫穎而出呢！真羨慕段老啊，能收到這般天資不凡的徒弟！」

眾人十分意外，想不到白薇竟是段老的徒弟！

「夫人過獎了，我不過是投機取巧罷了。」白薇謙虛道。

「若沒有真本事，有幾分小聰明也不頂用。」高氏將耳邊的垂髫挑開，露出翡翠耳墜，上面一點白光璀璨生輝，不禁將眾人的視線引去。「這是薇薇親手做的首飾，你們看看，這份雕工沒得挑吧！」

眾人被這不知名的寶石驚豔住，像琉璃，卻並不是琉璃，光華奪目，映襯著那一點翠綠，越發高雅華貴。

這時，門外再次起了騷動。

為首的男子俊美無儔，身著一件黑色繡祥雲紋緞袍，玉帶束腰，渾身上下透著矜貴之氣。眾人一眼認出，這是太子，紛紛行禮。

太子身後跟著三個人，一個是貼身侍從，一個是幕僚，另一個便眼生了，眾人不由得多看幾眼，這一細看，覺得這位青年很眼熟，彷彿在哪兒見過，可世家子並未見過這一號人。

眾人朝世家子去想，半天都沒想出來，也只當作是面善了。

高氏卻瞧出一絲端倪，她看一眼青年，又看一眼白薇，兩人的眉眼輪廓有四、五分相似。

白薇看見大哥出現在這裡時很吃驚，聽見眾人喊「太子」，她心中更為震動。

「不必多禮。今日淩老壽宴，大家隨意。」太子態度親和，目光在白薇臉上打個轉後，繼而看向身後的白孟。「這位沈夫人是你的妹妹？」

「正是。」

「你不必跟著本宮，與你妹妹敘舊去吧。」白孟有真才實學，為他解決了一個大麻煩，他準備重用白孟，自然要賣個人情給白孟，如此白孟才會對他更為忠心，這也是御人之道。

白孟一怔，萬萬沒有想到太子會注意到這細微之事。

白薇被人冷落輕視，白孟心中並不好受，雖然沈遇挺身而出，只怕收效甚微。而太子此舉無疑是在告訴眾人，太子準備重用白孟，所以白孟的妹妹白薇並不是沒有出處的人。

「多謝太子殿下！」白孟拱手言謝。

眾人不可思議地看向白薇，沒有想到太子身邊的青年竟是她的哥哥，心中紛紛開始盤算，該給白薇何等階層的禮遇？畢竟，想要得到太子的器重並不是一件簡單的事情，才智與手段缺一不可。錦上添花易，雪中送炭難。太子若是榮登大寶，白孟只怕會水漲船高，那時候再想要攀附，便不是一件容易的事情了。

白薇帶著白孟離開。

太子對沈遇道：「你一別多年，這次回來準備留在京城了嗎？」

沈遇領著太子入內。「暫時沒有這個打算。」

太子感嘆道：「皇叔痛失你這個得力幹將，十分惋惜呢！」

「南安王手下能人異士眾多，我不過是其中之一，倒是辜負他的栽培了。」沈遇一臉正色。

太子笑著搖頭，繼而提起白孟。「你的大舅兄是高老舉薦給本宮的，今日本宮特地帶他過來。」稍作停頓，又低聲道：「他胸藏錦繡，腹有乾坤，在這一眾人中出類拔萃。」

這一眾人指的便是這一批舉薦的人。太子身邊不乏能人，白孟能被太子記住，並有這般高的讚譽，只怕並不是高老的功勞。

「你們好好敘舊，本宮去見淩老。」太子話音一落，淩世華已攙扶著淩老一同過來。

「太子殿下，您快裡面請。」淩老與淩世華行禮後，領著太子去書房。

沈遇則去招待其他的客人。

白薇能夠在京城見到白孟，實在又驚又喜。

「大哥，你怎麼來京城啦？」白薇帶著白孟到後院涼亭，眉眼彎彎，上下打量白孟。他穿著青色直裰，一根青色玉簪將一頭長髮束起，氣宇軒昂，瀟灑文雅，眼睛裡帶著光，瞧著十分精神有勁頭，與最初相見時是翻天覆地的轉變。「你不是在府學唸書嗎？怎麼跟著太子了？」

「高老將我舉薦給太子，進京安頓好後給家中去信了，妳來了京城，或許是沒有看見信。」白孟抬手揉一揉白薇的腦袋，發現她長高了些許。「他們待妳好嗎？」

「他們對我很好，沒有門第之見。」白薇讓白孟坐下說話。「太子好相處嗎？伴君如伴虎，你得小心謹慎。」

白孟坐在她對面，確定她在淩府過得好，方才說起一件事。「寶源府城的兩座玉礦，是當年朝廷發現的礦脈，歸寶源府城歷任知府管理。但隨著寶源府城玉器的沒落，以及溫、姜兩家的崛起，先帝便將玉礦對半分，由溫、姜兩家掌控，而他們每年要上繳六成給朝廷。究竟給了多少，誰也不知道，帳面他們是做平了，其中大部分都放在培育玉匠師的耗損裡。」

白薇瞬間懂了，溫、姜兩家肯定不會老老實實地上繳六成。每年大量栽培玉匠師，這其中的耗損沒底兒，正好可以給他們鑽了空子，中飽私囊！

「這些秘辛你怎麼知道？」白薇猜測道：「太子告訴你的？」

白孟搖頭。「這正是我要與妳說的事情。國庫空虛，太子為此事焦頭爛額，下面的人諫言增加賦稅，但這對太子當政並不利，我便提出讓太子將礦產管理權掌握在自己的手中，交給太子的心腹督查，便能夠解決國庫空虛一事。」

白薇臉色驟變。「大哥，你這是觸犯大眾的利益，會成為眾矢之的！」

白孟失笑道：「各地方的礦產都是掌握在地方官手中，親太子黨派不會將管理權收回，只是讓人表面上去查帳，並不會重懲，每一年的收入只須上交一定比例給朝廷即可。水至清則無魚，太子有一個尺度的，如此只會令他們對太子更為忠心耿耿。而反太子黨派者，則可以借機肅清政敵，安插自己的人脈。如此不僅能夠鞏固太子的地位，國庫能充盈些許，也不會剝削百姓。除了太子的政敵之外，並未觸犯到其他人的利益。

「太子若是採用這個方案，我會為妳爭取姜家的礦脈。」白孟心中自有成算，他同樣是在為白薇樹立保障。「若是私人找到的礦脈，上報登記，每一年上繳朝廷兩成即可。小妹，我們無權無勢，妳太過出色，光芒矚目，妳若是自己找到礦脈，難免得擔心旁人掠奪，這是最穩妥的法子。」這兩成相當於保護費。實名登記後，別人若要染指，只須去官府一查，礦脈歸屬者一清二楚。太子也很認同這個提議，畢竟這兩成相當於多得的。只不過，這個提案需要諸位大臣支持，太子今日來淩府，也是想與淩老商討，此提案能否順利通過並實施。

白薇心中一動。「大哥，你是因為聽到一些風聲，才會向太子提出這個提議嗎？」頓了頓，又問：「你還會考科舉嗎？」

姜家剽竊她的作品，態度很囂張。以白孟目前的能力並不能扳倒姜家，只能用迂迴的方法。姜家賴以生存的玉礦若被剝奪，便會傷到根本，這是最直接的打擊。

白孟這一手不會動搖眾人的根基，相反地還會庇護弱者。

一個玉礦若是能夠產出上等玉料，單單其中一成的利，便能夠讓人豐衣足食。

白薇不貪心，她覺得讓出兩成能減少許多麻煩，很划算。不但能夠保障她的利益，重擊姜家，若是此事進展得順利，白孟同樣能夠得到太子的重用。

「姜家人睚眥必報，妳與他們結怨，他們不會輕易善罷甘休的。」白孟占據天時地利，一舉多得的事，他何樂而不為？遂含笑道：「科舉不會荒廢，太子引薦我去國子監。」

白薇見白孟心中有規劃，便放下心來。「大哥，不管你多受太子器重，都需要有一個出處，如此才能真正地受人敬仰。」說直白了，國子監大多都是官二代，白孟能進裡面唸書，可以結交好友，開拓人脈。

「大哥心中有數。」白孟往亭外望去，看見沈遇尋了過來，他沈吟道：「小妹，妳去給大哥沏一壺茶。」

「好。」白薇見沈遇過來了，便放心地離開。

片刻間，沈遇走進涼亭，詢問道：「你如今做太子的幕僚，做好今後的打算了嗎？」

幕僚有兩種，一種為太子獻計，一種為太子的刀。

而往往這兩種人，在太子登位之後，極少有人能夠走到人前，更不能全身而退。知道太多太子的陰私，若不能得太子器重，唯有最後一條路可走。

白薇注重親情，不會願意看到最後的那種結果。

「我並沒有選擇。」白孟想要出人頭地，而太子是他的機會。想得到太子的信任、成為太子心腹的這一條路太難，但縱然布滿荊棘，他也要走出一條路。「小妹爬得太快，我若走得太慢，會護不了她。」姜家欺負她的事情，白孟十分氣憤，若是白薇有足夠的倚仗，姜家敢這般欺人太甚？而她的玉器得到皇上的欣賞，榮耀與危險同樣並存。尤其得知沈遇的真實身分後，白孟更堅定地認為他沒有選錯這一條路。走普通科舉出仕，他至少還得等三年，太慢了。如今有機會送到他的面前，他為何不把握住？

「有我……」

砰！

沈遇話音未落，臉上便挨了一拳頭。

白孟極為憤怒，布滿怒火的眼睛瞪著沈遇。「你若真的將小妹當妻子，便不會隱瞞自己的真實身分！你家是什麼樣的門第？我家是什麼樣的門第？你們不是同一個世界的人！即便有你，以我們平民的身分，她得被人輕賤詬病一輩子！何況你又能保證對她的感情從一而終？」一拳頭根本不足以洩憤！他入京之後，更加深刻地意識到階層等級是不可跨越的一道天塹。他要努力往上爬，讓白薇與沈遇的身分匹配！讓人不能隨意欺負、輕視她！「即便你將來貴為侯爺，還是貴為將軍，你若敢負了白薇，我定不會放過你！」白孟以為他對沈遇瞭解至深，原來不過只是淺顯的表面罷了。若知曉沈遇的身分，從一開始他就不會把白薇交給沈遇！他丟下沈遇，準備去找太子。

「威遠侯府是威遠侯府，我是我，與他們並沒有牽連。」沈遇以指腹摩挲著顴骨，白孟那一下力道可不輕。他表明自己的立場，道：「我不打算與他們有瓜葛，此次回京城，是為了參加外祖父的七十大壽。今後薇薇在哪裡，我便在哪裡。」

白孟的怒氣隨著那一拳頭已消散得差不多，其實他更多的是擔心白薇會受委屈。聽到沈遇的話，他停住了腳步。「小妹如今為皇上辦事，今後的生活會發生翻天覆地的轉變。你和威遠侯勢同水火，淩家與你再親厚，到底不是你自己的勢力，隔了一層，你日後得有打算。」白孟一心為白薇謀算，還是希望沈遇能夠成為她的後盾。

「我心中有數。」沈遇心中早已做好打算，準備等壽宴之後再與白薇細談。

白孟見沈遇態度認真，心氣總算平復了下來。

白薇沏了茶過來，卻見只有沈遇一個人在這兒。「大哥呢？」

「太子那兒。」

白薇將茶組擱在石桌上，驀地，盯著沈遇的顴骨看，微微泛紅，不禁心疼道：「大哥打你了？」

「不是。」

白薇取出一把摺扇給沈遇，清涼明淨的眼眸直視他。「這是賀姑娘給的。」她打開看了一眼，認出是沈遇的字。白薇心裡雖然不舒服，可她知道賀青嵐之於沈遇而言是過去式。

「妳處理便好。」沈遇並不接摺扇，反而握住白薇的手，帶她往前廳走。「走吧，宴席快開始了。」

「好。」白薇彎眉一笑，心中釋然。

兩個人去往前廳，沈遇去了男眷那一邊，白薇則來女眷這邊。

白薇走到高氏身旁，便見管家領著兩個人進來。

為首的是南安王，韓朔則跟在後面。

高氏臉上的笑容斂去，今兒一個、兩個不要臉的全湊上來了！

威遠侯也就罷了，韓朔進不了門，竟跟在南安王身後。她若將人轟出去，那便是給南安王難堪。高氏心中冷笑，對白薇耳語一句。「安排護衛守住阿晚的院子，再請阿遇好好『招待』韓朔。」

白薇看著南安王微微出神，他是西嶽帝的胞弟，可西嶽帝已經四、五十歲，他卻最多三十出頭。眉眼如畫，身如玉樹，風姿奇秀，神韻超然。沈遇對他簡短幾句話的描述，讓白薇將他定位在身長九尺，蓄著長鬍，相貌堂堂，威風凜凜的彪形大漢，這一見與她刻劃出來的形象大不相同，讓她一時有些意外。聽聞高氏的話，她連忙點頭，轉身去找沈遇。

高氏換上一副笑臉，給南安王行禮。「王爺裡面請。」

南安王一身深色華服，並無其他配飾，素潔簡約，高貴清華，氣勢內斂，身邊只帶著一個侍衛。他朝高氏微微頷首，信步入內。

高氏跟在南安王身後，看著諸位千金都偷偷看著南安王，她不禁看了南安王一眼。面如冠玉，唇若桃瓣，的確是一個極美的人。即便如今是一介鰥夫，可他的權勢與相貌仍令不少女子春心萌動。只不過，南安王卻沒有再娶的心思。

高氏將南安王安置在主席。

「本王隨意安置就行。」南安王喜靜，坐在了角落的位置。

韓朔頓時鬆一口氣。他進不來淩家，因此在門口等南安王來的時候，再跟在南安王身後進來，門僕不敢攔他。高氏一見他便拉下臉，若是南安王坐在主席，自己的身分是不夠的，真是和南安王一同來的，他倒是可以坐在南安王身邊，關鍵他是蹭著南安王進府的。他還擔心自己若坐在其他的地方，只怕高氏會立即翻臉無情地將他轟出去，好在南安王坐在角落裡，且席間沒有人，他便順勢陪坐了。

南安王瞥一眼韓朔，漆黑深邃的眸子透著洞察人心的犀利光芒。「你不必跟著本王，身為淩家的外甥女婿，你該幫襯著招待客人。」

韓朔端著酒杯的手一緊，不敢欺瞞，實話實說道：「臣照顧阿晚不周，大舅兄對臣極其不滿，他主張臣與阿晚和離，阿晚已被他帶回淩家，臣見不到她。男子三妻四妾是常事，臣納妾是為了繼承香火，可臣對阿晚的心意不變。」他滿嘴苦澀，笑了笑。「王爺與王妃伉儷情深，不願另娶，應該能夠體會臣的感受。大舅兄逕自將和離書給臣，帶走了阿晚的嫁妝，臣只是想親口聽阿晚說，這是她的意思，才肯死心放手，可淩家對臣有很大的敵意，臣才會出此下策，跟在王爺身後進來。」韓朔站起身朝南安王致歉。

南安王飲一口酒水，慢悠悠地說道：「你是在本王面前炫耀？」

韓朔怔愣住。

「本王無妻無子，你有妻有妾有子，本王不能體會你的感受。」南安王目光冷涼，嘴角的笑透著冷嘲。「你想享齊人之福，娶一個願意接納你的妾室與庶子的妻子，家庭自然和睦。你若實在捨不下心頭好，那也好辦，你說納妾是為繼承香火，如今香火有了，這妾室大可遣散。」

韓朔啞口無言。沈遇不理解，因為阿晚是他的妹妹，偏親不偏理，等沈遇成親多年了，方才能夠明白他的感受。可他以為南安王懂他，畢竟他們同為男人啊！

「王爺，她們是臣的女人，為臣生兒育女後就將她們遣散，臣對不起她們，臣的良心也不允許臣做這種忘恩負義的事情。」韓朔陷入兩難的痛苦境地。「臣很愛阿晚，不願意失去她。」

南安王將酒杯放在桌子上，瞧見沈遇走過來，便指著韓朔道：「替他另開一席。」

「王爺！」韓朔一愣。

「與你同坐，本王的智慧降低，性情會大變。」南安王自認脾氣很好，但與韓朔幾句交談後，覺得自己的脾氣很容易失控。

見沈遇臉色陰沈，不等他開口，韓朔就起身道：「臣去隔壁一席坐。」他誠摯地道：「大舅兄，我與阿晚和離，你雖不再是我的妻兄，但也有出生入死的情分在。今日是淩老的大壽，我不鬧事，只安安靜靜吃一頓席面，恭祝他老人家福如東海、壽比南山。」他逕自在隔壁席面入座。

其他人也勸沈遇。「淩老七十大壽是大喜的事情，做不成親家，也還是朋友。」

但沈遇半分情面都不留。「你自己走，還是我請你出去？」

韓朔心中生怒，可不願在諸位大臣跟前丟臉，便霍然起身。「沈遇，你當真要做得這般絕情？」

沈遇對護衛打了個手勢。

韓朔臉色鐵青，轉頭朝門口走去。正巧，沈晚君迎面走來。「阿晚！」他神情激動，疾步朝沈晚君走去。

白薇擋在沈晚君身前。「韓將軍，阿晚不願見你，請你離開淩家！」

韓朔絲毫不懼白薇的冷言冷語，滿目深情地望著沈晚君，看見她面色蒼白，毫無半點血色，心疼道：「妳瘦了。他們沒有照顧好妳嗎？」

沈晚君知道韓朔的性子，若是不達目的不會輕易甘休的。今日是外祖父的壽宴，她不願意鬧得太難看，叫人看了淩家的笑話，且在淩家，韓朔隻身一人，他不敢做什麼。

「我過得很好，會變成這副模樣是託你母親與表妹的福。我們之間沒有什麼可說的，該說的哥哥已經代我說完了。韓朔，你的謊言毀了我一輩子，我不恨你，是我自己太蠢笨才會上你的當。我與你斬斷前緣，此後橋歸橋，路歸路，各自安好，希望你不要再來擾亂我的清寧。」沈晚君在將軍府的日子過得太累，耗盡了全身的力氣。恨一個人，只會讓自己活在過往的痛苦中，不值得。

韓朔沒有想到沈晚君這般決絕，其實他心中早就有數，沈晚君不愛他，嫁給他是為了「報恩」，一日恩情不存在，她又怎麼會留在他的身邊？可他太不甘心了！他為她掏心掏肺，卻依然得不到她一絲一毫的感情！「我們夫妻六年，妳對我當真沒有一點感情？」韓朔雙手緊緊捏握成拳，看著沈晚君冷漠的眼神，心口陣陣抽痛。「我們如果有一個孩子，妳會給我一次機會嗎？」

「韓朔，這世間沒有如果。我很慶幸沒有與你生下一個孩子，很感激你的親人不給我這個機會，以免苦了孩子一輩子。」沈晚君為失去孩子而痛心，可這一刻她是真的很慶幸沒有與韓朔生下孩子。若是有一個孩子，只怕她不會這般果決。

韓朔心痛如絞，沈晚君的一字一句，宛如利刃刺進他的心口。沒有失去她的時候，韓朔從沒有這般深刻的感覺，他以為她這一輩子都不會離開他。「阿晚……」

沈晚君看著他眼底的痛苦之色，只覺得諷刺。真的對她深情不悔，怎麼會允許妾室欺負到她的頭上？又怎麼會允許他的母親傷害她腹中的骨肉？他對這一切並非不知道，甚至沒有誰比他更清楚。他不過是想要她低頭求他，他才會護她。但沈晚君有她自己的驕傲。

將軍府對她來說如囚籠，她恨不得早些解脫，又怎麼會去求韓朔？

「嫂嫂，開席了，咱們進去吧。」沈晚君與韓朔無話可說，攥著白薇的袖子入內。

韓朔驀地扣住沈晚君的手腕，在她掌心放下一物後，往後退幾步。「我今日來只為見妳一面，將話說清楚，妳心意已決，我不會勉強妳。阿晚，我如今更明白自己的心意，也為自己這六年來未盡到夫君的責任向妳道歉。希望妳能再給我一次機會，一次重新追求妳的機會。」韓朔不等沈晚君拒絕，便轉身快步離開。

沈晚君垂眸望著掌心一物，小布包並沒有繫緊，緩慢地展開，露出一塊金鎖片，上面刻著兩個字——君瑞。

她手指一顫，眼睛裡彷彿揉進了沙子，又澀又痛，溫熱的液體湧上來。金鎖片彷彿會燙手一般，她想要甩掉，可又不捨，只能緊緊地攥在掌心。

新婚後，初為人母的喜悅，讓她對今後的生活充滿熱情與期待。那時與韓朔感情正濃，不過一個多月的身孕時，便已經為孩子起好名字，這個名字是蘊含著父母之愛的，對孩子報以最濃烈真摯的祝福。可後面所發生的一切，讓這變得不過是一場笑話罷了。

沈晚君知道這是韓朔的手段，可此時看著孩子的名字，那種撕心刮骨的痛便如潮水般湧來，令她胸口窒悶。

「阿晚，妳怎麼了？」白薇見她情緒不對，連忙扶著她。「我送妳回房休息？」

沈晚君仰著頭，將淚水逼回去，深深吸一口氣。「嫂嫂，妳將它熔了，處置了。」既然要與過去做個決斷，那便要徹底斷得乾淨。

白薇接過來。「妳身體受不住，不要強撐著。」她很擔心沈晚君會動搖，又暗嘆這韓朔不是省油的燈，拿捏住了沈晚君的軟肋。

沈晚君搖頭。「我身體還行，能支撐住。」

「到時候不舒服，妳告訴我，我送妳回房。」白薇不放心地叮囑。

「好。」

兩個人相攜入內，男女眷的席面，中間用屏風給隔開。

白薇坐在沈晚君左手邊，高氏坐在沈晚君右手邊。

席間坐著的都是各府有身分名望的夫人。

諸位夫人對白薇有深一步的認識，之前雖然對她做的玉飾很驚豔，終究身分低了。她們都是各府主母，長袖善舞，自身的修養令她們對這份偏見很好的隱藏住了。可親見沈遇對白薇的維護，加上她還有一個深得太子器重的哥哥，身分自然就不一般了。

她們對白薇很和善，不敢奚落她，便問沈晚君。「阿晚，妳和韓將軍和離了？」

「夫妻是講究緣分的，或許我與韓將軍沒有緣分。」不等她們再刺探隱情，沈晚君便含笑道：「菜已經上來了，希望能合各位的口味，用得盡興。」

見眾人還想再追問，白薇便招呼道：「待會兒菜冷了不好吃，諸位先用膳。」

「沈夫人，待會兒用完膳後，妳給我們量身訂製首飾吧？」有人開始示好。

白薇爽快地應下，這一頓飯賓主盡歡。

散宴時，諸位夫人熱忱地找白薇訂製首飾。

眾人散去後，高氏不禁撇一撇嘴。「如今的人啊，太過利益熏心，若是沒有半點好處，不會浪費丁點感情。淩家如今漸漸隱退了，她們看在老太爺和老爺的情面上，願意給幾分薄面，這裡頭並沒有幾分真心。阿遇在朝中沒有一官半職，妳的出身給他們帶不來好處，自然會冷待妳。如今知道妳哥哥得太子賞識，便競相結交妳了。這種逢場作戲的面子情，妳別往裡頭投注太多的真心，免得遭人愚弄。」

白薇笑道：「舅母，我不擅長這些交際，她們買我的玉飾，我還能夠侃侃而談。我與她們並不認識，也不在意她們的態度。等外祖父的壽宴過後，我們就會回寶源府城了。」

高氏見她心態豁達，不禁笑了。「妳不善言辭不打緊，她們能說會道，妳耳根子清淨不了。」隨即又問道：「韓朔見到阿晚後說了些什麼話？」

「他給了阿晚一片金鎖，還說不願意就此放棄，準備重新追求阿晚。」白薇皺緊眉頭，對韓朔十分厭煩。「韓老夫人想要將梅姨娘扶正，咱們可以推波助瀾。」若韓老夫人給韓朔施加壓力，他就不得不妥協。韓朔沒那麼大的臉，敢叫沈晚君給他作妾。

高氏憂心忡忡道：「只怕沒有這般簡單。」

白薇心中有盤算，但時機不成熟，她也便不多說。

太子中途離席，南安王等到賓客散盡才走，沈遇送他出府，南安王請他上馬車一敘。

南安王給沈遇斟一杯茶，緩緩說道：「你不打算回來嗎？」他端著一只玉白茶杯，觸感溫潤細膩，手指輕輕摩挲著。「你的大舅兄向太子提案，將玉礦統一歸為朝廷管理，每一年財富的六成上交給朝廷，剩餘四成用作玉礦的開支。若是私人發現的私礦，則上交兩成給朝廷以取得開產權。寶源府城是玉礦集中地，西嶽的財富十之六七出自寶源府城。正是有這筆財富，才會讓那邊山匪水賊猖獗，每一年盜走溫、姜兩家進獻給朝廷的二、三成銀子。而軍營駐紮地在寶源府城以南，運送軍糧需要途經寶源府城河道，多半也被水賊給劫走，朝廷雖派出水師剿匪，他們卻行蹤不定。太子與本王商議，既然要大肆整頓，預備重新建立一支水師，你有何看法？」

這一支水師是預備要對付水賊，護送官銀平安入京的。

「阿遇，為首的水賊曾在水師幹過，十分熟悉水戰，一人可敵二、三十人，朝廷水師才會在水賊面前節節敗退。本王希望你能回來，重新訓練一支水師。」南安王與沈遇是生死之交，兩個人曾經出生入死，他對沈遇的能力很認可。

沈遇在鏢行做鏢師，與水賊、山匪打過交道，對他們的戰術十分瞭解。

「你在寶源府城的情況本王調查過，你對那邊的地勢十分清楚，又與水賊、山匪交手過，比軍營裡提拔的人更為合適。如今邊關戰火連天，正是用人之際。本王希望你好好考慮一番。」南安王若是提議沈遇去邊關，只怕他新婚燕爾不會同意。而駐守在寶源府城訓練水師，同樣是重中之重，沈遇是極為合適的人選。

「實不相瞞，我打算等外祖父壽宴之後，再找王爺細談關於寶源府城水師一事，我們算是不謀而合。何時赴任，王爺只管吩咐。」沈遇在白孟提議考取武科的時候，就當時寶源府的形勢考量過，他已盯上了水師。

南安王見他爽快，不禁提點道：「此計是白孟提出，而他的妹妹又恰好是很出色的玉雕師。太子盯上溫、姜兩家的財富，意欲讓他妹妹接管，若是每年上繳的銀兩比溫、姜兩家多出許多，太子會將刀對準溫、姜兩家；若是財富比溫、姜兩家少，你們就得做好準備。」

太子的動機，只怕溫、姜兩家也會得到風聲，合兩家之力對付白薇是輕而易舉的。

沈遇陷入沈吟。溫、姜兩家掌管西嶽十之四五的財富，若是能夠得到兩家的財產，則國庫充盈。太子如今最缺的是銀子，白孟洞察出太子的心思，因而提出此計，對準姜家開刀，太子是順勢而為。白孟若能將此事辦得漂亮，才會徹底得到太子的器重，成為他的一把刀。

「我知道了。」

南安王從來不做沒有成算的事情，他既然提出這件事，就不擔心沈遇會拒絕。

兩個人意見達成一致，南安王的神色才輕鬆下來，說起他事。「威遠侯請封你為世子，皇兄不日便會下達聖旨，你有何打算？」南安王懶洋洋地靠在軟枕上。「本王不贊同你與他們有過多的牽扯。」

沈遇沈吟道：「我與威遠侯府沒有任何關係，今後會自立門戶，他們好與壞都與我無關。」雖然他被封為世子，能夠膈應威遠侯夫婦，可對他來說卻是累贅與負擔。

威遠侯並不安分守己，能力匹配不上他的野心。侯府日益沒落，威遠侯已漸漸退出權力中心，才會迫不及待地想要乘上太子這一艘大船。自己若是成為世子，必然要為侯府收拾爛攤子。「眼前這個世子的頭銜，於我來說還有大用途。」沈遇想到他將要做的事情，眼底是冰封的寒意。

南安王對威遠侯與沈遇的矛盾有一點瞭解，源於他的母親被陷害與人苟合。那時候沈遇的母親已經病犯沈屙，又如何會做這種事？結果不等查明真相，她突然之間就暴斃了。「你這麼些年來可查找到證據了嗎？」

沈遇神情肅穆。「有線索。」

「在寶源府城？」南安王問。

沈遇「嗯」一聲。他當年與威遠府決裂離京後，一直暗中在查找當初為母親治病的人。當年在他母親院子裡伺候的人，多半被調離去莊子上，後來說是天乾物燥，一把火將人給滅口了，唯一的一個活口，他查出是寶源府城的人，因此這些年他一直留在那兒，而接鏢是最容易掩蓋他行蹤與目的的行業，查找時不會讓人起疑心。

南安王拍著他的肩膀。「你們何時回寶源府城，給本王送口信，我給你敕碟與告身。」

沈遇說了一聲。「好。」

告別南安王後，沈遇去了一趟書房，將此事告訴淩秉德。

淩秉德並不反對，十分贊同。「今日太子與我說起玉礦一事，他話中透露的意思，是要將寶源府城的玉礦交給薇丫頭管理。你若是有能力，必要的時候也能夠護住她。我算是看明白了，薇丫頭注定不會是普通的商戶，她若是越爬越高，而你一直在原地踏步，兩個人的身分懸殊便會顯現出來。」淩秉德想起沈遇是入贅的，不禁哼了一聲。「就算你是入贅白家，薇丫頭那般優秀，自然會吸引更優秀的人，你若是被她休回府，我們是不會管你的。」

沈遇啼笑皆非。「我會努力與她並肩，不讓她有休我的機會。」

淩秉德氣呼呼地拿著公文敲他的腦袋。「你真是出息了，竟還給人入贅！」

「白家對我有救命之恩，當初與薇薇成親時情況危急，白父、白母以為我藥石罔效，方才會與薇薇一同沖喜，如此即便我沒有緩過來，也能有個安葬之地。」沈遇見淩秉德又要打他，連忙說道：「我是隱瞞身分的，他們以為我無父無母。」

淩秉德的手一頓，重重嘆息一聲。「他們是老實厚道的人，你可不能忘恩負義。我看薇丫頭與她哥哥皆不是平凡之輩。」

「當日之恩，莫敢或忘。」

凌秉德擺了擺手。「出去吧，看著你眼睛疼！」

沈遇看著說變臉就變臉的外祖父，輕輕地說道：「我們半個月後啟程離京。」

凌秉德躺在搖椅上，緊閉的眼皮微微一動，終是沒有睜開眼。「走了老頭子我也能圖分清淨。」

沈遇站在門口望向房內，外祖父躺在窗臺下的搖椅中，暮光籠罩在他身上，柔和溫暖的光暈化不去他臉龐上被歲月刻下的溝壑，每一道紋路都似飽經滄桑。

他如今已經是古稀之年，見一面少一面，他們能在身邊盡孝的時間並不多。

外祖父所圖的是全家團圓，而越是這般平凡簡單的心願，越是難以如願。

沈遇心裡突然覺得難受，母親的逝去，對外祖父是沈重的打擊，一夜之間頭髮白了，直挺的脊背也佝僂了，而他離京這六年，又何嘗不是叫外祖父擔憂掛心？

砰，門合上。

凌秉德睜開眼睛，渾濁的眼裡布滿紅色血絲，他望著雲蒸霞蔚的天際，低嘆道：「兒孫自有兒孫福啊！」

白薇還有半個月就要離開京城，因此接下諸位夫人的訂單後詢問過高氏的意見，篩選掉一些，日子過得忙碌又充實。唯一不好的便是沈晚君的身子，吃了太醫的藥並不見起色。

「咳咳……咳……」沈晚君咳得身子蜷縮，臉色白得近乎透明，毫無血色，唇邊有鮮血溢出。

高氏一顆心緊緊揪了起來。「這樣下去不是辦法。國寺裡有一位大師醫術高超，阿晚小時候身體不好，便是那位大師為她調養好身體的。如今太醫給的藥她越吃越虛弱，我們不如收拾一番將她送去國寺，請大師為她治病調養身體吧！」

白薇連忙說道：「我讓問蘭去備車，事不宜遲，立即去國寺！」

沈晚君軟綿綿地躺在床上喘息，虛弱無力，看著高氏與白薇為她擔心，忙得團團轉，她拉住白薇的手說：「明智大師在閉關，只怕不會輕易見客，我們會撲空。」

「不試一試，誰知會不會成功？」白薇安撫沈晚君。「妳身體不好，妳大哥會難過。」

沈晚君抿緊唇瓣，沒有再開口。

高氏與白薇收拾好箱籠後，指揮著護衛搬上馬車。

沈遇這段時間早出晚歸，白薇便沒有讓他一同去，由她與高氏兩人護送沈晚君去國寺。

沈晚君是國寺的香客，曾經在國寺長住過，知客僧將她們安排在沈晚君常住的禪房。

白薇喚知客僧，問：「明智大師可有出關？我們想請他給阿晚治病。」

知客僧道：「師叔還有三天出關，施主請靜心等候。」

白薇雙手合十，行了一個佛禮。「有勞大師在明智大師出關時知會我們一聲。」

知客僧應下，退下。

白薇準備進去時，看見又有人過來，正是韓朔。這人怎麼這般陰魂不散？不只是他，白薇還見到韓老夫人與常月盈，知客僧將她們安置在隔壁禪房。

韓老夫人見到白薇，臉色頓時大變。「朔兒，你是為了沈晚君那個短命鬼來的？」她這段時間多夢，睡得並不安穩，但韓朔並不當一回事，今日卻突然讓她來國寺誦經唸佛，說是或許心思靜了，這個毛病就能緩解。

韓朔擔心沈晚君的身體，又怕他獨自一個人來，沈晚君會將他給轟走，他若與母親一起過來，淩家的人便不能將他趕走了。「母親，您多慮了，兒子並不知道阿晚也在。」他率先進屋察看。

韓老夫人心氣不順，想去找沈晚君。

常月盈拉住她的手說：「母親，您一路舟車勞頓，先安置好，其餘的事情等休養生息之後再說吧？」

韓老夫人看著常月盈，見她的目光瞟向韓朔，只得忍下這一口氣，黑著臉進禪房。

待韓朔跟著知客僧離開後，韓老夫人才氣得將茶杯摔得粉碎。

常月盈低聲說道：「沈晚君怕是不行了，她小時候身體不好，就是請明智大師治病的，如今這個時候不在府中養病，卻來國寺，恐怕就是來請明智大師保命。」

韓老夫人臉色陰晴不定，這個沈晚君就是個禍水，只要還活著，韓朔就不可能會放手！

她打定主意，定不能讓明智大師救沈晚君。突然，她想起了一件舊事，神色驀地變得輕鬆。

「出家人慈悲為懷，最講究信用，最忌諱妄語。明智大師當年雲遊四海時，老爺曾經救過他，他給了老爺一個信物，說是能為老爺做一件事。這個信物一直被我妥善收藏著，妳現在趕緊回府將這信物取過來。」

常月盈心思急轉，韓老夫人這是想要用這個信物來換取明智大師不為沈晚君治病？

韓老夫人將一把鑰匙遞給常月盈，告知東西就放在她床底下的一口箱子裡，想了想又不放心常月盈，便叫身邊的兩個婆子跟著常月盈，一起下山去取信物。

韓老夫人與韓朔也住在國寺，因此白薇與高氏寸步不離地守著沈晚君。

轉眼間，便到了明智大師出關這一日。

問蘭將早飯端過來後，將打聽來的消息告訴白薇。「韓老夫人大約是虧心事做多了，半夜裡時常作噩夢，驚醒過來就再也睡不著，白日裡也吃不好，據說也是來找明智大師治病的。」

白薇冷笑一聲。「最好是這樣。」

沈晚君靜心養了幾天，精神好了些許，此時坐在餐桌前用粥。「韓老夫人是個沈不住氣的，不是有所謀，便是真的為了治病而來。」

高氏深以為然。「不然她早就鬧上門來了。」

話雖然這般說，但她們依然沒有對韓老夫人放下戒心。

用完早飯後，知客僧過來告訴白薇。「施主，明智大師已經出關，您再等半個時辰便可過去。」

「有勞大師！」白薇雙手合十。

知客僧回一個佛禮後，敲開隔壁禪房的門。

韓老夫人從禪房走出來，瞧見白薇站在門口，神色莫測地一笑。

知客僧帶領韓老夫人去見明智大師。

「阿晚，韓老夫人比我們晚來，為何明智大師先見她？」白薇心中疑惑，之前還以為是明智大師出關後要先沐浴焚香，方才會說半個時辰後才見客。

沈晚君皺緊眉頭，臉色沈了下來。

高氏連忙道：「咱們現在就過去，別叫她使壞！」

白薇攙扶沈晚君，一行人即刻前去見明智大師。

小沙彌將她們攔在外面。「師父正在見客，各位施主請稍等片刻。」

白薇心中有不好的預感。

等了一刻鐘，常月盈攙扶著韓老夫人出來。

韓老夫人神清氣爽，對著白薇等人，難得沒有甩臉子。

白薇望著韓老夫人的背影，心裡的不安越發的加重。

果然，小沙彌從禪房出來，對沈晚君說道——

「施主，師父說您的病情，他束手無策。」

沈晚君並不意外，從韓老夫人的神情便足以預見如今的情形。

「明智大師並未診脈，也未見到人，如何就知道這病他治不了？」白薇目光冷然。毫無疑問，必定是韓老夫人從中作梗！

小沙彌早已有說詞。「師父如今立下規矩，每日只接待一位。方才為韓老夫人診病，今日的名額已經用完。師父念在與沈施主的母親是故交，與沈施主也有過幾面之緣，她如今有此一劫，還請沈施主盡速另請高明吧。」

「我們已經等了三天，既然今日的分額用完，那我們明天再來。」白薇鐵了心要見明智大師。沈晚君的身子一日不如一日，請別的名醫看診，只得一句「毒入肺腑，藥石罔效」。明智大師醫術無雙，目前看來是唯一的救命稻草。

沈晚君咳血的症狀嚴重，她的變化含綠最清楚不過了，因此聽到小沙彌的話，眼睛倏地通紅，跪在地上磕頭。「求求大師救救小姐！若是大師的醫術都救不好，還有誰能治好小姐？出家人慈悲為懷，大師您要見死不救嗎？」

沈晚君拉含綠起身。

含綠不肯起身，滿眼淚水地道：「小姐，我不起來！大師什麼時候肯見我們，我便什麼時候起來！」

沈晚君望著緊閉的禪門，眸光黯然。明智大師是一位很和藹慈悲的人，不會立下這般苛刻的條件。雖然不是誰都見，可真正病重、無藥可醫的人，他必定會見的。韓老夫人手中有所仗恃，迫使明智大師違背佛心，不得不答應，事情並不簡單，豈是一跪便能化解？

「含綠，生死有命，別讓大師為難。」沈晚君神情嚴肅，勒令含綠起身。

含綠絕望地坐在地上，抱住雙腿哭。

白薇同樣想到了這一點。出家人最忌諱犯口業，明智大師若答應韓老夫人不為沈晚君治病，那麼含綠即便跪死在這兒也無濟於事。「先回去吧，我有辦法讓明智大師為阿晚治病。」白薇給高氏遞了一個眼色，一行人離開。

小沙彌鬆了一口氣，真怕那小丫鬟鬧起來。

他回禪房向明智大師回稟道：「師父，人走了。」

明智大師已經九十多歲，髮白如雪，鬍長兩尺，身著袈裟，在蒲團上打坐，撥動佛珠誦經。

「師父，您當真不為沈施主治病嗎？」小沙彌問。

「塵緣可棄，恩情難忘。佛家講因緣果報，我欠人恩情，自當償還。」明智大師也很無奈。

第二十五章

白薇將沈晚君送回寮房後，叮囑高氏看緊了，別讓韓老夫人闖進來。她準備隻身去找明智大師。明智大師的住處十分幽深僻靜，坐落在山坡下，想要見到人，她得繞到山裡，從後窗跳進去。

灑掃的小沙彌瞧見白薇往山上去，不禁提醒道：「施主要進山嗎？山裡傍晚寒冷，容易起大霧，會迷失方向，早點下山為好。」

白薇道謝後，往前走了幾步，腳步一頓，突然改變了主意，重新回到禪房。

高氏連忙問道：「大師不願意見嗎？若是不肯見，我們繼續尋訪名醫吧？」

「即便找到了名醫，阿晚的身體未必能撐過去。」白薇打開箱籠，翻找東西。「您放心，大師一定會答應給阿晚治病的。」

高氏不知道為何，對白薇有一種莫名的信任，不踏實的心因她信誓旦旦的一句話，竟然放了下來。

沈晚君躺在床榻上，斷斷續續的咳嗽，咳得狠了，眼淚也一併咳出來，睡覺都不能安穩。

高氏心裡擔憂，一邊照顧沈晚君，一邊看白薇拿著繩子、小刀在搗騰什麼。高氏也不去問，白薇是一個明白人，做什麼事情，必定有她的用意。

白薇將東西準備好後，又偷偷溜去山下，回來時天色已經黑了。經過韓老夫人住的禪房時，正好在門口遇見韓朔，白薇忽地說道：「今夜阿晚在後山等你。」

韓朔愣怔住，隨即抑制不住心裡的狂喜，眼底盈滿笑容。「好，我會準時到！」

白薇冷嗤一聲，轉身進屋。

韓朔腳步輕快地離開。

韓老夫人正坐在炕上吃飯，清楚地聽見了門外白薇與韓朔的對話，「砰」地一聲，將碗筷往桌子上一擱，臉色鐵青道：「沈晚君陰魂不散，一定是要挑撥我和朔兒的母子感情！」明智大師不願意給沈晚君治病，沈晚君怕死，這才想要透過韓朔來逼迫她鬆口，讓明智大師為沈晚君治病。韓老夫人自認識破一切。「不行，我不能讓她得逞！」她指使身邊的嬤嬤，盯緊隔壁的動靜，一旦看見沈晚君出門，務必第一時間告訴她。

夜色深沈，嬤嬤看見沈晚君穿著一條月白色長裙，頭戴帷帽出來，她立即告訴韓老夫人。「老夫人，沈晚君出門了。」

韓老夫人精神一震，讓嬤嬤攙扶她，偷偷跟著沈晚君去往後山。

老胳膊、老腿的，走到半山腰再往前一里路，韓老夫人就走不動了，氣喘吁吁。「她一個病秧子，怎麼腿腳這般俐落呢？」埋怨的話說到一半，韓老夫人突然意識到不對勁！「不是沈晚君，她不是沈晚君！」最開始走路雖然是一步三喘氣，可裝得再像，這體力瞞不住人。

大晚上的來山裡，山路又黑，林子裡大霧籠罩，越往裡頭走霧氣越濃。

嬤嬤心裡怕得慌。「老夫人，咱們是不是給騙了？莫不是沈晚君知道咱們讓明智大師不幫她治病，她心中生恨，所以將咱們騙出來滅口？」

「滅口」兩個字重重敲擊在韓老夫人心底，她渾身一哆嗦，想起這些年對沈晚君做的事情，沈晚君若瘋起來，極有可能會殺了她！

「不、不可能！我聽見白薇和朔兒的對話，朔兒肯定會來。」韓老夫人底氣不足，心裡發虛。正是因為她親耳聽見的話，才沒有懷疑，一路跟蹤過來，絲毫不曾想她們會被騙了。山風從耳邊呼嘯而過，「咕咕」、「咕咕」的聲音此起彼伏，十分嚇人。韓老夫人毛骨悚然，緊接著有鳥兒展翅的聲音，「咕咕」、「咕咕」地叫喊著從她頭頂飛掠而過。

「啊——」韓老夫人抱頭尖叫，面無人色，顫聲道：「走，我們快回去！」

一陣涼風吹來，嬤嬤手裡的燈籠倏地熄滅了。嬤嬤嚇一跳，往韓老夫人身後躲。

韓老夫人魂都要嚇沒了，掐擰嬤嬤的手臂，磨著後槽牙。「妳作死啊！趕緊在前頭帶路！」

嬤嬤渾身顫顫發抖，宛若驚弓之鳥。她小心翼翼地試探著往前面走，踩著枯枝發出的斷裂聲嚇得她魂都要飛了。她硬著頭皮往前走，嘴裡碎碎唸道：「這裡是國寺，有佛祖保佑，妖魔鬼怪統統退散。」忽而，一根繩索勒住脖子，猛地收緊，疼痛與窒息感齊湧而來。嬤嬤眼中布滿恐懼，被一股拉力拽著往後拖去，彷彿要將她拖進地獄。她想向韓老夫人求救，卻發現韓老夫人不知何時已暈倒在地上。不等她多掙扎，便漸漸失去知覺，軟軟地倒地。

白薇從樹上跳下來，取走嬤嬤脖子上的繩索，又看一眼昏倒在另一邊的韓老夫人，冷笑一聲。平日作惡多端，才會這般害怕鬼神纏上索命吧？

她策劃出這一場戲，做足了準備，特地買了藥，將韓老夫人給迷暈，然後先嚇唬嬤嬤一頓再將她也弄暈。

白薇將兩個人拖到山裡深處，越往裡面走，白霧越濃。她找到標記處後，將兩人扔在地上，拿出一瓶藥，對著兩人的鼻子熏一熏，然後快速離開。

不一會兒，嬤嬤無意識地揉著鼻子醒過來，一睜開眼，就見林子裡密竹遮天，濃濃的白霧在半空中瀰漫，她陡然一個激靈清醒過來。摸一摸自己的脖子，隱隱地作痛，提醒她之前那種被勒緊的窒息感與疼痛感是真實存在的。那麼，勒她的是人，還是鬼?!嬤嬤目光驚惶地四處張望，看見眼下她們所處的位置與之前不一樣，也不見半個人影，腦袋不禁一麻，心臟陡然收緊，不由得往後挪一步，結果摸到韓老夫人冰冷的手，嚇得她尖叫出聲。

韓老夫人的眼睛倏然睜開，就見嬤嬤閉上眼睛正在大喊大叫，心肝猛地狠狠一顫，想到自己剛剛突然就昏倒過去了。韓老夫人及時打住自己的念頭，厲聲說道：「閉嘴！瞎叫喊什麼？趕緊扶我起來，回去！」

嬤嬤聽見韓老夫人的聲音，頓時噤口，無盡的恐懼滲入骨髓，她渾身不可抑制的顫抖，帶著哭腔道：「老夫人，老奴方才被勒住脖子，痛得昏過去，醒過來後發現咱們不在原地，也不見有人留下的痕跡。如果是人為的話，起碼會露出一點蛛絲馬跡的，咱們、咱們不可能沒有半點覺察吧？是不是被怨鬼纏身了？山裡半夜陰氣重，正是這些個髒東西猖獗的時候。」

「住口！這是佛家重地，那些個髒東西哪敢在這裡作亂？」韓老夫人只覺得一股涼氣直躥上頭頂，四肢冰涼，身上軟得沒有一點力氣，忍不住順著嬤嬤的思路去想，頭皮一緊。「走！趕緊走！」她告訴自己，根本沒有冤魂怨鬼，如果有的話，沈晚君未出世的孩子早就找她索命了！山風呼嘯地吹拂著枝葉，沙沙作響，一點風吹草動都令她緊緊繃著，到底是害怕的。

嬤嬤的牙齒咯咯打顫，她覺得是遇著事了，忍不住說道：「老、老夫人，有的髒東西怨氣重，是沒法度化的。老奴、老奴聽說胎兒好不容易等來投胎做人的機會，旁人斷了他的生路，下一次不知道何時才能投胎，所以他會怨氣濃重，化作怨鬼來報復——啊！」嬤嬤腳下一絆，拽著韓老夫人一同摔倒在地上，一把老骨頭險些沒有摔得散架。

她痛得呻吟一聲，爬起來，準備扶韓老夫人起身，卻看見韓老夫人一副見鬼的模樣，瞪大了眼珠子，死死盯著一個方向，渾身都在顫顫發抖。

極度的恐懼在韓老夫人眼中炸開，她嘴巴張大，想要尖叫，卻覺得脖子被人給扼住了，怎麼也喊不出聲音。越是如此，越是嚇得韓老夫人兩眼昏黑，下身甚至有股濕熱湧出。

嬤嬤聞到一股尿騷味，她怔怔地回神，順著韓老夫人的視線望去，看見前方豎著兩塊簡陋的木牌，用朱砂筆寫下兩個名字——

韓之禮。

韓之儀。

最末尾處則寫著「沈晚君」三個字。

嬤嬤嚇得魂不附體，一屁股跌坐在地上，嘴裡喃喃道：「老夫人，這、這是沒能出世的小少爺要找我們報仇嗎？」

韓老夫人也是這樣想的。尤其這塊木牌就立在這後山，因此她半點懷疑都沒有。

之前沈晚君每小產一次便要來一次國寺，若偷偷給孩子立個衣冠塚，也說得過去。她們昏倒前明明是在前面的地方，可醒過來後卻在這深山裡面，還偏偏好死不死，就在這兩個未出世孩子的墳前，因此不得不讓韓老夫人多想。

嬤嬤看出韓老夫人只是在強撐著，雖然不願意相信，但大抵是作賊心虛，她們做了太多的惡事，又一心向佛，因此許多事情一旦有一點苗頭，就會忍不住去多想。嬤嬤受韓老夫人影響，也很迷信，相信鬼神一說。如果是沈晚君故弄玄虛，她們會覺察得到。她們明明是要離開了的，好端端的卻突然摔倒，醒來後卻在墳前，不就是這「怨鬼」搞的鬼？「老夫人，怎麼辦？是不是我們不許明智大師給沈晚君治病，他們才會找上咱們報仇？」

韓老夫人心中凜然，手指不禁攥緊，渾身的寒毛全都倒豎，後背上也滲出冷汗，冷風一吹，渾身發毛，那種恐懼深深依附在她的骨頭裡，怎麼也拔不掉。她費盡力氣張嘴發聲，想說「是沈晚君搞的鬼，不要被她給騙了」，可林子裡突然傳來響動聲，有兩道影子閃過，接著林子裡又傳出「咯咯」、「咯咯」的叫聲，嚇得韓老夫人兩眼一翻，又昏厥過去了。

緊接著「咚」的一聲，李嬤嬤也嚇暈倒地了。

天光大亮，陽光穿透枝葉，照射在韓老夫人身上。

韓老夫人呻吟一聲，睜開眼睛，光線刺得她又將眼睛閉上，腦袋昏昏沈沈的。手扶住額頭，她側身坐起來，昨晚的記憶全部回籠，臉色瞬間慘白。「李嬤嬤！李嬤嬤！」韓老夫人驚惶萬狀，高聲叫喊。一喊完，她不禁嚇了一跳，昨夜明明像有人掐住嗓子，怎麼都發不出聲音來的，現在居然好了？

李嬤嬤被喚醒過來，看著天亮了，驚魂未定的心才稍稍平復一點。「老夫人，天亮了，咱們趕緊回去吧！」李嬤嬤爬起來，雙腿仍是有些發軟。

韓老夫人克制住心中蔓延的恐懼，點了點頭，必須立即離開這個鬼地方。她頭疼得厲害，在荒山躺了一夜，嗓子又乾又疼，大約受涼了。她冷哼一聲，壯膽道：「昨夜我們跟著沈晚君進來的，一定是她們搞的鬼！」沈晚君沒有這般好的體力，那就是白薇喬裝的。她臉色陰沈地道：「裝神弄鬼，待會兒回去拆穿她們！」

李嬤嬤攙扶著韓老夫人起身，昨夜發生的事情，她覺得多半是真的，張嘴想說什麼，眼神往斜前方一瞥，頓時嚇得一哆嗦，雙手一鬆，韓老夫人頓時跌坐在地上。

「作死的東西，想摔死我啊？」韓老夫人氣得破口大罵。

「老、老夫人，墓、墓碑不見了。」李嬤嬤聲音發顫，雙腿軟成麵條，幾乎要穩不住地跪下來了。

韓老夫人下意識望過去，樹木蔥蘢，地上覆蓋著一層厚厚的腐爛枝葉，那塊寫著鮮紅大字的木牌不見蹤跡了，彷彿昨晚只是她們的錯覺。是錯覺嗎？

「老、老夫人，咱們會不會真的撞鬼了？」李嬤嬤的心臟急速跳動，心裡發寒，最後那一絲殘存的僥倖心態徹底瓦解了。「咱們不可能看錯的。如果真的看錯了，那一定是怨鬼布下的迷障。」

她越是斬釘截鐵，越是將韓老夫人嚇得面如金紙。

「住口！不會說話就給我閉嘴！」韓老夫人面色發青，她不信邪地往木牌走去，想要找到沈晚君她們裝神弄鬼的證據。顧不得髒污，以雙手扒開厚厚一層的枯枝，露出並排放著的兩口小木箱子，大約有點年代了，被雨水浸潤得有些腐朽。她瞳孔一緊，克制住害怕，硬著頭皮將箱子打開。兩口木箱裡分別擺放著紅色的綢布小衣、虎頭鞋，上面放著金鎖片。鎖片上面刻的名字，赫然就是墓碑上看見的。手像被燙著般，猛地收回來，一口氣險些上不來。

李嬤嬤瞧了，也差點昏厥過去。這裡真的埋了兩個孩子的東西啊！那木頭墓碑沒有看錯，真的是兩隻怨鬼給弄出來的！李嬤嬤連忙跪下來，將箱子埋回去，又趕緊磕了幾個頭，這才拉拽著韓老夫人跑出林子。

炎熱的陽光籠在身上，骨子裡的陰寒氣息瞬間被驅散。李嬤嬤有一種死裡逃生的感覺，心有餘悸道：「老夫人，咱們請大師超度吧，免得又給髒東西纏上？」李嬤嬤怕得要命，若是再來這麼一下，她小命只怕都不保了！

韓老夫人的臉色很難看，她定要讓人作法滅了那兩個鬼東西！

兩個人疲憊地回到禪房裡，常月盈與韓朔焦急地從屋子裡衝出來，在門口遇見韓老夫人。

「母親，您昨晚去哪兒了？」韓朔在外找了一夜都沒有找著人，擔心韓老夫人回來了，剛剛才返回看一眼。看著她們狼狽的模樣，頭髮上沾著枯枝，衣裳蹭著污泥，他皺緊眉心詢問：「出什麼事情了，怎麼一夜不歸？」

他一問，韓老夫人的淚水就湧了出來。「還能有什麼事情？昨晚沈晚君約你出去，我擔心你又被她灌迷魂藥，所以叫人盯住她，偷偷跟去，結果她去了後山裝神弄鬼，把我和李嬤嬤給嚇暈，在山裡躺了一夜。她的心腸好歹毒，這是巴不得整死我這老婆子啊！」

韓朔愣怔道：「母親，阿晚沒有上山，她昨夜病情加重了，下不了床。」

「不是她，那肯定是白薇！反正就是她的人！」韓老夫人死咬著沈晚君不放。

韓朔心中厭煩。「白薇昨夜下山請郎中給阿晚治病，高氏一直在阿晚身邊形影不離，幾個丫鬟也都在跟前。」

韓老夫人臉色一白。「都、都在？」

韓朔見韓老夫人驚魂未定，眼中充滿恐懼，沈著臉點了點頭。「妳們昨夜遇見什麼了？」

韓老夫人緊緊抿著唇，不肯說一個字。

李嬤嬤心裡打鼓，大熱的天兒，冷汗竟不斷滲出。

韓老夫人極力克制住在心底炸裂的恐懼，顫抖的手搭在李嬤嬤的手臂上。「我累了，先去休息。」

韓朔眉頭緊蹙，他吩咐人去打熱水，讓韓老夫人漱洗，又讓常月盈去備早飯，他則是看了一眼地上的泥印後，又望著蔥蘢的後山，大步邁了過去。

常月盈在原地留了一會兒，她捏了捏鼻子，剛剛似乎在韓老夫人身上聞到了一股騷味。她嫌棄地撇了撇嘴，前去取早飯，並不關心韓老夫人的身體如何。

韓老夫人一進屋，就整個人癱坐在椅子上。

李嬤嬤軟倒在地上，跪在韓老夫人腳邊道：「老夫人，將軍不會撒謊的，咱們這是真的撞鬼了！也有可能咱們昨晚跟上去的壓根兒就不是人。」

韓老夫人狠狠地瞪她一眼，疾言厲色道：「住口！我也不是頭一次來國寺了，之前菩薩壽辰時還來寺廟裡上香，也不見它們作亂！」嘴上這般說，卻忍不住順著李嬤嬤說的去想。

那背影的確像沈晚君，太纖瘦，衣裳顯得很寬大。

「老夫人，會不會是咱們要害沈晚君，不許明智大師給她治病，所以這些髒東西就纏上來了？」李嬤嬤雙手緊緊捏著衣角，艱難地吞嚥著唾沫。「沈晚君心裡一定恨極了咱們，她如果死了……老夫人，咱們別再作孽了。」

韓老夫人心裡怵得慌，真的是因為她要害沈晚君才會這樣嗎？「如果真的是這樣，那今晚也會不得安寧！」韓老夫人心裡憋著一口惡氣，不肯輕易鬆口。

李嬤嬤還想再勸，韓老夫人一記眼刀射過來，她頓時閉嘴。

韓老夫人折騰了一宿，累得慌，漱洗好、用完早飯後，便躺在床上歇著。或許是受到了驚嚇又著涼，下午高熱，陷入了昏迷。

李嬤嬤著急要去稟報韓朔，不料卻摔了一跤，將腿給摔折了。

白薇聽到韓老夫人那邊的消息時，不禁勾著唇角，露出一抹冷笑。活該！

高氏知道白薇早上去了一趟山裡，因為鞋底沾著泥，且她一進屋就換了雙鞋，還將髒鞋刷乾淨了。高氏隱約猜到韓老夫人昨夜失蹤只怕和她脫不了關係，忍不住問：「妳做的？」

白薇沒打算瞞著。「韓老夫人作惡多端，心思歹毒，偏偏又貪生怕死，很迷信。往往這樣的人，都很相信鬼神一說。我只是動了一點手腳，讓她們以為被怨鬼纏上索命，這樣一來就會想要積福，不會繼續阻攔明智大師給阿晚治病。」

她昨日下山多花了些銀子，讓人將金鎖片盡快鑄出來，又買了迷藥和一些小孩子的衣物，放進刻意做舊的箱子裡，埋入了山裡，又將木牌立起來，在山路中間綁一根繩索，再用枯枝葉給掩埋住。

韓老夫人與李嬤嬤受了驚嚇，又吸入迷藥，手腳虛軟，整個人的神經緊繃著，被遮掩住的繩索絆倒在地上，醒來又恰好看見木牌。韓老夫人做了虧心事，自然驚恐到極點，嚇得失聲。這個時候，她再將買來的兩隻兔子給放了，兩道黑影自林子裡躥出來，韓老夫人與李嬤嬤本來就是驚弓之鳥了，貓頭鷹的聲音又恰如其當地響起，頓時就被嚇昏過去了。

她這麼做不過是攻心罷了。令她驚喜的是，李嬤嬤算是一個助攻。如果不是李嬤嬤在一邊添柴加火，或許起不到這麼好的效果。

等兩個人昏過去後，她便將東西都給收走，只留下兩口箱子，其餘的給毀屍滅跡了。郎未免留下破綻，這件事她與沈晚君交了底，因此沈晚君也順勢裝病，好讓自己出去。郎中是她早就偷偷下山請好了的，等她從山裡裝神弄鬼回來後，便將郎中帶到沈晚君的禪房裡，如此韓朔那邊便能圓過去。畢竟方圓幾里內都沒有郎中，得去十幾里外的小鎮上請人，一來一回需要時間。

「韓老夫人身體不太好，受驚過度，又吹了一夜冷風，受涼生病。如今李嬤嬤又給摔斷腿，韓老夫人再不信也得信了。」白薇冷笑一聲，韓老夫人必定會聯想到「報應」。即便找方丈過問，得到的答案也不過是「因果」兩字。她做了惡、種下因，所以如今得了惡果。

高氏瞋她一眼。「阿晚昨夜病情加重，都是唬人的？」

「不全是。」白薇的目光落在沈晚君身上，她臉色蒼白，安靜地閉眼躺在床上，氣息很微弱。多拖一日，她的身體便越發衰弱。與韓老夫人對沈晚君做的事情相比，她不過是將人給嚇病了、弄斷一條腿，便宜她們了。

高氏憂心忡忡道：「韓老夫人會鬆口嗎？」

「明日就知道了。」白薇高深莫測地道。

韓老夫人渾渾噩噩，昏睡了一天一夜，第二日被惡夢驚醒過來時，身邊只有常月盈在伺候。「李嬤嬤呢？」韓老夫人渾身軟綿無力，嗓音沙啞，有氣無力。手往額頭上一抹，滿手冷汗。她躺在床上不動，平復那狂跳的心臟。

「您昨兒病了，李嬤嬤去稟報將軍時將腿給摔斷了，如今在隔壁養傷。」常月盈扶著韓老夫人坐起身，端一杯水給她潤喉。「您感覺好些了嗎？」

韓老夫人心裡咯噔一下。「好端端的怎麼摔著了？」

「是啊，方丈也很好奇。這寺廟裡全都是平地，怎麼摔也不該斷腿才是。」常月盈也不清楚具體情況。

韓老夫人端著水的手一抖，神色冷沈。「妳去將李嬤嬤喚來。」

常月盈立即將人請來。

韓老夫人將常月盈支開，看著李嬤嬤捆著竹板的腿。「怎地摔著了？」

李嬤嬤一臉菜色。「我明明離臺階有一段不小的距離，不知道怎麼一回事，腳下一絆，我一跟頭就栽下去了！這事挺邪門的，我便問了方丈，會不會有怨鬼纏身？可方丈說的話，老奴只記得一句『凡事都有因果』，其餘的太高深，老奴琢磨不懂。」

「因果」兩字重重敲擊在心口，韓老夫人杯子裡的水灑在了被褥上。

「老夫人。」李嬤嬤覺得她這一跤摔的，可能就是那些髒東西搞的鬼。「方丈說，若是做下太多惡果，即便不報應在自己身上，也得報應在後輩身上。」頓了頓，又提起梅姨娘。「梅姨娘肚子裡的孩子，只怕就是給償了沈晚君那筆債。」李嬤嬤將自己的腿也算在報應上，什麼事都往上面扯，希望能夠勸住韓老夫人收手，否則在她身邊伺候，沒準兒哪天就小命不保了！

韓老夫人緊緊抿著嘴角，縱然心裡不甘，也害怕報應在韓朔身上。

韓老夫人心口悶著一把火，燒得慌。昨晚的罪可不能白遭了，等沈晚君熬不過去了，她再請明智大師出面診病，那個時候無力回天，也與她沒有關係。「我不想太便宜沈晚君那賤人……」見韓朔進來了，韓老夫人立即閉嘴。

「母親，您身體如何了？」韓朔去山裡檢查過一番，沒有發現任何的異樣。

「我沒事，人老了，禁不住嚇。吃幾劑藥，再休息幾日就好了。」韓老夫人強打起精神道：「我們今日回府。」

「兒子正想和您說這件事。方才傳信過來了，皇上讓兒子率兵去邊關禦敵，我們得立即回京。」這件事情來得突然，韓朔沒有半點心理準備。

韓老夫人嚇壞了。「這京城沒有可用的人了嗎？為何是你去邊關？我都找關係打點好了，你可以留在京城的。怎麼就突然變卦了？」陡然間，她想到報應一事，臉色倏地慘白，哪裡還敢再與沈晚君耗著？急忙催促道：「李嬤嬤，快！扶我起身，我要去找明智大師！」

韓老夫人過來請他幫沈晚君治病，明智大師早有預料。

早在韓老夫人徹夜未歸、高熱昏迷，韓朔去後山查證等等動靜，再結合李嬤嬤的話，他便清楚發生了什麼事情。

凌楚嵐當年與他有不解之緣，他欠下韓家恩情故而允下不為沈晚君治病，可見死不救，又何嘗不是佛家最大的忌諱？

小沙彌低聲道：「師父，這後山哪有鬧鬼？韓老夫人不會是被沈施主她們使計嚇的吧？您又為何不揭穿？」

明智大師握著佛珠起身。「一善念者，亦得善果報。一惡念者，亦得惡果報。」到底是因果輪迴。韓老夫人若不求他不為沈晚君治病，又如何會有這一遭？她若不做惡事，又何須怕怨魂惡鬼纏身？

「您為何不指點韓老夫人？」小沙彌瞧著方才韓老夫人的神情，並不知悔改。

「佛法無邊，難度無緣之人。」明智大師親自去尋沈晚君，為她治病。

高氏將明智大師當作救命稻草，那一日吃的閉門羹，在心裡扎下了一根刺。她行一個佛禮，將人請了進來。

含綠正為沈晚君擦臉，瞧見高氏領人進來，她不禁埋怨道：「大師，出家人以慈悲為本，常樂為宗。您見死不救，如何讓人生起崇敬之心？又如何擔得起高僧的頭銜？您們不是講究因果嗎？您能救，卻袖手旁觀，看著小姐死在您面前，這難道不是一筆業債？」

明智大師心中慚愧。

白薇制止含綠。「有勞大師了。」

明智大師為沈晚君號脈，毒入肺腑，十分棘手。若是再拖上幾日，只怕大羅神仙來了都束手無策。「她的病情危重，需要一段時間解毒調理。」明智大師拿著筆墨，寫下一張藥方子給小沙彌，讓他去抓藥。

「要多久？」高氏問。

「三個月。」明智大師又交代了一些事項，隨後離開。

高氏還需處理府中瑣事，無法在國寺留這般久，便對白薇說：「阿晚要長住三個月，妳也要離京回石屏村，我們需要多請幾個護衛來看護阿晚。」

「好。」

「我們明日下山。」高氏做下決定。

白薇又道一聲「好」，聽到咳嗽聲，她側頭望去，沈晚君已經醒來。

沈晚君面容削瘦，唇瓣蒼白泛青，憔悴病弱，彷彿一朵嬌嫩的花兒，正漸漸枯萎。

「嫂嫂與大哥離京時，我不能相送了。」沈晚君掩住唇瓣，咳嗽幾聲，喉中湧出腥甜，她吞嚥下去，微微笑道：「住在這兒也好，清淨。」

白薇心知，沈晚君指的是佛門重地，韓朔不敢在這邊亂來。她寬慰道：「妳放心，他很快要遠赴邊關了，不會破壞妳的清寧。」這是白薇給韓老夫人下的一劑猛藥。韓老夫人將韓朔視若命根子，擔心韓朔在邊陲打仗，會像他的父親一般馬革裹屍、黃沙覆骨，哪裡還敢作惡？「韓朔對妳賊心不死，留在京城早晚是隱患，所以我昨日特地去一封信，讓人捎給妳大哥，盡快想辦法將韓朔弄去邊關。我原以為要耗上幾日的，沒想到妳大哥辦事挺快的。」白薇臉上露出笑容。

聞言，沈晚君長吁一口氣。「嫂嫂為我的事情多費心了。」

「我們是一家人，本來就該互相幫忙，妳不用這般客氣。」白薇很心疼沈晚君的遭遇。沈晚君所託非人，如今雖然和離歸家了，可在古代，清白勝過性命，縱然想再嫁，要挑一個品行俱佳的，難上加難。這個時代對和離的女性太過苛刻，存有很大的偏見。沈晚君不過只有二十出頭，今後的歲月還那般漫長，一個人總歸太寂寞清冷。白薇緊抿著唇角，到底是女性地位太低了。「好好養病，不要憂思過重，等身體好了，我們接妳去寶源府城散心。」

「好。」沈晚君眉眼如水般寧靜溫柔。

白薇抬手為沈晚君掖好被角，她始終相信善良勇敢、堅韌不屈的人，終將會被溫柔以待。沈晚君的好，沈晚君的光芒，一定會被人看見且欣賞的。

小沙彌捧來藥，含綠餵沈晚君服用後，餵兩口水壓一壓味，再扶著她躺下，將枕頭墊高了些睡，免得腹中難受。

問蘭進來了，沈遇跟在她身後，大步流星地走來。

沈遇眉眼沈凝，注視著沈晚君的睡顏。幾日不見，似乎越發削瘦了。「怎麼說？」他垂眸看一眼白薇，轉身往外走。

白薇跟在沈遇身後，走出禪房，低聲道：「毒入肺腑，尚在能救。」

沈遇這才安下心來。

「不如你留在京城，等阿晚好了，再做打算？我有謝玉琢幫忙。」白薇心知沈遇對於沒有照顧好沈晚君一事，心中極為愧疚。沈晚君的病情未好，只怕他心中會一直牽掛。

沈遇搖頭，現在要顧的不是眼下，而是大局。「南安王為我請命建立一支水師，紮營在寶源府城。」沈遇這一回又欠了南安王一個人情，他是託了南安王將韓朔扔去邊關的。邊關雖然戰火連天，可捷報傳遞回京，目前並不需要援兵，所以是讓韓朔護送糧草去邊關，再讓他留在邊關待命。

白薇驚訝道：「水師？」

「寶源府城水盜猖獗，朝廷有六、七成的銀錢都是出自寶源府城，那兒又是主河道，不能疏忽。」沈遇有幾重打算，想要快速往上爬，唯一的捷徑便是建功立業，去往邊塞。但若是如此，便看顧不到白薇。

她侵占姜家的利益，於姜家而言，她不過是微小的蚍蜉，可隨意摧折。

沈遇懷疑溫、姜兩家與水盜勾結，畢竟水盜首領雖然精通水戰，朝廷也有應對的方案，但即便分幾批明暗入京，都會不同程度地被劫掠。若這個猜測為真，那麼白薇接管玉礦上繳銀子，只怕也會被水盜劫掠。

他建立一支水師，駐紮在寶源府城，對她多有益處。

南安王提出這個建議是給他一個機會，至於能否往上爬？能爬多遠？便視他的能力而為。

白薇不是個傻的，怎麼會不知道沈遇為何要建立水師？主要原因在於她。心中泛起一股難言的滋味，喜悅、甜蜜，還揉雜著澀意，衝擊著心口，發出強烈的悸動。

沈遇並不喜歡朝堂，可終將因為她又重新踏足朝堂。

白薇忍不住張開手臂抱住他精壯的腰。「你可以做自己喜歡的事業，鏢師也挺好的，每一次我出貨的時候，大可請你們接單。」

沈遇的手指撥動她額前細碎的髮絲，深邃的眼眸中沁出點點溫柔。「溫、姜兩家若是綁在一起，力量太過強大。妳與溫家倒是有一些微妙牽扯，不若賣個好，將溫家籠絡到妳這一邊，便可不忌姜家。」

白薇仰面看向沈遇。「我正有這個打算。」

溫琰雖然邪氣，有些琢磨不透，但籠絡過來總比為敵好，他們說起來算是有一點「革命」情感吧？他出手幫助她對姜家下手，她不是不知感恩的人。白薇琢磨著將溫家結為同盟，屬於溫家的玉礦，她不動分毫。

白薇杏臉桃腮，笑容明媚，頰邊梨渦彷彿霞光蕩漾，沈遇看著，手指微微一動，戳著她的梨渦。

白薇一愣，偏頭躲開。

沈遇只覺得入手觸感細膩柔軟，白薇躲得急，指甲在她臉頰上刮出了一道紅痕，他眉心緊蹙，指腹輕輕將那一點紅痕揉散。

他指腹粗糙，揉按時酥酥的癢，白薇偏過頭張口咬他。

手指被溫軟濕潤的紅唇裹著，沈遇頓時僵住。

白薇的反應更大，她彷彿沒有預料到自己會得逞，驀地睜大眼睛盯著他，舌頭無意識地捲起抵觸著。

酥麻從指尖躥入心底，心蕩神馳，沈遇的手指微微一動，幾乎是無意識地攪弄了一下。

白薇回過神來，慌忙吐出他的手指，見指尖濕潤晶瑩，一股熱血倏地湧上頭頂，耳朵、面頰、脖子通紅。她不過是要嚇唬嚇唬他，沒想真咬他。

沈遇穩一穩心神，盯著她紅潤的耳垂看了半晌，目光在指節上殘留的淺淺牙印停留一瞬，嗓音低啞一笑。「我的手糙，牙硌疼了嗎？」

他的聲音低沈醇厚，透著一絲沙啞，在這個氣氛稍顯曖昧的時刻，又酥麻、又撩人心扉，白薇一顆小心臟怦怦直跳，眼睛裡彷彿浸潤著一汪春水，含著一絲春情與羞澀。

大抵再凶狠強悍的女子，在自己心愛的人面前，骨子裡的女人嬌態總會自然流露吧？她不甘示弱地道：「你的手又不是鐵打的，我的牙也不是豆腐做的，哪能這般脆弱？」

沈遇眼角眉梢堆砌著情意，目光掠過她的紅唇，漆黑的眸子深暗了幾分。「明日下山，收拾好行囊，我們盡快回寶源府城，妳要為皇上雕刻的玉器不能耽擱太久。」

白薇溫順地應下。

白薇與沈遇回到淩府時，溫家的人已經找上門。兩人心中十分亮堂，溫家家財豐厚，在京城自然有耳目。

太子的提案不過有一點動靜，便傳進溫琰耳中，當即騎馬回京，直奔淩府。白孟是太子備用的近臣，這件事由他提出來，得利的人必定會是白薇，所以溫琰特地找上白薇談條件。

溫琰慵懶地靠在椅背上，直截了當地說：「寶源府城的玉礦，咱倆平分，如何？」

見溫琰並不拐彎抹角，白薇同樣爽快。「我正有這個打算，不過溫家勢必得吃點虧。」

「破財消災。」溫琰目光沈鬱，唇邊掛著陰邪的笑。

白薇裝作看不懂溫琰眼中的深意，這件事即便不是白孟提出，也會是其他人提出。國庫空虛，而溫、姜兩家的財力又太引人注目，太子如何不心動？

「溫少主，捨小財，換大財，並不吃虧。你們兩家早已被太子盯上，若是先姜家一步向太子投誠，捨棄一半家財，換家族無憂，何樂而不為？」白薇心想，她都能想到的事情，太子怎麼會想不到？利益跟前全都有私心與野心，只怕溫家同樣扣下了一部分原本該給朝廷的銀子。如今玉礦要易主，太子便能輕易找到藉口徹查。

白薇若貿然接管玉礦，得罪了地頭蛇，只怕會栽個狠跟頭，這也是她選擇與溫家合作的原因。兩個人是同盟，緊緊捆綁在一起，姜家若是欺壓她，溫家絕對不會坐視不管。

更重要的是，她上交的銀子，不能比溫、姜兩家每年進貢的銀子少。

溫琰心中有數，若不是如此，他今日不會找白薇談合作，而是想法子弄死白孟。他嘴角一勾，懶洋洋地說道：「請白姑娘多費心了。」

白薇心領神會。「我這就派人去請大哥。」她吩咐問蘭去國子監將白孟請過來。轉頭，就見溫琰手拄著下頷，一瞬也不瞬地盯著她看。

「以為妳是個倒楣鬼，沒承想妳卻是個有福的。」溫琰靠在椅背上，手指撫過唇瓣，似笑非笑。

白薇抿著唇，心想，倒楣的是原主。不過她是真有福氣，穿過來的父母並未重男輕女，心地善良、老實本分；陰差陽錯嫁的人，也是自己屬意的良人。

她笑說：「每個人的命運都是掌握在自己的手中。」或許是她那股不屈的韌勁，方才吸引住沈遇。

溫琰眼中閃過晦暗，煞有介事地點頭。「妳說得有道理，命運是掌握在自己手中的，想要什麼，只管去爭奪。不試一試，誰知道最後的結果？」

白薇抬眼看去。

溫琰雙手撐在扶椅把手上，站起身，不客氣地說道：「我連日奔波，乏了。妳著人安排一間乾淨的廂房吧，我要歇一歇。」

可真不拿自己當外人呢！白薇念在溫琰是同盟的分上，詢問過沈遇之後，將溫琰安置在他們院子裡的其中一間廂房。

溫琰如在自家後院，悠然閒適地在庭院信步。「不得擾我清夢。」砰地摔上門。

白薇氣得磨牙！國子監離這兒並不遠，問蘭是坐馬車去的，來回最多半個時辰，溫琰這一睡，誰知他什麼時候醒啊？不得白白耽擱大哥的時間？

果然，白孟來的時候，溫琰的屋子毫無動靜。

這一等，直到日落西山，溫琰方才慵懶散漫地拉開門出來。

白薇與沈遇、白孟坐一桌用晚飯。

溫琰的目光朝桌子上一掃後，大剌剌地往凳子一坐。「這都什麼時辰了，用晚飯怎麼不叫我？」

白薇皮笑肉不笑地道：「溫少主特地交代過，不得擾你清夢。我瞧你只顧著趕路，沒能好好休息，便不打擾你補眠了。」

溫琰擺一擺手，權當這一件事揭過。

他這般大度的做派，惹得白薇又是一肚子火氣，瞪了他一眼。

溫琰彷彿未見，叩擊著桌面，示意問蘭擺一副碗筷。他略略吃幾口後，便不再動筷。

「白孟一句話，溫家就損失萬貫家財，他等不得我？」

白孟唇角翕動，便聽溫琰冷嗤一聲。

「這算是輕的了。」眉眼間隱隱有戾氣沁出。

「溫少主若是不能釋懷，對我大哥心存芥蒂，咱們大可不必合作！」白薇將碗往桌子上一摜。「誰還沒有脾氣啊？又橫眉冷眼地道：「其他，各憑本事！」

屋子裡的氣氛陡然凝滯。

溫琰陰冷的目光落在白薇身上，嘴角往下一壓。

白孟挾菜放在白薇的碗裡。「吃飯。」繼而對溫琰道：「溫少主不是有勇無謀的人，孰輕孰重心中有數，不會拿溫家開玩笑。」

溫琰別過頭去。

白薇不喜歡與溫琰打交道，他這個人挺危險的，若是將這筆帳記在白孟頭上，度過難關之後，溫琰能幹出過河拆橋的事。

溫琰如何不知道白薇在想什麼？他面色陰鬱，冷笑一聲。倘若要過河拆橋，他當初早已將她賣給了姜家！溫琰看著這時姍姍來遲的溫家管家，臉色越發難看。「帳本運送來了？」

「全都拉來了，就在淩府門口。」管家小心翼翼地問道：「要搬進來嗎？」

「不必！」溫琰斜睨白薇一眼，逕自起身朝淩府門口而去。

白薇一怔，與白孟面面相覷。

沈遇說道：「他在等帳本。」

白薇抿唇，這是誤會溫琰了？誰讓他欠罵啊？心裡雖然是這般吐槽，她也跟著出府。

管家畢恭畢敬地邀請白薇上馬車。

白薇鑽進馬車，裡面擱著一口箱子，小几上點著一盞油燈。

溫琰打開箱子，拿出一本扔在她懷裡。「這是去年的帳目。」

白薇擱在腿間翻開一頁，這一本是去年一月分的帳本，詳細記載著收入與支出，中間有一條分割線，下面記的帳不同，與上半截有出入。她心中一動，日期都是一號，上半部分是真實帳目，下半部分則是假帳。所有假帳會再另外摘抄一本，隨同銀子一併送進京城。

溫琰心細如髮，為防萬一，真假帳目全都掌握在手裡。

「你打算將這一箱帳本與銀子一起送給太子？」

溫琰不拿正眼看她。「妳有更好的提議？」

白薇默默不語。

溫琰屈起一條腿，手臂搭在膝蓋上，漫不經心地說道：「一成是出，兩成也是出，乾脆給個痛快，如此不會惹太子猜忌。」他忽而往前一傾，離白薇只有一指的距離，她的瞳孔裡占據的全是他。「妳不覺得這樣更好？太子心中對玉礦每年的產出有底細，到時候排查姜家，姜家卻依然給假帳，太子一怒，不就將姜家給端了？省得妳我動手！」

白薇沒想到溫琰是打這個主意，他的心果然是黑芝麻做的。

溫琰將帳本攤開給白薇看。

白薇挑揀幾本粗略一看，心中暗暗震驚，寶源府城的玉礦暗藏著一筆多麼雄厚的財富！

她不禁對溫琰刮目相看了，他倒也捨得。

沈遇掀開簾子時，白薇剛將帳本合上，在捏眼角。

「看完了？」沈遇問她。

白薇點頭。「人為財死，鳥為食亡。坐擁這筆雄厚的財富，難怪他們冒死也要斂財。」她看著這一座金山，一顆心也忍不住蠢蠢欲動，極少有人能忍住貪念吧？

「小富即安。」沈遇低笑一聲。

白薇很贊同。「你說得對，銀子夠花就成，重要的是全家歡樂。」扶住沈遇的手下馬車後，白薇突然想起一事，又掀開車簾子，對彷彿睡著了的溫琰道：「你與姜姍還有婚約？」

溫琰睜開眼，眉目間的陰鬱似乎被油燈散發的柔和光暈驅散。他的臉色很臭，不耐煩地說道：「沒有。」

白薇一笑，放下簾子。

溫家與姜家解除婚約了。

清水鎮，白氏點心鋪子。

生意一日比一日好，白離忙得腳不沾地，見今兒點心銷售一空，他坐下來喝口水，打算收鋪子了。

驀地，一道身影出現在鋪子前，嗓音細軟，說的是官話。「公子，還有綠豆糕嗎？」

白離側頭看著女子俏麗的面容，說話有些磕磕絆絆的。「已經賣完了，妳、妳明天早點來。」看著她失望的神情，不禁問道：「姑娘不是寶源府城的人？」

姜姍笑容甜美地道：「我是來清水鎮探親的，都說你家鋪子的點心好吃，我想買點綠豆糕消暑氣。」

白離心中自豪。「我們家的點心不說是清水鎮，就是在縣城也是頭一份。」他將留下來準備自己吃的幾塊綠豆糕包好，遞給她。「我們家的綠豆糕和別家的不一樣，香甜不膩口，鬆軟油潤，還添加了銀丹草，夏天吃了特別清爽。妳若覺得好吃，今後還來照顧生意。」

姜姍接過點心，遞給一旁的婢女，掏出銀錢給白離。「我聞著比吃過的都香，口味肯定很好，不然生意怎麼會這般好？」她拿起一塊放入口中咬一口，的確如白離所說，口感細膩油潤，清甜與涼絲絲的味道在嘴裡蔓延，是她吃過最好吃的綠豆糕。「明日我若是來得遲，煩勞公子特地為我留一份。」姜姍取出一兩銀子，放在白離掌心。「這是訂金。」

白離呆呆地看著自己的手掌，她嫩白的指尖輕輕拂過掌心的紋線，彷彿一隻素手撥動了他心裡的一根弦，泛起一陣麻癢。他抬頭看向她，她笑容清麗，目光明澈，彷彿只是不經意的觸碰，朝他揮一揮手便領著婢女離開。

白離神思恍惚，握緊掌心的銀子，又回想著她的笑容，不禁揉一揉自己的耳朵。

他做生意這般久，從沒有見過這般漂亮且落落大方的女子，且家境似乎也很不錯。

尋常家境好的姑娘，上鋪子買點心，都是差遣身邊的丫鬟，他並沒有接觸過。

平時遇見的客人，問價錢、討價還價，之後再無交流，哪會像她一般？

白離斂去心神，不再多想。收鋪子，清點銀子，揣進錢袋子裡回家。

江氏提著籃子，笑容滿面的回家。

「娘，啥好事啊？這般高興。」白離從籃子裡拿一根黃瓜，搓掉刺，舀一瓢水沖一下，咬一口，鮮脆。

江氏斜眼看著白離將鬆垮的袖子挽到手臂，大剌剌地蹲在臺階上啃黃瓜，聲音都帶著笑。「林氏給你說一門親事，隔壁村的，家裡只有一個寡母，勤勞肯幹。你爹如今在做石雕，娘要管著家裡，給你爹做飯。娘想過了，不必問出身，手腳勤快些就成，那間點心鋪子足夠養活你們小倆口，還有富餘。」

白離聞言，瞪大眼睛。「娘，大哥的親事還沒著落，我著啥急？」

「急！怎麼不急？你都快十七了！孟兒的親事坎坷，娘算是看出來了，他的舉子沒考下來，甭指望他娶個媳婦回家。你不一樣，又不用進學，早點娶個回家還能幫襯你。」江氏沒理會白離。「明天我就去隔壁村相看。」

原來脆嫩多汁、十分爽口的黃瓜，如今嚼在口中變得寡淡無味。白離朝雞窩裡一扔，從袖子裡掏出錢袋子，扔在江氏的菜籃子裡，悶不吭聲地回屋。

江氏可不管他的小情緒，等媳婦娶進門，他就知道娶媳婦的好了。

白離想找一個自己喜歡的，但看著他娘的熱乎勁，肯定沒有在意他的感受。

如果是大哥和白薇，但凡有個不樂意，他娘肯定得推拒了。

白離心中氣悶，第二天早飯都不吃，挑著兩擔點心擱在牛車上，趕著牛車就去鎮上鋪子。

點心分門別類放好，生意已經上門。

白離心裡不對勁，臉上就顯出來，板著臉，說話、報價的聲音都硬邦邦的。

「公子今日心情不好嗎？」姜姍來時瞧見白離將銀子砸進籃子裡，洩火一般，她輕笑一聲，指著綠豆糕道：「夏天暑氣旺，我請你吃兩塊綠豆糕，消消火。」

白離聽到她清脆的笑聲，不禁紅了耳朵。「這是我家的鋪子，哪有妳買綠豆糕請我吃的道理？」俐落地包好綠豆糕給她，又將剩餘的銀錢找給她。

姜姍沒有接。「你挑兩樣好吃的推薦給我，我瞧著琳琅滿目，看花了眼，不知道吃哪樣才好。」

白離指著軟香糕推薦給她。「這是用糯米粉與粳米粉合製而成，白細軟香，鬆糯可口，伴有銀丹草的涼味，與綠豆糕一樣是消夏的小食。」

姜姍眼中閃過狡黠，笑道：「那春天吃油糕、黃松糕，秋天吃粉團、糖粥藕，冬天吃湯圓、臘八粥嗎？」

白離盯著她臉上燦若夏花的笑容，愣愣的，沒有作聲。

姜姍嬌俏道：「只要喜歡吃的，隨時都可以做來吃，不分時令。方才我是逗趣的話，你別往心裡去。」然後又挑兩樣點心，連同軟香糕一併要了。

白離鈍手鈍腳地將點心包起來遞給她。

姜姍瞧了，掩嘴輕笑。

白離越發不自在了，臉蛋紅通通的，拿一個粽子裝起來給她。「這是我娘包的，挑選最好的糯米，半顆、細碎的全都不要，只取最完整的米粒，用大箬葉包裹，中間放一塊醃製好的肉，裝進鍋中燜煨一日一夜，柴火不斷。粽子肉與糯米都融化了，這樣肉的香味不會外洩，肉夾著米，米吸附著肉香，吃的時候滑膩柔軟，回味無窮。不信妳可以試一試。」

她竟真的接過去，當著他的面拆開粽子，放在嘴裡咬一口，全無大家閨秀的矜貴端莊，動作卻又透著優雅。白離看著她眨巴一下眼睛，頗有些可愛，食指撓一撓鬢角的髮。

「這是我吃過最好吃的粽子，等我歸家的時候找你做幾十個粽子，買回去送給親友嚐一嚐。」姜姍將粽子吃完後，拿帕子擦拭黏膩的手指，領著婢女離開。

白離聽到她說要離開清水鎮，莫名有一種悵然若失的感覺。

他看著地上落下的錦帕，彎腰拾起來想追出去還給她，卻已不見她的蹤跡。

「等明天她來時再還。」白離將錦帕放在一旁，打住不該有的念頭。他們兩家家世懸殊，她的父母不可能會將她嫁給他的。

白離自嘲一笑，連她的姓名都不知道，他就想得這般長遠。誰知她有沒有未婚夫？轉念想到他娘今日要幫他去相看別家姑娘，心口越發沈悶。

收攤回家，江氏拉住白離，笑咪咪地坐在院子裡的樹凳上。「我今日去看了，小姑娘長得水靈，嘴巴很甜，手腳也很勤快，左鄰右舍說起她，沒有說不好的，你看了保准喜歡。改天娘挑個日子，你們兩個見個面？」

白離喜歡那種嬌俏可愛的女子。「娘，我想娶個識字的媳婦。」

江氏笑得更開心了。「她識字！」

「娘，我想找個自己喜歡的。」白離不樂意盲婚啞嫁，若是今日落下帕子的姑娘願意嫁給他，就算養在家裡供著，他多辛苦些也樂意。
江氏聞出味兒來了。「你有喜歡的人了？」
白離抿著嘴角不作聲。
江氏皺眉。「賣點心認識的？」
「娘，您別多問了，我真找著喜歡的姑娘一定告訴您，帶您去相看，請媒人提親。」白離被盤問得心煩氣躁。「我二十歲前會找個姑娘成親，若是找不著，再交給您一手操辦。」
江氏嘆息一聲。她最放心不下的就是白離，他適合那種持家有道的女子，才能將鋪子經營好，日子過得好。可如今看來，白離對娶媳婦的要求頗高。
「你自己看著辦吧。」江氏起身，去廚房忙活。
白離鬆了一口氣。

第二十六章

接下來幾天，姜姍每天都到點心鋪。她感謝白離拾到她的錦帕歸還，不然讓別有用心的人撿到了，或許會惹來麻煩。一來二去的，兩個人便互換了姓名。

白離覺得與姜姍合得來，她見多識廣，每每說出的話都令他讚嘆不已。姜姍似乎對他也有一點情意，瞧見鋪子裡只有他一個人，偶爾會來幫忙，或者給他送午飯。她溫柔賢良，十分體貼，很得白離的心意。

這一日，姜姍給白離送午飯來後，又幫他收拾鋪子。

白離看著豐盛的美食，幾乎都是他喜歡吃的。她每日都會帶好幾種菜來，但凡他多吃幾口的，第二日還會準備，到最後，差不多整個食盒都是他喜歡的口味了。他心中暖暖的，嘴角情不自禁地流露出一絲笑意。

「喜歡嗎？」姜姍問。

白離點頭，將她帶來的飯全都吃完後，狀似不經意地問：「妳每天來給我送飯、幫忙，妳的親戚知道嗎？只不過是撿到帕子而已，妳不必這般。」

「這是大恩情，若被不懷好意的人撿回去，說是我給的訂情信物，要強娶我怎麼辦？」姜姍臉上的笑容淡去，眉眼間攏著輕愁。「我雖然被退婚了，可也不能給人糟踐。」

白離心中一動，她退親了，如今沒有婚約？心中一喜，看著她臉上的憂愁表情，又化為心疼。「妳這樣好的女子，他退親後會後悔的。我若是能娶到像妳這樣好的姑娘，一定會好好疼惜，不會讓她受委屈。」白離將一番心裡話說出來，隨即意識到失言，忙低頭喝水。

「謝謝你開導我。」姜姍收拾好食盒。「我先回去了。」

白離看著她遠去的背影，想說他講的不是安慰話，她若是願意嫁，他定願意娶。兩個人每天若能像現在一樣，他光是想一想就覺得很幸福。

這幾天，姜姍沒有再來過。

白離失魂落魄的，懊惱地想著，會不會是他的話太唐突，姜姍看出他的心思，可又不喜歡他，為了避免尷尬，索性就不再來了？越想心中越難過。

白離之前對姜姍並沒有妄想，他一直知道兩個人的身分懸殊，可是後來姜姍的體貼入微、她的溫柔與談吐，讓他栽了進去，忘記了兩個人的身分。

白離拍拍腦袋，別再癡心妄想了！

收了鋪子，他準備去買一隻燒鴨回去。

驀地，隱約聽見巷子裡傳來求救聲，白離心中一緊，左右張望一眼，準備繞路離開，不想去多管閒事，惹來一身腥，但女子絕望的聲音清晰地傳入了耳中——

「救命！救命……啊——」

白離覺得這聲音很熟悉，他的身體快過腦子，疾步奔去巷子，就見一個男人拽住姜姍的長髮，將她壓在牆壁上，正在撕裂她的衣裳！姜姍恐懼無望的目光透過散亂的髮絲望來，她臉上的神情那般淒楚悲絕，狠狠震懾住白離！

姜姍死灰一般絕望的眼睛在見到白離的一瞬發出亮光，張口想向他求救，最後卻只擠出一句話。「別管我！走，你快走！去喊人——啊！」

「啪」的一聲，那男人揚手一巴掌打在姜姍臉上。

白離心一緊，手中撿起一根棍子握緊。「住手！你這淫賊，我已經報官了！」壯著膽子走上前。

男人一聽報官了，凶神惡煞的神情頓變，滿眼凶光地瞪著白離，最後不得不將人丟下逃竄。

姜姍整個人軟綿地滑倒在地上，緊緊抱著自己，無聲哭泣。

白離丟下棍子，朝她走去。姜姍環抱住自己，手指緊緊抓著衣袖，因為太過用力，手指骨節都泛白了，白離見狀，心中生憐，又對惡棍深惡痛絕！他想要安撫，卻不知道說什麼好，只能無措地蹲在姜姍身邊。「妳別怕，他不敢再來了。」

姜姍忽然撲進白離的懷中，滿面淚痕，絕望道：「我本來被退親，名聲就不好了，母親疼惜我，所以讓我來姨母家中小住散心，等風頭過去再回家議親嫁人。如今又出了這種事情，叫我還怎麼嫁人？」

她的話如同利刃在他心口劃過，白離原本想推開她的動作一滯。或許是她受驚過度，太過惶然無助，所以將他當作最親近的人吧？

「你真傻，他分明是惡徒，你就這般莽撞地衝上來，萬一被他傷害該怎麼辦？我不值得你救……」姜姍發洩一通後，心中的恐懼漸漸消散，於是鬆開他，盈滿淚水的眸子看著他，不自覺地流露出情意，十分不捨地說：「謝謝你，這段時間我過得很開心。我沒有什麼可以答謝你的，你把這個收下。」姜姍拔下手腕上的鐲子遞給白離，扶著牆壁起身，將被撕爛的衣裳合攏，往巷子深處走去。

她這句話像是在道別般，白離心中一慌，連忙上前扣住她的手腕，想也不想地說道：「妳別做傻事！這不是妳的錯，妳若擔心清白被毀，沒人娶妳，我娶！」

姜姍渾身一僵，錯愕地看向白離，眼中滿是不可置信。她被人退親，又險些被人玷污清白，他不嫌棄？「我、我給人看了身子，你、你不、不行，我不能拖累你！」姜姍掙脫他的手，淚水簌簌地往下落。「我不乾淨了，你適合更好的女子。」

「退親的人有眼無珠，他放棄妳這麼好的女子，今後一定會後悔的。至於方才的事情，並不是妳自願的，髒什麼呢？」白離擦掉她臉上的淚水。「我不是可憐妳，才說要娶妳的。這些日子的相處，我早就心慕妳了。」白離從未這般有勇氣過，此時此刻，他覺得自己在心慕之人面前，簡直無所不能。「妳溫柔賢良，我爹娘一定會喜歡妳的。」白離鼓足了勇氣。今日是他的機會，無論如何，都該有一個結果。不成，便徹底斷了念想。

姜姍怔怔地望著白離，不敢相信他是認真的！

「我們家世懸殊，妳不嫌棄我，願意嫁給我，我就很高興了。」白離耳根子通紅，他看著呆呆站在原處的姜姍，深吸一口氣，雙手微微顫抖地握住她的手。「讓我照顧妳。」

姜姍看著白離誠懇的目光，心裡微微顫動一下，幾乎忘記自己的目的。

父親讓她接觸白離，但白離的出身她很看不上眼。經過這段時間的相處，她對白離的性情有了大致的瞭解，他對她的感情早已從眼神中流露而出，而他認為自己掩飾得很好。

幾番試探下來，姜姍心知白離因為兩個人身分的差距，不敢往前邁一步，因此，那一日她引得白離說出一番冒犯的話後，故意幾天沒有出現，吊著他。

眼見時機成熟，今兒她特地下了一個套，讓白離上鉤，白離也如她所願，開口求娶了，但姜姍竟有一些於心不忍。這個男人很懦弱，毫無擔當，甚至有一點自私，可面對清白受辱的她時，他竟敢站出來說要娶她。姜姍不得不重新審視白離，甚至對他有些另眼相看。

但是兩個人的立場對立，注定了姜姍不能罷手放了白離。

她的目光落在兩個人交握的手上，又轉向白離。「你真的想好了？若是誠心要娶我，我、我便在家等你來提親。」

白離懵了，她這是……

「我年紀不小又被退過親，我、我希望能盡快成親。」姜姍越說到最後，聲音越細若蚊蚋。

白離激動地說道：「妳答應了？答應嫁給我了？」

姜姍羞澀地點頭。

「我、我這就回家告訴爹娘，讓他們請媒人上門提親！」白離高興得找不著北，說著就要急吼吼地衝回家。

姜姍拉住他的手，咬著嘴唇，說了住處，又道：「我如今住在姨母家中，我的婚事她可以作主。姨母很好說話的，只要我點頭了，她不會不同意。」頓了頓，又說：「我家裡或許會有一些麻煩，不過姨母很疼惜我，她會為我在父母跟前說項的。」

白離記下來，按捺住興奮，將姜姍送回去，然後急奔回家，要請江氏去提親。

江氏剛給白啟複送完飯回家，就被白離帶來的消息震懵了。

「你就真找著了？不是為了應付我才隨便找的？」江氏狐疑。

白離道：「娘，她來買綠豆糕，喜歡吃咱們家做的點心，一來二去便認識了。我之前幫了她一個小忙，她心中感激我，看我中午吃冷飯，為了報答恩情，就每日給我送飯，又挺心細的，送了幾回便摸清我的喜好。原來我是不敢多想的，因為她的家境好，我只能偷偷喜歡她。今日我發現她心裡也有我，方才敢提出要娶她。」

「她答應了？」江氏眉心緊皺。

白離開心地點頭。

江氏沈默不語，家境好的姑娘，怎麼會瞧上白離？白離文文弱弱的，性子又不穩重，別的地方沒啥大出息。不是江氏瞧不上白離，而是白離的資質擺在這兒，她根本不敢妄想。

「離兒，咱們就是普通人家，高攀不上大戶人家的小姐。你開一間小鋪子怎麼養活她？薇薇賣一件玉飾，最便宜也得好幾兩，她家境好，一般的東西看不上眼，穿戴都要好的，你掙的還不夠她花銷呢！鋪子裡她又不能幫把手，娶回家後新鮮勁頭過去了，為了柴米油鹽你們會鬧得雞飛狗跳的。聽娘一句勸，咱們找個合適的就成。」江氏苦口婆心地勸說。

大家小姐白離壓不住，也養不起。

白離鐵了心要娶，何況他也說過要找人上門求娶，他如果食言，姜姍還能活下去嗎？

「娘，這輩子我非她不娶！」白離是真的喜歡姜姍，又擔心她尋短見。「能娶到她是我這輩子的福氣！娘，如果不是她被退親，我就娶不到她了，您就答應兒子這一回吧！將她給娶進門後，我會好好經營鋪子，今後就算吃糠嚥菜，我也不會讓她受委屈的。」

江氏心知白離鬼迷心竅了。「她家是哪兒人？我請人去摸個底。」她不敢大意，婚姻大事不能馬虎。

「安南府城姜家。」

江氏一聽，愁眉不展，不是一個府城的人？「等你姊回來再說，你姊夫走南闖北，知道得多。」她又不能去安南府城，派人去摸底也怕靠不住。

白離一聽，倔驢脾氣上來了。「我娶個媳婦為啥這般麻煩？姊夫和姊成親時不見你們去摸底，到我這兒是不是只有你們找的才合心意？姊開了玉器鋪子，爹也開了石雕鋪子，咱們家哪裡差了？怎麼就養不活她？是我自己娶媳婦，那是和我過一輩子的人，我喜歡不就成了？憑啥非得他們答應？」

江氏一肚子話，全被白離堵在嗓子。

「我只要姍兒做我的媳婦，您不肯答應，我明天自己去請媒人上門提親！」白離丟下這句話就進屋。

江氏嚇一大跳，白離這是吃了秤砣鐵了心啊！她急忙追進屋說：「離兒，她家啥底細都還沒有摸清，你就要上門提親，太草率了！」

白離大喊道：「她是個好姑娘，查什麼查？她家若有個不好，我主動和你們分家，保管不扯你們後腿！」不等江氏再說什麼，往床上一倒，抓來枕頭蒙住頭，不肯再聽江氏多說一句。

江氏急得團團轉，六神無主，只得去找白啟複。

白啟複聽了，擱下手裡的刻刀。「他執意要娶，願意自己承擔後果？」

「是啊，我看他是被灌了迷魂藥。婚姻大事，怎麼女方家裡啥情況都不知道，便要上門去提親？真的是大戶人家的好姑娘，哪裡會天天給人送飯？就算要報恩，也是派丫鬟給白離送啊！」江氏摸著跳動的右眼皮，總覺得事情不簡單，可究竟哪裡不簡單她又說不上來。

「是不是看上咱們家的點心方子了？」除了這個，江氏想不出其他。

「方子能值幾個錢？入不了他們家的眼。」白啟複拿著刻刀繼續幹活。

就在江氏以為他也沒個主意時，他才又開了口。

「他要娶就給他娶，先訂親。酒席的事情，等丫頭回來再說。」

江氏愣住了。

「他說後果自負，那麼這媳婦是好是壞，都是他自己受著。真的拖累了薇丫頭和孟兒，就讓他捲鋪蓋走人。」白啟複對白離的性子很清楚，今兒不答應，他不知會鬧出什麼事情。乾脆先答應了，反正這樁婚事最後成不成，還是個問題。

「好，我請族長給薇薇寫封信，讓她拿個主意。」江氏當即去找族長，將白離的情況大致說了，讓族長寫下來，又託人送去縣城驛站，花了不少銀子。

白薇原來早該回寶源府城了，但溫琰突然來京城，打亂了她的計劃，收到信的時候，已經是五、六日之後。白薇看完信，臉色陡然冷沈下來。

安南府城姜家的大小姐，不就是姜姍？她恨不得將白離那頭蠢豬吊打一頓！

沈遇見白薇臉色不快，便問：「家裡出事了？」

白薇將信遞給他。「姜老爺真是一隻老狐狸，又奸詐、又陰毒！他從白離那兒下手，將咱們強行捆綁到一條船上，就算要死也要拉咱們做墊背。」但他們的算盤終究要落空。

「我們明天回去。」白薇不能再拖下去了，以免大後方失火。

「好，我先給爹娘回一封信。」沈遇坐在書案後，寫一封信，準備讓人快馬加鞭給白家送去，好讓白家父母防備姜姍。

白薇正在收拾包袱，眼底一片冷意。「只怕晚了，白離可能訂親了。」她又憂心道：「你趕緊把將軍府的後續事宜處理好，免得韓家的魑魅魍魎對阿晚動手。」

沈遇笑道：「已經處理好了。」

白薇這才安心。

威遠侯府。常氏聽聞沈遇離京，極為驚訝，低喃道：「冊封世子的詔書還沒有下來，沈遇離開了京城，他這是打算放棄繼承爵位？」常氏心中一喜，連忙去找威遠侯報喜。

書房內的氣氛壓抑，陰影籠罩在威遠侯身上，渾身散發出冷寒之氣，瀕臨爆發的邊緣。

常氏心中一顫，笑容僵在臉上，小心翼翼地問，「侯爺？發生什麼事了？」

「嘩啦」一聲，威遠侯將手邊的東西全拂落在地上。「那個畜生就是生來剋我的！他竟然與南安王說，威遠侯府沒有功勛，只憑藉祖上積攢的榮耀，爵位不足以達侯爵，並且拒絕承襲爵位。南安王認為有道理，回稟皇上，說若是侯府再無功勛，待爵位落在旭兒手中將降為伯爵，而旭兒若是無功無過，他的後輩便沒有爵位可以承襲！」

威遠侯沒有多大的能力，前有戰功赫赫的父親，後有出色的長子，顯得他碌碌無為。沈遇還在時，侯府也曾風光過，沈遇一走，威遠侯就被擠出權力中心，加上又無實權在握，於是漸漸走下坡路。

常氏想利用沈遇換來娘家的體面，威遠侯則是想利用沈遇再次將侯府的地位拔升，卻又不想將爵位給沈遇承襲。如今算盤落空，沈遇還順帶踩他一腳，令他大為光火，卻又無可奈何。

常氏傻住了，現在還是侯爺呢，就已經有人瞧不起他們，待到降爵之後，他們侯府不就是個笑話？她當初費盡心機勾搭上威遠侯，正是看上威遠侯府風光無限。淩楚嵐的性子要強，非黑即白，從不會在威遠侯面前軟下身段，因此威遠侯十分厭憎淩楚嵐。

常氏深諳這一點，在威遠侯跟前溫柔體貼，十分崇拜他、傾慕他，讓威遠侯看見她與淩楚嵐是截然不同的女子，才得了威遠侯的歡心。

她害怕地抓住威遠侯的手。「侯爺，您說沈遇會不會再做些什麼，叫咱們的爵位也被剝奪？」

「他敢！」威遠侯一掌拍在桌案上，勃然大怒。

常氏這時才真真切切地感受到沈遇帶來的巨大威脅。「你忘了當年咱們做的事情？真叫他查出來，他那般冷血無情的人，會放了我們嗎？我如今有三、四十歲，也跟您過了大半輩子的富貴生活，早已活夠了。可是，旭兒和月兒該怎麼辦？」說到最後，常氏的淚水落下。

威遠侯神色凝重，緊緊握著拳頭。當初他容不下那賤婦，又忌憚淩家，在殺死賤婦之前，陷害她與人私通，因為有這一件醜事在前，所以後來設計賤婦暴斃，淩家不敢深查。

等淩家覺察不對，他早已將一干人等滅口。良久，他沈聲說道：「知道真相的人全都已經死了，他查不出來。」

常氏緊緊捏著帕子。威遠侯沈默良久才作答，顯然他也不確定。常氏神思不定地坐在椅子上，半晌，慌亂的眸子漸漸堅定，已經有了主意。

白薇與沈遇快馬加鞭，抵達石屏村時已經是五日之後。

風塵僕僕地推開院門，白薇聽見白離的聲音響起——

「娘，姍兒想吃綠豆湯，您做一碗，吊在井裡涼一天，晚上給她吃了解暑。」

江氏沒有作聲，將雞湯盛出來。

白離瞧見雞湯熬好了，他連忙拿一個碗，撕下兩隻雞腿、挾兩塊雞胸肉，舀滿一碗湯，準備端去給姜姍。一出廚房，就見白薇雙手抱胸地站在院門口。白離面色一變，目光不由得望向雞舍，只覺得手裡這碗鮮香四溢的雞湯瞬間變得燙手。他骨子裡對白薇是畏懼的，尤其他才宰了白薇一隻雞。「妳和姊夫回來了？」白離聲音僵硬地問。

白薇微微一抬下巴，似笑非笑道：「手裡端的是什麼？」

「雞、雞湯。」白離心虛地說道：「珊兒身子不好，娘殺了一隻雞給她補身體。」

白薇走近，看見裡面有兩隻雞腿，冷笑著點頭。

白離看她這副模樣，心裡發怵。「姊……我……」

「幹得不錯啊！」

白離膝蓋一軟，差點給白薇跪下。「珊兒是咱們家的新媳婦，給她加兩個雞腿，今後她會孝敬爹娘。」

「新婦？我怎麼不知道你成親了？」白薇臉色陰沈，之前還以為頂多是訂親。

白離臉色脹紅，有些難以啟齒。「姊，因為事發突然才會匆匆忙忙成親，是我做得不對。姍兒嫁給我受盡委屈，連酒席都沒有辦，她也沒有怨言，她吃一隻雞不過分。妳如果覺得不對，明天我去鎮上買一隻雞賠給你們。」

白薇徹底被白離這句話給激怒了，怒極反笑道：「白離，你可真帶種！」丟下這句話後，她直接進屋，等一家人坐齊了再說。

白離目送白薇進屋後並沒有鬆一口氣，反而更加提心弔膽，他有一種秋後算帳的感覺！

白離戰戰兢兢地將雞湯送進屋，抓耳撓腮地想辦法要化解白薇對姜姍的誤解。

江氏給白薇送信的事情他知道，之後白薇又來信，江氏請族長讀完後，對待姜姍便是兩個態度。若說之前是不太滿意這樁婚事，認為他高攀，對姜姍十分拘謹，生怕哪兒做得不到位、哪句話給說錯了，那麼看完信後便是直接無視姜姍，原本訂下的婚約，也叫他給退了。

他心中苦悶，怎麼也想不通姜姍這樣好的人，他娘為何就瞧不上？

她說姜家與白薇有恩怨，不能成親。

白離心裡惱火，他在家中一點地位都沒有，事事都得以白薇為主，她說的話簡直就是白家的聖旨！

後來他約姜姍出來，去酒樓吃飯，原本是想將憋悶在心裡的話一吐為快，卻沒有想到他喝高了，再次醒來就看見姜姍滿面淚痕，將一塊綢布懸在樑上，正往脖子上套。白離一個激靈，頓時清醒過來，抱著姜姍下來，提出立即成親，即便眾叛親離也不會捨下她。

江氏與白啟複鐵了心，不肯認姜姍做白家媳婦。可白離占了姜姍的清白，因此自作主張與姜姍簡單地拜天地，成為夫妻。

「怎麼了？心事重重。」姜姍看著碗裡的兩隻雞腿，將碗擱在一邊。「爹娘年紀大，這些東西給他們兩老吃。」

白離心中一暖，他娶了一個好媳婦，處處為他設想。他爹娘不待見姜姍，她仍將他們當作親生爹娘孝敬。「妳吃，家裡還有雞，明天殺了給他們吃。」白離摸著鼻子道：「白薇回來了，她不是好惹的人，妳遠著她一點。」他對白薇是又恨又怕，每當他想和白薇摒棄前嫌時，總會有一些事情將他們往兩頭拉，或許是姊弟緣薄吧。

「大姑回來了？這雞腿留著，待會兒大家分著吃。」姜姍起身，端著湯碗去往堂屋。

江氏與白薇、沈遇坐在八仙桌前聊天。

這些日子江氏憋悶得慌，惱恨白離不爭氣，娶個仇家進門。可他一意孤行，也不怕被趕出去，江氏心裡沒有主意，只好忍著，等白薇回來再說。

如今白薇一回來，立即竹筒倒豆子般地將白離與姜姍的事情一五一十地說出來。「我看他這是鬼迷心竅，才會對姜姍死心塌地，連爹娘都不要了！」

白薇面沈如水。「這傻子給人算計了都不知道。姜家是什麼樣的人？姜老爺重利，根本不可能把人嫁進白家。不說其他，只說我和姜家的恩怨，只怕他們恨不得我去死，又怎麼會與咱們家結親？我懷疑從頭到尾都是姜家設的圈套，想將咱們一家拉下水，同歸於盡！」這是姜家最壞的打算，姜老爺絕不會輕易地走這一步棋。他捨棄姜姍這顆棋子，想要做最後的掙扎，而她絕對不會讓姜老爺的算盤得逞！「姜家被太子盯上，成了待宰羔羊，他想要保命，因此將咱們拉到一條船上，以為這樣一來，咱們便會想辦法護著他。」白薇說話時，眼底一片冰封冷意，嘴角的笑毫無溫度。

「怎麼會有這樣的父母？為了家族的利益，竟連孩子的幸福都不顧了？」江氏低喃道：「那離兒怎麼辦？妳有辦法讓他和離嗎？」

白薇搖搖頭。「他鐵了心要和姜姍在一起，那他就帶著人滾蛋！」

話音剛落，白離和姜姍邁進堂屋。

白離的臉色憋得通紅，憤懣地瞪著白薇，怨她不給他留面子。「姊，我和姍兒情投意合，妳怎麼能棒打鴛鴦呢？難道妳不希望我幸福？」

「你的幸福是建立在我的痛苦之上。我也不逼迫你和離，只是我的地盤容不下你們。」白薇靠在椅背上，嘴角噙著淡漠的笑。「該怎麼選，隨你。」

姜姍的臉色微微發白。「大姑。」

「別這麼喊，我擔不起。」白薇諷笑道：「姜家仿造我的作品，反給我扣上剽竊的污名，妳又與白玉煙聯手要置我於死地。如果不是姜家要遭遇滅頂之災，溫家明哲保身地和妳解除婚約，如今又怎麼會無計可施，讓妳來色誘白離？」

白離瞪大眼睛。

姜姍急切地解釋。「不是，我沒有要殺妳，那是白玉煙的計謀，我只是給她人，她要做什麼我一概不知道。剽竊妳作品一事和我無關，我根本作不了主。願意嫁給阿離，是……」

白薇打斷她的話。「別說你們情比金堅，這話只能騙騙傻子。這房子是我造的，我不許妳住，沒有理由。」

姜姍咬緊牙根，萬萬想不到白薇這般蠻橫霸道，一點都不講道理！白離是她弟弟，她居然一點臉面也不給，說趕走就趕走！

白離同樣傻了，他說搬走不過是哄爹娘鬆口的話，等爹娘見識了姜姍的好，必定會後悔他們當初的反對。誰知，白薇竟是二話不說地攆人！

白薇端著茶碗喝一口水。「對了，差點忘記，妳輸給我的石場呢？」

姜姍臉色發白，緊抿住嘴角。

「妳別欺負她！」白離的臉色白了紅、紅了白，最後轉為青。「我搬！」

姜姍心中焦灼，拉住白離。「我們不能走！」走了，她的算盤落空，還白白搭進清白！

「大姑，阿離是妳的親弟弟，妳不能這般對他。如果姜家對妳做的事情，是妳心中的芥蒂，妳不能釋懷，那我可以把自己這條命賠給妳，讓妳消消氣。」

姜姍這番為了愛敢於犧牲自己的言詞，更加令白離感動了，哪裡能受得了她低聲下氣地求白薇，被白薇冷嘲熱諷？他很硬氣地說道：「姍兒，她就是一副冷心腸，妳不必與她多費口舌！我開這間鋪子有點餘錢，足夠咱們租賃一座宅子及一段時間的花銷。鋪子是薄利多銷的，每天能掙不少銀子，我全都給妳！」

白薇冷冷地譏笑一聲。

白離想到什麼，面皮脹紅。這間鋪子也是白薇的。「我不會白拿妳的鋪子，每個月會給妳租金。」白離拉著姜姍就要走。

姜姍掙脫白離的手，神色慌張地道：「阿離，我、我不能成為你的拖累。如果因為我，害你和家人鬧翻，我就成了罪人，一輩子會良心不安的。」她往後退一步，拚命搖頭道：「不能走，我們不能走。」

白離裡子、面子全給白薇扒下來扔地上了，這時誰不走，誰就是個孬種！「姍兒，妳不肯跟我走，難道就如白薇所說，接近我只是因為家裡出事，需要白家幫忙嗎？」白離目光晦暗，探究地盯著姜姍，想從她眼裡看出一點端倪。

姜姍一怔，淚水湧出來。「你、你怎麼能這樣想我？我只是不希望你和父母因為這一點小事鬧翻，你不能體會我的苦心，反而誤解我！」

白離見姜姍哭，心中慌亂。

「走！我現在就跟你走！」不等白離軟聲哄人，姜姍推開白離，跑了出去。

白離急忙要去追姜姍。

此時白薇淡淡道：「我吃完中飯後，希望你們已經離開了。」

白離心裡直冒火，憤怒地瞪著白薇，轉頭大步離開，原來有點動搖的心思，又變得堅定無比。

江氏看著白離滿心滿眼全是姜姍，心中難受，忍不住抹眼淚。

白薇拿著帕子給江氏擦淚。「娘，妳不用擔心。姜姍知道白離這條路子走不通，就不會繼續和他糾纏了。」

「白離心思單純，我害怕他被姜姍傷害。」

「那也是他命裡有這一劫。」白薇給過白離機會了，所以別怪她不念血脈親情。

白離不聽任何勸告，搬出白家，還安慰姜姍道：「珊兒，妳放心，離開白薇的光環照耀，我也能混出個人樣，掙銀子給妳隨便花！」

姜姍簡直氣得要吐血了，偏又不能說，只得將這口血嚥下去，收拾箱籠跟白離去鎮上，暫時在客棧住下。

第二日，白離回石屏村去運貨，拿鑰匙開門，鑰匙卻擰不動，他氣得踹門。

林氏挑著擔子，瞧見白離在踹門，好心道：「沒帶鑰匙啊？你娘和薇薇在工棚，去那兒找她們拿吧！」

「謝謝嬸。」白離道謝，連忙去工棚。

工棚建造在山腳下，場地十分寬敞，兩間土牆造的工棚，裡面光線並不昏暗，極為敞亮。

白薇蹲在角落裡切皮子。

白離不敢找白薇，四下不見江氏的人影，他便轉到白老爹的石雕工棚。

白老爹現在收了不少徒弟，大多是村裡的青壯年，已經步上正軌。

「爹，娘呢？」白離攏著手，站在白老爹身邊。

白老爹手上都是石灰，一身髒污，一個眼神都不給白離。「你娘去地裡忙活。你如果是為鋪子點心來的，便不用找你娘了。為了那樣一個不賢良的媳婦，你連家都不要了，傷透了她的心。既然這般有骨氣，那就自個兒將鋪子撐起來。」

白離驚愕道：「我不會做啊！」

「沒有人是生下來啥都會的。」白老爹背對著白離道：「你趕緊走，別耽誤我幹活。」

白離瞪了瞪眼，這是連他這個兒子也不要了？

他氣呼呼地回到鎮上，不信沒有他娘，這個鋪子就開不下去！

打開鋪子門，冷鍋冷灶，白離挫敗地坐在凳子上，他還真拿這些傢伙沒辦法，操勞不動。

客人上門，問：「店家，你們鋪子今天不賣吃食啊？」

「不賣、不賣！」白離惡聲惡氣。真是個瞎眼的東西，沒瞧見今兒貨都沒有，賣什麼賣？

客人瞧著白離惡劣的態度，低聲咒一句。「什麼態度？別仗著生意好就鼻孔朝天，遲早倒閉！做這種營生的又不只你這一家！」

白離聞言，腦子一轉，閃過一道靈光——可以買別人的貨來賣啊！

白離趕牛車走遍小鎮，挑選一些貨來填充鋪子，開張做生意。

頭一、兩天生意挺好的，白離喜孜孜的認為離了白家，他照樣能風生水起，還不用受白薇的鳥氣！可如此賣了四、五日，生意漸漸不好了，只有一些生面孔，老客人銳減。

以往生意之所以能好，那是因為手藝極佳，外邊賣的只學其形，內裡的口感偷師不來。

如今口味不好，價錢又賣得高，客人就不樂意來買了。

白離也意識到這個問題，他心裡焦急，可又拉不下臉去求江氏。

求江氏，只怕也是老生常談，勒令他與姜姍和離。

生意一日不如一日，漸漸地門口羅雀，可姜姍花銀子大手大腳，花銷極大，漸漸入不敷出。白離整宿整宿都睡不著覺，挖空心思想著補救的法子。

姜姍看在眼裡，不動聲色，花錢更凶。

這一日，白離如往常一般準備去鋪子，臨出門前，見姜姍從床底拉出一口箱子，拿出一袋銅錢，他想叫她少花銷一點，卻又抹不開臉，畢竟他曾經說過不會委屈她。咬一咬牙，白離什麼也沒說地出門了。

姜姍將白離欲言又止的神情盡收眼底。白離本來就沒什麼積蓄，甚至都不夠她買一塊玉飾，現在住的這套宅子還是她爹送的。為了白薇，她爹可是下足本錢了。

姜姍收起錢袋子，等時間差不多了，便上酒樓買一份飯，給白離送去。

白離雙手托著腮，盯著飛蠅在豆腐丸子上打轉，如今每日本錢都掙不回來。

「怎麼回事？今兒貨都沒有賣出去嗎？」姜姍站在鋪子門前，震驚地道：「阿離，娘不給你供貨了嗎？」

白離嚇得往後一倒，連帶著椅子也打翻在地上，疼得他齜牙咧嘴，又顧不上疼，連忙站起來，張嘴想要解釋。

姜姍的淚水掉了下來。「難怪你這兩天不上交銀子，你怎麼不和我說？出這麼大的事你還瞞著我！嫁雞隨雞，嫁狗隨狗，你的生意不好做，我不該花銷大，會節省下來。好在我手裡還有許多首飾和新衣裳，變賣了足夠咱們過一段寬裕的生活，還有剩餘供你做其他的營生。」

白離感動不已，將姜姍抱進懷中，慌亂地為她擦眼淚。「是我沒用，沒將方子學到手。

娘之前是準備將手藝傳給媳婦的。」他笑了一下。「妳放心，我一定會熬過來的。」

姜姍搖頭，蠱惑道：「娘不肯將手藝傳給咱們，這間鋪子是開不下去了。不如你跟我回安南府城去找我爹，跟著他做玉石生意吧？白薇一件玉飾都能賣幾千兩，這裡頭的利潤大。你跟著我爹幹，不用本錢，咱們很快就能發家。」

白離心想，白薇的確是靠玉石發家的，心裡火熱起來。「這樣不太好吧？」

姜姍挽著他的手臂說：「你是姜家女婿，又不是外人，有什麼不好？」

於是，白離半推半就地應下。

白離跟姜家幹玉石生意，白薇得知後不禁冷笑一聲，他這是在自取滅亡！

「姜老爺說白離是讀書人，安排他管帳。白離認為姜老爺器重他，便攬下來了。」沈遇查到白離在姜家接觸的事情，便知道一開始就是個套，要設計白離揹鍋的。他沈吟道：「等上面查起來，假帳一事便會落在白離的頭上，我們多少也會受到牽連。」

白薇知道白離蠢，卻不知道他能蠢到這個地步！姜姍就這麼有魅力，能讓他挖心掏肺？白薇氣怒道：「別管他！」

沈遇揉一揉她的腦袋，心知她有主意。「我繼續讓人盯著。」

「好。」白薇應下來。

這時，謝玉琢一陣風似地衝進來，激動得渾身都在發顫。「薇妹！發財了！咱們發大財了！」竟是顧不上男女大防，二話不說，拽著白薇的手腕就往馬車奔去。「咱們的石場出金疙瘩了！」

的確是個「金疙瘩」。

白薇很意外，竟挖出大量的金剛石，這些都是白花花的銀子啊！

之前那些貴夫人請她做一套金剛石首飾，她手裡的金剛石用完了，便婉言相拒。

如今挖出金剛石，她完全可以走這一條路子。

謝玉琢喜得直搓手。「這金剛石打磨成首飾是個稀缺貨，旁人都不懂門道，只咱們一家，這下發財了！發財了！」

白薇眉眼舒展，望著綿延起伏的山脈，心裡有一團火在血液裡燃燒。「先將金剛石採出來，到時候我親自帶隊，咱們進山找礦脈。」這個礦脈是花一萬八千兩銀子從趙老爺手中買來的，如今它的價值遠遠高過本金，算是意外之喜。

謝玉琢蹲在地上，擺弄灰撲撲的金剛石，臉上笑出幾道褶子，突然有一個大膽的想法。

「薇妹，妳大哥如今是太子器重的人，太子又從小在西嶽帝身邊教養，若無意外，太子便是將來的君主。太子性情敦厚，實施仁政，妳大哥在他身邊立功，成了太子的心腹，到時候就是咱們的靠山，也不必再懼怕了。寶源府城的玉礦交給妳打點，太子要動姜家，咱們要不要乘機蠶食掉姜家的產業？」

白薇陷入沈吟。

「要幹咱們就幹一票大的！姜家與溫家的財富占據西嶽國一半，咱們吞了姜家，又與溫家合作，以妳如今大好的前景，或許有一天，天下財富，十之七八盡在咱們手中！」謝玉琢很有野心，他不單單只看中玉器，其他的產業，他腦子裡也已經勾畫出藍圖。

砰！白薇敲了謝玉琢一個栗爆。「你可真敢想！天下財富十之七八在我手中，並不見得是一件好事！」

謝玉琢揉著額頭，細細一琢磨，的確如此，若真那樣，說不定今後他們就是下一隻肥鳥。

「這種斂財的事情，咱們毫無聲息的做就成了。」白薇笑咪咪地道：「夢想還是要有的，說不定咱們一不小心實現了呢？」

謝玉琢。「……」

白薇讓人將金剛石裝進木箱中，搬到牛車上，拉回工棚。

「薇妹，咱們許久不見，回鋪子喝一盅吧，我有事情與妳說。」謝玉琢邀請白薇去鎮上。

白薇應下，隨口問道：「劉露在你那兒學的如何了？我現在回來了，可以讓她來村裡工棚學。」

謝玉琢撓了撓人中。「我正準備和妳說她的事情。」

白薇狐疑地望去。

謝玉琢咳嗽一聲，清著嗓子道：「我、我不是當初救了她嗎？她跟著我學玉雕，孤男寡女的，又有這麼一齣英雄救美，一來二去，她和我就對上眼了。我想娶她做媳婦，露兒說妳是她的師父，讓我和妳問一聲，妳若是同意，再上她家提親。」方氏對白薇很信任，若白薇點頭，方氏自然會同意的。

白薇沒有說話。

馬車停在謝氏玉器鋪子門前，白薇下馬車。

劉露站在門口，瞧見白薇，眼睛立即亮了。「師父！」劉露小跑過來，站在白薇面前。「謝師父說請妳來吃中飯，我已經準備好了。」

「謝師父？」白薇挑高眉梢，斜眼睨向謝玉琢。

謝玉琢摸了摸鼻子，看一眼劉露，低聲道：「咱們先進去再說。」

劉露沒有想到這個稱呼會讓白薇調侃謝玉琢，臉頰浮上兩抹紅暈，瞟了謝玉琢兩眼，羞澀地垂下頭。

白薇看著兩人眉來眼去，心中有了底，劉露對謝玉琢有情。

兩個人入座後，劉露鑽進廚房，去端煨在爐子上的湯。

「你若誠心娶她，不會辜負她，拿出自己的真心，方大娘自然會同意。」白薇指點一句。到底是她徒弟，她不由得多說了兩句。「你如果做不到一心一意待她，最好別去招惹她。劉露是個較真兒、認死理的姑娘，你想清楚了便請媒人去見方大娘。若是叫我知道你娶她之後在外邊胡來，我會打斷你的腿！」白薇的目光掃過謝玉琢的下三路。

謝玉琢忽然就懂了，不由得夾緊雙腿。開口要娶劉露這事，他深思熟慮過，畢竟劉露是白薇的徒弟，今後若鬧出事，他和白薇肯定得拆夥。

他如實說道：「提出娶她，需要下很大的決心。今後的事情我無法保證，但現在我對她確是一片真心。我只能保證，若是今後辜負她，我願意割讓一半的家產給她，不會虧待她。」這算是給劉露的保障。

白薇蹙緊眉頭，一眼看見端著湯盅站在門口的劉露，她緊緊咬著嘴唇，臉色微微發白。

謝玉琢也看見了，心中一緊，手指握成拳頭，又緩緩鬆開。她知道了也好。

好一會兒，劉露才邁腳進來，將湯擱在桌子上。

「坐。」白薇指著身邊的位置。

劉露的手往圍裙上擦一把後，坐在白薇身側，雙手緊緊交握在一起，深吸一口氣，這一輩子的勇氣全用在這會兒了。「我不能因為瞻前顧後，就違背自己的心意。謝玉琢肯做出這一份保證，可見現在對我是真心的。我該對自己有信心，能夠讓他喜歡我一輩子。就算不能，我便是不拿他的銀子，學會治玉也能過得很好，就當作是償還他的救命之恩吧！」

白薇輕笑。「你們都已經做好在一起的準備了，那就直接去提親啊！」

謝玉琢心裡慌。「薇妹，我……」

「方大娘最在意這個孫女了，你是真心還是假意，老人家一眼便能看出來，不會為難你。」見謝玉琢還要說，白薇挾一塊蝦仁放在劉露碗裡。「吃飯。」

謝玉琢只得閉嘴。

白薇在工棚挑選幾個信得過、手藝好的玉匠師進行了一次談話，給他們每人百分之五的紅利，並且簽下一份合約，然後將如何切割、打磨金剛石的訣竅告訴他們，由他們幾個人掌管金剛石，而她只管安心為皇上雕刻薄胎玉瓶。等成品出來時，已經是三個月之後。

太子的提案通過了，京城派來督查的官員，即將抵達安南府城。

姜家這段時間在白薇那兒找突破口，又向溫家示好，請他們念在過往的舊情上，引薦他們見上太子一面，但溫家卻不留情面，無人見他們。姜家急得團團轉，四處託人找門路。

可太子的動向，但凡是耳目靈通的心中都有數，又如何會為他引薦，自絕前路？

如今督查的官員馬上就要到地界上來，姜家再也沈不住氣了。

姜夫人從姜姍的屋子裡出去後，姜姍就讓人去準備一桌子酒菜，再派人請白離過來一起用飯。

白離這段日子在姜家過得風生水起，人人都敬重他，讓他找到了尊嚴，也證明自己的價值，他是一個有才幹的人。離開白薇後，他活得更加如魚得水！

「珊兒，妳有事找我？」白離看著精心打扮過、極為俏麗動人的姜姍，目光更溫柔了。

「我今日按照岳丈的吩咐去鋪子查帳，查出有許多漏洞，我給找出來後，又重新做了帳本，將掌櫃挪走的銀子給追回來。岳丈很賞識我，認可了我的能力，準備分撥我幾間鋪子讓我掌管。」

姜姍喜出望外。「真的？相公，你真厲害！哥哥們在爹面前只有挨罵的分，他們想要自己管鋪子，爹覺得他們能力不行，一直不肯鬆口，為此哥哥們對爹多有怨言呢！你才來多久啊，竟然就讓爹鬆口了，想必能力非常不俗。」

白離被捧得飄飄然的。

接著，姜姍話音一轉。「相公，你已經離家幾個月了，你爹娘只怕會擔心。你如今是有大本事的人了，咱們明天回一趟石屏村吧？他們見識到你的能力後，一定會感到欣慰，並且認可你，願意接納我的。」

白離眉心一皺，就要開口拒絕。

姜姍的手指壓在他的嘴唇上。「我們雖在姜家過得好，可我作為白家的媳婦，也想要得到爹娘的認可。相公，你若是心疼我，就答應我這一回吧！若是他們依舊不肯接納我，那麼今後我再也不勉強你，我們過好自己的小日子就好，如何？」

白離見她神色認真且執著，憐惜地將她攬入懷中。「我答應妳。」

姜姍唇邊綻出一抹笑，嬌羞地在他面頰上親了一下。

白薇將薄胎雙耳玉瓶仔細擦一遍後，小心翼翼地將玉瓶裝箱、落鎖。

江氏在門外喊。「薇薇，謝玉琢來找妳。」

白薇將鑰匙收起來，拉開門。「他在哪裡？」

「在堂屋。」

白薇去往堂屋，就見謝玉琢在屋子裡焦急地踱步。

「薇妹，府城的鋪子出事了！說咱們賣出去的玉鐲子有毒，買主告到知府跟前，妳快跟我去一趟。」謝玉琢臉色凝重。「一些細節路上再告訴妳。」

白薇面色一變，不敢耽誤，當即與謝玉琢趕去府城。

謝玉琢道：「府城鋪子按照妳的規劃，開張兩、三個月來，每一批玉器都是經過嚴格的檢驗，層層篩選，質量上絕對過關。如果玉器上有毒，不會單單只有這麼一件。況且，怎麼會這般巧合，那麼多的玉鐲中，偏偏只有賣出去的這一件有毒？」

白薇神色冷然，謝玉琢懷疑遭人誣陷，她又何嘗不是呢？「查出來是什麼原因了嗎？」

「買主不肯透露，也不願見咱們鋪子裡的人。門僕只說證據與證物全都交給知府了，一切事情等開堂審訊的時候再說。」謝玉琢心急如焚。「掌櫃已經被抓進大牢了！」

白薇先去了白家玉器鋪子，向夥計瞭解事情始末，得知事情的細節之後，再去找吳知府。

吳知府嘆息道：「這件事我愛莫能助。那中毒的沈家雖然是旁支，但是在京城的背景頗硬。事情的真相水落石出之前，我不能將掌櫃開釋，也不能將案卷細節告訴妳。」

白薇瞭解吳知府的難處，且從他閃爍的眼神中可以看出，這府中似乎有「那一位」的眼線。如果是這樣的話，最好是按規矩辦事，方才不會落人口實。

白薇篤定是有人栽贓陷害，她並不畏懼，只想盡快弄清楚事情真相。

「我知道了。」白薇告別吳知府，親自去了一趟沈府。

沈府的人依舊避而不見，白薇亮明身分。

「夫人如今昏迷不醒，老爺說一切等開堂再說！」門僕直接關門。

白薇站在日光下，望著金光熠熠的「沈府」兩字，眼底的冷意慢慢凝固。

回到落腳的宅邸，謝玉琢連忙上前。

「怎麼樣？」

「依然不見人。吳知府說，沈家在京城的關係頗硬，還埋了眼線在吳知府府中，只怕是故意為難咱們的。」白薇冷笑一聲。「官階比吳知府大，事前就堂而皇之地往知府府裡送人了。」

謝玉琢心中一動。「這沈家的本家，不會是……威遠侯府吧？」

白薇的眉梢微微一動。

「還真的是啊？」謝玉琢瞪圓了眼睛，難以置信。「威遠侯不是沈遇的父親嗎？妳是侯府的媳婦，怎麼就對付起自家人呢？」

「大概是威遠侯想尋點刺激吧！」白薇提筆給在水師營的沈遇去一封信。

翌日，白薇又去鋪子，將玉器重新檢驗一番，並著人暗中去探訪，沈府請的是哪一家郎中？打聽一下中的是什麼毒？

很快地，消息查來了——

「據說一個月前，老夫人的身體就不大好，所以沈家託人從京城的杏林堂請了一個郎中來，為老夫人調養身體，尋常時就住在沈家，不輕易出門。關於中毒的事情，半點風聲都沒有透露出來，如果不是直接告官來鋪子抓人，誰都不知道沈夫人中毒了。」

白薇心一沈，這是有備而來。「什麼時候開堂？」

來人繼續道：「說是等沈夫人醒來再開堂，因為一些細節問題和鐵證，只有沈夫人拿得出來。」

「沈家閉門謝客，沈夫人的情況究竟如何，只有他們沈家的人才知道，醒來不醒來，全憑他們一句話。」忽然，白薇靈光一閃。「託人去沈家堵人，向採買的婢女套話。」

白薇又安排人去京城，找杏林堂套話。

謝玉琢迷糊道：「這沈家真是奇了怪了，既然存心找碴，只怕證據早就備足了，該要狠狠打擊我們才是，一直擱在這裡沒動靜是怎麼一回事啊？還是說，他們想搞一次大的？」

白薇倏然看向謝玉琢，面無表情。

謝玉琢被白薇盯得心裡發毛，不禁摸了摸自己的臉。「薇妹，妳有話直說，別用這種眼神看著哥，我這小心肝，怵得慌啊！」

「除了想將咱們一舉殲滅，有沒有一個可能？」白薇眼神一厲，從齒縫中擠出話來。「故意拖住我？」

謝玉琢驀地變了臉色。

「備馬車！」白薇丟下這句話後，快步走出鋪子。

姜家無法投靠在太子門下，此時正像無頭蒼蠅一般，在京城裡亂撞，隨意抓取救命稻草。或許，威遠侯府與姜家結盟了呢？

這個節骨眼上將她調離石屏村，只怕白離就該派上用場了。

第二十七章

白薇與謝玉琢前腳剛離開石屏村，白離與姜姍後腳就來了白家。

兩人大包小包，提著各種山珍海味、鹿茸人參。

江氏對白離失望至極，堵住門不讓進。「這兒子和閨女一樣，嫁出去的人潑出去的水。你做了姜家的上門女婿，平常沒事少回娘家，免得你岳丈有意見。」瞥一眼他們手裡提著的東西，又說：「做人家的上門女婿，別大手大腳地花銀子，當心你岳丈對你有看法。」

白離被江氏這一番話臊得臉色脹紅，憋悶道：「娘，我哪有不認你們？是你們太偏心，非得拆散我和珊兒，為了不叫你們受氣方才搬走的。點心鋪子沒有您，我哪裡幹得下去？幸好我得岳丈看重，如今做出一番成就，這些東西全都是用我掙的銀錢買來孝敬您和爹的。」

江氏板著臉，瞥一眼姜姍，攆人。

姜姍連忙說道：「阿離，我去鎮上有一點事，你和爹娘敘敘舊，待會兒來接你。」

她給白離遞一個眼色，將他往屋子裡推。

白離見姜姍走遠了，便向江氏服軟。

江氏就是看姜姍不順眼而已，對白離終究是想念的。姜姍這一走，她就放白離進門了。

姜家跟來的小廝並沒有走，白離一進門，他就拎著東西順勢進來。

見江氏張嘴想說什麼，白離笑道：「娘，他是我的僕從，讓他在院裡坐著吧。」

江氏是老實婦人，聽說是照顧白離的僕從，便給他倒一碗水解渴。

僕從就坐在庭院榕樹下等。

白離取出一個錢袋子，放在江氏手裡。「娘，這是我掙的銀子，特地孝敬您的。」

江氏一點喜氣都沒有，憂心忡忡地說：「離兒，姜家不是好人。爹娘的話你不願聽，那自個兒要多防範一點，別吃悶虧。」她見白離臉上的笑斂去，嘆道：「咱們家都是老實本分的人，爹娘都沒啥大出息，也不懂啥大道理，但經歷的事、看過的冷暖比你多。這人，就是兄弟、父子之間都有嫌隙紛爭，沒有誰會無緣無故對你好的。姜家那樣的家底兒，怎麼會答應把閨女嫁給咱們這樣的人家？因為你救了姜姍？因為她被退親？說句不好聽的話，即便姜姍是個寡婦，被夫家休棄了，都有人上趕著要娶她。再者，商人重利益，姜家有好幾個兒子，憑啥就器重你？」江氏字字句句戳著白離的心，說完又將銀子塞還給白離。「你自個兒留著傍身，回去之後，你仔細觀察姜家兄弟的能力，自己和他們比一比，再想一想，看娘說得對不對？」

白離問道：「白薇讓您說的？」

江氏氣得虛指白離，他聽不進心裡去，也就不管他了。

「難得來，留下來吃中飯。」江氏提著籃子去地裡摘菜。

白離邁出堂屋，瞧見僕從鬼鬼祟祟自東廂房小跑過來，皺緊眉頭問：「上哪兒去了？」

僕從嚇一跳。「奴、奴才尿急，上茅房。」
白離見他神色慌張，走到他跟前再問：「老實交代，你去東廂房做什麼？」
僕從搗著肚子，支支吾吾道：「奴才找不到茅廁，溜到東廂房後頭牆角下撒了一泡尿。被您撞見了，怕被您責罰。」
白離將信將疑。「真的？」
僕從脹紅臉，撩開布衣，灰色的褲子濕了一塊。
白離厭惡地皺眉，轉身進屋。

江氏特地做了白離愛吃的菜。
白離想和江氏說些姜姍的好話，可想起之前的不愉快，也就閉嘴了，倒在自己屋裡頭睡覺，等姜姍來接。
這一等，直到天色擦黑，吃晚飯時，姜姍方才趕來。
江氏不悅地道：「她去鎮上到這個時辰才回來，要你餓著肚子趕路嗎？你讓她等，吃完飯再走。」
白啟複問：「去鎮上？」
「回安南府城。」白離心都飛出去了，擔心姜姍沒吃晚飯。「娘，您看在兒子的分上，讓她進來吃頓飯吧？白薇也不在，我們不久留，吃完就走。」

江氏到底心軟，放姜姍進來了。

姜姍只說吃了，安靜地坐在一邊等，又叫白離吃慢點，不著急。

江氏吃軟不吃硬，再不喜歡姜姍，白離也是她兒子，不由得說道：「這麼晚了，留下來睡一宿，明兒一早再趕路吧。」

白離看向姜姍。

姜姍遲疑地道：「阿離，夜路不安全，娘留咱們住一晚，要不就明日再走。」

兩人於是留了下來。

夜涼如水，萬籟俱寂。

西廂房傳出窸窸窣窣的動靜，門被拉開，姜姍躡手躡腳地走出來。

僕從在院子裡等。「小姐，全都給藥倒了。」廚房在東廂房，他在江氏去地裡時往水桶、水壺裡下了藥。

姜姍「嗯」了一聲，讓小廝去開門。

五、六個護衛站在門口等，進門後聽姜姍吩咐。

「去白薇的屋子搜！」姜姍下令。

姜家窮途末路，將目標放在白薇給西嶽帝雕刻的薄胎玉瓶上。

姜老爺想用薄胎玉瓶威脅白薇，在太子面前為姜家求情。若是白薇不妥協，便將這玉瓶給毀了。這塊玉料是西嶽帝所賜，若是白薇到期限卻交不出玉器，夠她吃一壺了！

姜家使計將白薇調離石屏村，又利用白離進入白家，打算將玉器給盜走。

護衛用刀將白薇屋子的門鎖給砍了，搜出裝著薄胎玉瓶的箱子，將鎖片給撬開，露出光澤瑩潤的玉器。「小姐，找到了！」護衛喚了一聲。

姜姍進去看，她並不識貨，見外形大致相似，便叫人裝進去，換一把鎖。

一行人匆匆離開。

姜姍邁出大門，看一眼西廂房，然後頭也不回地離開。

白啟複腦袋昏昏沈沈的，聽見院子裡有人在說話，他想睜開眼睛又睜不開，好不容易費力睜開眼，站起身想出去一探究竟，卻覺得眼前昏黑。甩一甩頭，等勁頭緩過來後，他拉開門，只見院門半開，白薇屋子的銅鎖被撬掉了。白啟複心一沈，匆匆跑到門口，遠遠瞧見姜姍的背影融入夜色中。

白啟複面色一變，朝院子裡大喊一聲。「老婆子，白離和姜姍盜了丫頭的東西走了！」一連喊了幾聲都無人回應，他不敢耽擱，急忙追上去。「站住！你們這些賊子給我站住！」

白啟複在村口追上了姜姍等人，見護衛將箱子抬到馬車上，他疾步撲過去，將箱子壓在身下。

姜姍嚇一跳，沒有想到白啟複居然醒過來了！

「把他抓起來！」姜姍壓低聲音，就怕驚動村民。

兩個護衛上前箝制住白啟複的手臂，摀住他的嘴往後拖。

白啟複一身蠻力，緊緊抱住箱子不撒手。

護衛心有顧慮，擔心爭執拉扯間會弄壞箱子裡的玉器。

「小姐？」護衛詢問姜姍。

姜姍咬牙切齒，指使一旁的兩個護衛去搶箱子。「他不肯鬆手，就給我打！」姜姍狠了心。這是在村口，就怕有人拉開門撞見。就算打死了，也是白啟複咎由自取。

護衛得令，動作粗暴。

白啟複心裡只有一個念頭，就是護住身下這一口箱子，不讓他們偷走玉器，威脅白薇。白薇說過姜家的惡劣行徑，他們之所以用美人計，為的是讓白薇鬆口幫忙。白孟在幫太子幹活，白薇能夠說上話。而且姜家的利益是被白薇接手的，姜家怎麼會讓他們兄妹好過？將姜姍嫁給白離，壓根兒就沒安好心！白啟複恨不得將箱子全都納入懷中，他咬緊牙關硬扛，希望村民們發現。

幾個護衛顧慮著易碎的玉器，束手束腳，心中急躁，生出惱怒，驀地脫下襪子堵住白啟複的嘴，亂棍打在他身上。

白啟複悶哼一聲，臉色瞬間慘白，抱著箱子的雙手青筋凸出來。腦袋挨一悶棍，痛得眼前發黑，沒等清明，又是一悶棍敲打下來。濕熱的液體滑落流淌進眼底，白啟複眼睛都睜不開了，渾身疼得抽搐，後背的骨頭似乎都被打斷打裂。

姜姍站在一旁冷眼看著白啟複滿頭滿臉的鮮血，眉心一皺，上了馬車。

白啟複的腦袋像被一刀一刀給劈開，快要昏厥過去，撐不下去了！他用力咬住舌頭，拚命保持一點清醒，雙手死死抱住箱子。「啊」地一聲，他直起腰背，舉著箱子要拋擲在地上。寧可毀了，也不讓玉器落在姜家，讓他們威脅白薇。

「爹！爹！」白離衝過來時看見這一幕，瞳孔倏地緊縮。「住手！你們快住手！」

白啟複看見白離，身子晃一晃，倒在地上。

「爹——」白離撲上前，抱住白啟複。

白啟複指著箱子。「你、你還認、認我這個爹……就、就護住這口……箱子。」

白離看著白啟複滿臉鮮血，手都在發顫。他認出馬車，也認出這些護衛，全都是姜家的人。他眼睛通紅，朝著馬車喊。「姍兒，為什麼？」

姜姍掀開簾子，面無表情地說：「你若選我，就乖乖跟我回去，別多問。你如果和你爹一樣，想死護著這口箱子，那咱們夫妻緣就斷了。」

白離死死盯著姜姍，固執地想得到一個答案。「為什麼？」這是他爹，如果他沒有趕來，姜姍是要活活打死他爹嗎？

「沒有為什麼，這口箱子是我們姜家的救命稻草。」姜姍的語氣緩和下來。「阿離，你大哥在太子門下，攛掇著太子對付姜家，掠奪姜家財產給白薇。白薇、白孟不肯放過姜家，逼我們不得不出此下策。你有你的家人要保護，我也有我的親人要守護。我雖然愛你，可我捨不下親人。」姜姍眼眶濕潤。「阿離，我太心急了，做得不對。你跟我回去，幫助姜家度過難關，日後我會親自上門向你爹請罪。我爹待你不薄，你不會為這件小事和我置氣，對不對？」

白離還沒有蠢透，從這幾句話中，得出了一個結論。「妳一開始就是為了這個接近我？」早就算計白薇的東西，所以才哄著他回去白家。其他的話，全都是哄騙他的。如果姜姍真的愛他，又怎麼會對他爹下重手？「姍兒，妳心裡如果有我便收手。我去求大哥讓他放過姜家，好不好？」白離心裡很難受，卻仍舊生出一點冀望，希望姜姍對他也有感情。

可姜姍到底讓他失望了。

姜姍冷笑一聲。「你的話如果有用，還會讓白薇趕出來嗎？白離，姜家對你不薄，你若有良心就該帶著箱子和我走。」她眼神一厲，不近人情道：「你如果執意護著，就別怪我不講夫妻感情！」

白離呆呆地看著姜姍，像是從未認識過她。

白啟複的手指用力摳著白離的手臂。

白離低頭看著白啟複，那雙渾濁的眼睛布滿乞求，他的心揪成一團。

「阿離……」白啟複想說什麼，護衛一悶棍下來，白啟複眼睛閉上，徹底昏死過去。

「爹——」白離大喊一聲，脖子上青筋都凸了出來。「姜姍，妳真狠！」

姜姍緊緊捏著手指，手一揮。「別和他周旋，咱們走！」村子裡有人亮起燈了，姜姍不願意事情鬧大。

白離緊緊盯著馬車，看著姜姍連一個眼神都不給他，將簾子甩了下來，又看著昏倒在懷裡的白啟複，手仍是保持著抓住他手臂的姿勢。

白離的眼睛緊緊閉上，往日的種種一一在腦海中閃過。他雙手收緊，痛苦而糾結。

白啟複的話驀地在腦海中響起——

你還認我這個爹，就護住這口箱子！

白離忽而睜開眼睛，朝護衛撲過去。若真的被姜家帶走，只怕就是白家的滅頂之災了！

「抓賊啊！有賊人搶我姊的玉器！」白離雙拳難敵四手，他邊撲過去搶箱子，邊朝村裡大喊。鄉鄰是靠白薇掙錢的，白薇的利益受到侵犯，鄉鄰不會坐視不管！「抓賊！快來人抓賊啊！」白離大聲嘶喊，心中很清楚，姜姍接近他並不是因為喜歡，而是一個圈套。

他太蠢，始終對白薇心存芥蒂與偏見，才會不肯信任她的話。今時今日發生的事情，如同一個響亮的巴掌，狠狠搧打在他的臉上！

姜姍氣得臉色發青，白離真的要和她恩斷義絕，才會毫無顧忌地喊人捉賊！「快走！他不識趣，不必手下留情！」姜姍催促。

護衛粗暴地用棍杖揍白離。

白離痛得縮手。

另一個護衛立即靈活地將箱子抬走。

白離死死抱住，一棍接連一棍打在身上的疼痛，遠不及姜姍那句「不必手下留情」。這句話像一把刀子，狠狠扎進他的心臟。

他是真的喜歡姜姍，可這一分喜歡卻被姜姍棄如敝屣。只怕這段時間，與他逢場作戲，令她十分難受吧？白離忍不住低低地發笑，眼淚卻一滴一滴掉下來。這就是報應吧！似乎他生在白家，從未為白家分憂過，帶來的只是災難。

姜姍聽到棍棒打在肉體的啪啪聲，手指收攏，緊握成拳頭，隱約聽見白離的笑聲，而後轉變成哭聲。她忍不住掀開簾子，對上白離滿臉的淚痕，眼皮狠狠一跳，心裡突然不是滋味。白離是一個無用的男人，她向來看不上。她一直喜歡溫琰那樣的男人，雖然手段殘忍、喜怒無常，可他十分出色。如今終於能夠擺脫白離，不必與他逢場作戲了，她應該感到開心，落得一身輕鬆才是，可她並不覺得高興，甚至看著他被打、他悔恨的淚水，竟會有一些不忍和怒意。遠處有人舉火把走來了，姜姍低喝一聲。「箱子帶不走，毀了！」

護衛一聽讓毀了，這還不簡單？幾個人將白離連帶著箱子抬起，狠狠拋擲在地上。

白離重重地摔在地上，一口氣險些喘不上來。箱子翻滾了幾下，掉在菜地裡，白離掙扎著朝箱子爬過去。

護衛暗恨白離壞事，對他拳打腳踢。

另外兩個護衛打開鎖片，將磕壞的玉器掏出來摔在地上，徹底粉碎。

白離怔怔地看著玉器碎了，連腦袋都顧不上護住，被護衛一腳踢踹得撞在石頭上。

姜姍見那件精美絕倫的玉器毀了，心裡鬆了一口氣，又不禁生出惋惜。若是能帶回去，只怕能解了姜家的燃眉之急。

「走吧！」姜姍讓車伕趕馬車。

馬車緩緩行駛起來，片刻後，又驟然停下來。

姜姍剛想問怎麼回事，一陣馬蹄聲急驟傳來，她撩開簾子，看見男人騎馬疾馳而來，一雙黑目在夜色下泛著寒光，令人膽寒。

沈遇騰空一躍而起，一腳踹向拉著馬車的馬頭，馬匹嘶鳴一聲，轟然倒地。

「啊！」姜姍驚叫，連帶車廂一起翻滾在地上，碎裂在地的玉片割傷了她的臉。

沈遇看著白啟複和白離躺在血泊中，渾身散發出凜冽寒氣。如果不是他接到白薇的信，馬不停蹄地趕回來，只怕要讓人給逃了！

「爹！爹你怎麼樣了？」沈遇單膝跪在地上，托扶著昏迷的白啟複。

一旁的白離氣若游絲地道：「玉、玉器毀、毀了。」

沈遇的臉色瞬間冷沈。

鄉鄰趕過來，見白啟複和白離都受傷了，急忙問道：「怎麼回事啊？」

「煩勞各位鄉鄰將我爹和白離送回白家，速速請郎中來診治，我將賊子給捆綁起來。」

沈遇話一出，鄉鄰紛紛自告奮勇，將白啟複和白離抬著送去白家，青壯年則留下來幫忙捉賊。

護衛被沈遇的氣勢給震懾住，看著他去忙活傷患，趕忙將姜姍給攙扶起來。

沈遇步步逼向姜姍。

鄉鄰瞧見姜姍等人臉色蒼白，十分懼怕沈遇，漸漸聞出味，這賊，不會就是白離的媳婦吧？

「姊、姊夫。」姜姍驚懼地喚一聲。

沈遇看一眼地上的碎片，冷笑一聲。「姜家做假帳、與水盜勾結，太子還不知該如何處置姜家呢，妳今日將玉器砸了，倒順了太子的心意。毀壞貢品，便拿姜家數十條人命來抵！」

姜姍哪裡會不知道損壞玉器的罪名？只不過想著深更半夜無人看見，白薇拿姜家沒辦法。如今被抓個正著，還如何抵賴？

姜姍慌了，驚恐地看向白離。「阿離、阿離！你快給我作證，這玉器不是我砸壞的！」

白離渾身都很痛，腦袋昏昏沈沈的，可思維卻出奇的清晰。他聽到姜姍的叫喊，心臟緊縮了下，然後緊緊地閉上眼睛。「快一點，我頭暈想吐。」白離怕自己心軟，又會幹出混帳事，索性眼不見為淨。之前對姜姍還有一點念想，可她卻將玉器給砸了，而那一拳拳到肉的重擊，將他對她的奢想也給一點一點打消了。

白薇說得對，他是什麼樣的人？姜家又是什麼樣的家境？就像娘說的，即便姜姍是個寡婦，也不愁嫁不出去，又怎麼會看上他？

姜姍看著鄉鄰將白離快速抬走，懵了一下，驀地手臂一痛，沈遇將她的手擰麻花一般，反剪到身後。

鄉鄰遞上麻繩，幫忙捆綁住姜姍。

護衛不是沈遇的對手，紛紛被拿下，拖到白家扔在柴房裡。

江氏仍舊還在昏睡中。

赤腳郎中為白啟複和白離包紮好傷口，白啟複傷勢極重，他對沈遇道：「你最好將人送到縣城，我醫術不精，治不好。」

沈遇立即帶上赤腳郎中，將白啟複送去縣城。

白離也傷得不輕，聽說白啟複的頭部傷得很嚴重，郎中也束手無策，他死活都要跟著一起去。

沈遇答應白離同行，順便也給白離檢查一番。

半夜，一行人敲開醫館的門。

郎中給白啟複檢查傷勢，診脈之後，神色凝重地說：「傷勢太重，幸好急救得當，還能活。再耽誤半天工夫，我就沒辦法了。」

沈遇聽聞有救，長長吁出一口氣，作揖道：「有勞你了。」

「醫者仁心，這是我的本職，不必客氣。」郎中囑咐藥僮取藥過來，清理傷口，包紮。

白啟複頭部傷得最嚴重，被敲了幾悶棍，皮下有瘀血。

又寫一張活血化瘀的藥方，交給藥僮去煎藥。

白離的傷勢並無大礙，已包紮好傷口。

沈遇寫一封信派人給白薇送去，又給南安王去一封信，然後回到白啟複床邊，白離正守在一邊打盹。「你躺床上去。」沈遇沈聲道。白離做錯的事情，等白薇回來再做打算。

白離的一意孤行，差點害死家人，這一個教訓足夠讓他銘記一生。

他最開始嫉妒白薇能夠輕而易舉得到所有人關注，因此故意和白薇作對，想要博得哪怕一丁點兒的關愛。白離看不上白薇，直到白薇大放光彩，在白薇的陰影中，他更黯然失色，一無是處。他一邊享受白薇帶來的好處，又一邊暗暗比較，想要證明自己的價值。他心理陰暗扭曲，遇見自己心愛的女子時，又遭遇白薇的阻攔，所以觸動了逆反心理，憑著自己的一腔孤勇，毅然決然離開白家。而姜姍對他的溫柔順從、姜家對他的吹捧，讓他虛榮心膨脹，更加忘形。他想證明是白薇錯了、爹娘錯了，可事實卻給了他一記響亮的耳光。

從始至終，他就是一個愚蠢而平庸的人，偏偏又不甘於命運，想要去鬥爭。

白離心裡悔恨，眼睛通紅，哽咽地說道：「我沒有想害死爹，也沒有想害白薇。我……我就是想和自己喜歡的人在一起，證明自己不是一無是處，離開家人的庇護，我依然能夠過得很體面。可我錯了，我這種榆木腦子、這麼蠢笨的人，就該認清事實的。姜姍將玉器打碎，白薇無法給皇上交差，會不會降罪咱們家？」白離心裡害怕極了，淚水湧出。「爹拚死要護著的玉器，我沒能護住。」

沈遇面無表情，看著白離蜷縮成一團，緊緊抱住他自己，哭得一把鼻涕一把淚，似乎知道悔改了。「聖意難測，最後會不會牽連白家，現在還未知。」沈遇並未說實話，他已經逮住了姜姍，白薇能夠釐清關係，但他想要給白離一個難忘的教訓，今後做事記起今日種種，方能夠三思。

白離嚇壞了，臉色慘白。

沈遇不再理會他，離開了屋子。

白薇乘坐馬車趕到縣城時，已經是當日下午。

沈遇在官道等她，攔下馬車後，讓車伕直接去醫館。

白薇見到沈遇時很詫異，但一聽要去醫館，一顆心倏地沈到谷底。「誰受傷了？」

「妳爹。」沈遇言簡意賅，將事情的來龍去脈告訴白薇。「玉器被姜姍毀壞，她被我捆綁在柴房，有人看守著。妳想如何處置她？」

白薇面如寒霜，真叫她猜中了，果然是姜家的調虎離山之計。

「傷了我爹，這筆帳可不是這般好算！」白薇冷笑一聲。就這般放姜姍回去，讓太子發話處置，她心底這口惡氣出不來。「這件事不必刻意瞞下，我會向西嶽帝請罪，並且另外挑選一塊上好玉料，重新給他雕刻薄胎雙耳玉瓶。」

僅憑這只壞了的玉瓶，只怕沒辦法讓姜家跟著獲罪掉腦袋。

既然姜家要玩，那她就陪著玩一場大的！

「好。」沈遇應道。

白薇沒好氣地瞪他。「除了『好』，你就沒有其他的話？」

沈遇的嘴角輕輕一揚。「婦唱夫隨。」

白薇看著他一本正經地說這句話，蒙上一層陰霾的心底驟然多了一絲明亮。

兩人抵達醫館時，守在白啟複床邊的白離已經不知去向。

白薇冷笑，哪裡會不知白離在躲著她？

白老爹的腦袋上纏著厚重的細布，臉上布滿青紫瘀痕，閉眼躺在床上。

白薇握住白老爹寬厚粗糙的手掌，眼睛發酸發脹。

「頭部傷重，手臂骨頭有輕微裂開，暫時沒有醒過來。郎中交代了，是他腦中瘀血沒有化開，等積血化開便會醒過來。」沈遇低聲道。

白薇的心都揪起來了，不知他遭受了多大的罪！「爹，你平時瞧著精明，怎麼關鍵時刻就犯傻呢？這玉器他們想要便給他們帶走，保護好自己才要緊啊！你若是有個好歹……」叫她如何原諒自己？在她心目中，活著最重要！「只要咱們活著，沒有想不到的辦法，也沒有邁不過去的坎。」白薇的淚水一滴一滴落在白啟複臉上，她別開臉，微微仰著頭，想將溢出來的淚水憋回去，可她越是想忍，眼淚越是洶湧地流出來。她將臉埋在白啟複的手掌心，帶著濃厚的鼻音道：「沒有什麼比你和娘的命重要，今後不論發生什麼事情，都不能用自己的命相博。」白薇心裡很愧疚，她覺得自己對白父和白母不夠好，而白父和白母為了護著她的玉器，都能捨出命去，能有這樣為她的爹娘，白薇覺得很知足。

沈遇在一旁默默陪伴白薇，心中十分觸動。為兒女不顧一切的白老爹，令他憶起了母親，他們的愛太過無私。

白薇安靜地守了一個時辰，郎中說仍舊沒有清醒的跡象，她便立即乘坐馬車趕回石屏村。

白離在院子裡來回踱步，瞧見白薇，他想躲，但白薇已經發現他，因此他點穴般定在原地，低垂著頭，等著挨訓。

白薇淡淡一瞥後，大步離開。

白離愣住了，雙手下意識握緊成拳。他以為自己懼怕白薇的打罵，可真正到了這一刻，看見白薇陌生的眼神，將他當作無關緊要的人，連看一眼都嫌多餘時，才發現這才令他難以接受。白離心裡發慌，朝白薇追過去。第一次，他希望白薇能乾脆俐落地痛揍他一頓，也好過無視他，將他當作「陌生人」！

「白薇……姊、姊！」白離喊叫。

白薇的腳步一頓。

「姊，我差點害死爹，又沒有護住妳的玉器，妳怎麼不打我、不罵我？」白離心中很痛苦，希望白薇能打罵他一頓，似乎這樣，他才會稍稍好受一些。

白薇目光冷厲。「白離，你該慶幸爹沒事，否則我會讓你生不如死！」

白離看著白薇毫無感情的眼睛，波瀾不興，連往日的譏誚諷刺統統都沒有了，他終於深刻地體會到幾個字——追悔莫及。

白薇進入屋內，就見江氏魂不守舍，坐著抹淚，眼睛腫成一對核桃。

「娘，爹沒事，明天我帶妳去看他。」白薇坐在江氏身旁，自責道：「對不起。」如果不是她招惹姜家，不會給家人招禍。

江氏搖搖頭。「妳說啥對不起？是爹娘對不住妳！我們沒有好好守住家門，讓賊人進屋搶走了妳的玉器。」

白薇壓根兒沒有想過要責怪白父和白母。兒女是爹娘的心頭肉，白離再混帳，骨肉親情哪是那般輕易能割捨的？

「娘，有心人針對我們，防不勝防。就算妳沒有放白離進屋，他們也會從其他地方下手的。」白薇掏出帕子，擦乾淨江氏的淚水。「下次再遇見類似的事情時，首要保住妳和爹的安全，那些身外之物不用去管。」

「好。」江氏眼睛一紅，眼角泛著淚花，她抬手抹掉。「妳爹當真沒有事？」

「爹很好。」白薇信誓旦旦地說。

江氏這才稍稍放下心，去廚房做飯。

白薇則去柴房會會姜姍。

姜姍被關在柴房一天了，嘴巴被堵上，一口水都沒有沾，早已又餓又渴。門一開，她抬眼望去，瞳孔倏地一縮。

白薇看著她一臉驚恐的模樣，嘴角微勾。「怕了？」她往前走一步，就見姜姍驚慌地往後退，於是笑道：「妳放心，我不會動妳半根毫毛。」

姜姍不相信！白啟複傷得那般嚴重，如今也不知是死是活，白薇能饒了她？

果然，白薇掃向一旁的護衛，說：「你們誰廢了她手腳，我就放了誰。」

護衛驚住了，完全沒有想到白薇會這般操作。他們本就是姜家自鏢局請來的護衛，談不上多忠心。原以為死路一條了，如今竟有一條生路，紛紛願意替白薇出頭。

白薇挑了一個人鬆綁。

護衛心口怦怦跳，手裡捏著一根木棍，幾棍棒打下去。

姜姍嘶聲叫號，痛得臉色慘白，滿頭冷汗，但嘴被堵住，因此聲音全都悶在喉中。她目光怨毒，恨不能吃了白薇。

白薇冷嘲道：「妳以為弄壞玉器，便能引起皇上對我不滿，姜家便能夠躲過一劫嗎？天真！我重新製一件玉器，在皇上給的期限之前補替上去，哪裡會有罪？反而是妳這一砸，將你們姜家的前程給砸斷了！」

姜姍情緒激動，嘴裡發出聲音，像是在咒罵白薇。

白薇見她越憤懣，越高興。「妳爹太愚蠢了，用美色勾引白離，不過是花銀子叫白離嫖妳罷了，白離還能吃虧？你們算是賠了夫人又折兵！妳傷了我爹，所以我斷妳雙手雙腿。妳得好好活著，看著姜家怎麼走上死路，看著白家拿著姜家的玉礦步步高升！」

姜姍死死瞪著白薇，恨不得將她得意的臉給撓爛。可她再氣恨，不可否認，白薇說的是事實。

白薇讓沈遇派人將姜姍送回姜家，其餘護衛則送去官府。

姜府。姜老爺一直等姜姍傳遞消息回來，但都過了一天一夜，卻毫無動靜。太子的人眼見就要到安南府城，他坐不住了，當即派人去打聽姜姍的進展。直到日暮，來人帶回一個消息。「小姐被抓住，白薇的玉器被毀了！」

姜老爺眉頭緊鎖，這是一個壞消息。玉器被毀，姜姍被抓住，事情若宣揚出去，罪名會扣在姜家頭上。「辦事不力的東西！」姜老爺一拳砸在桌子上。

姜姍帶去五、六個護衛，連兩個老東西都應付不了，反而將姜家給搭進去。

「老爺，我們該怎麼辦？」姜夫人憂心忡忡，只覺得懸在頭頂的那把刀，又往下墜了幾寸。他們不怕太子的人查帳，怕的是挖出姜家與水盜勾結。這可是要殺頭的大罪啊！

姜老爺哪裡有辦法？威遠侯只叫他將白薇雕刻給皇上的薄胎玉器弄到手，他自會幫助姜家度過難關。如今玉器毀了，只怕威遠侯也會收手，不肯再管。

他眼底閃過厲色，想和白薇來個魚死網破！

「老爺，不好了！出事了！」管家匆匆進來，神色慌張地道：「大小姐一身傷，被人扔在門口。」

姜老爺臉色鐵青。

門僕將姜姍抬進來，放在闊榻上，她不省人事。

「姍兒？姍兒！」姜夫人大驚失色，撲過去拍姜姍的臉，急得淚水在眼眶打轉，尖聲喊道：「府醫！快去請府醫！」

府醫很快趕來，檢查一番後，神情凝重地說：「大小姐的四肢被打斷了。她被迷藥給弄暈，等一下會醒。」

姜夫人眼前一黑，被刺激得險些昏過去，不敢置信道：「你、你方才說什麼？」

府醫重複一遍。「大小姐今後不能自理了。」

姜夫人臉色煞白，搖搖欲墜，似乎承受不住這打擊，婢女攙扶住她，她咬牙切齒道：「白薇！好妳個白薇！」這般心狠手辣，毀了她兒一輩子！

姜老爺當初將姜姍送出去，已經當成棄子了，此時只覺得白薇這舉動是在打他的臉！

「姍兒，妳醒了！」姜夫人雙手發顫，想拉住姜姍的手，又想到她的手斷了，淚水不禁簌簌而下。「妳受委屈了。」

姜姍見到姜夫人，淚水奪眶而出，想撲進娘懷中訴說她的委屈，可她一動便是鑽心的疼，頓時五雷轟頂，不得不正視一個問題——她如今成了一個廢人！

「娘，白薇，是白薇讓人打斷我的手腳！妳要幫我報仇！」姜姍情緒激動，恨不得白薇去死。

姜夫人咬緊牙根，眼底充滿怨恨，對姜老爺道：「老爺，您可得給珊兒討一個公道！」

姜老爺沈默不語。

姜姍心一涼，將白薇的話轉述給姜老爺。「爹，白薇太囂張了，她說不弄死我，就是為了讓我眼睜睜看著你們去死，再看著她坐擁咱們姜家的財富和礦脈。」

姜老爺聞言，怒極反笑。一個丫頭片子，竟這般猖狂？事情到了這一步，他知道姜家已走上絕路，但他絕不會便宜了白薇！

姜老爺疾步離開，招來心腹密談。既然守不住，那就毀了！

白薇將江氏接到縣城照顧白啟複。

白離老老實實地在角落裡縮著，眼巴巴地看著。

江氏心中怨怪白離，可見他鼻青臉腫、頭上包著細布，一副可憐兮兮的模樣，又狠不下心腸。雖然心軟，但也沒有理會白離。

白薇從藥房出來。

沈遇帶了一個消息過來。「郭大人已經抵達安南府城，與安南府城知府一起前往姜家。」

「已經到了嗎？」白薇眼底閃過冰冷寒意，她勾著沈遇的脖子，將他的頭拉低，對他耳語幾句。

沈遇被她的動作弄得一愣，看著她圈在肩膀上的手，兩個人挨得很近，她身上的清雅體香混合著淺淡的藥香，讓他微微失神。聽到她的話後，他才面色一肅。「妳放心，我會辦妥。」

「我相信你。」白薇就等著這一日。

沈遇憂心事情生變，匆忙去往軍營，點了一支軍隊後，趕赴玉蓮山。

一行人方才到山腳下，突然轟隆一聲，地動山搖。

挖掘的玉礦被火藥給炸毀，爆炸聲此起彼伏，震耳欲聾。

沈遇面容肅穆，如鷹隼般銳利的眼眸望向半山腰，隱約看見有人從山上下來，他手一揮，讓人隱藏起來。

轟炸玉礦的人下來後，沈遇的人便將他們一網打盡。

一個副將從這些人的形貌隱約辨出身分，他高興得忘形，一巴掌拍在沈遇肩膀上。「好傢伙，今兒咱們逮著大肥羊了！」這些人是水盜，平時在河裡，哪能一窩給端了？這一回算是打他們個措手不及啊！「你怎麼知道他們今兒來炸玉礦？」副將數了一下人，起碼有十幾個，這是幾年來抓的最多的一次。

沈遇眼底帶笑，這是白薇設的局。白薇刻意在姜姍跟前說那一番話，再將姜姍送回去，以姜老爺的品行，護不住，便會毀之。姜老爺必定會聯繫水盜，因為水盜手中有黑火藥。

沈遇望著水盜拉下來的玉料，沈聲道：「姜老爺與水盜勾結，太子派人來查，這一樁官司夠讓他人頭落地，他不會老實等著被捕的，所以我帶著弟兄們來守著玉礦，湊巧了。」

「哈哈哈，所以咱們這是瞎貓碰上死耗子。」副將話音一落，被人撞一下胳膊肘，他輕哼一聲道：「話糙理不糙嘛！」繼而，又對沈遇說：「你突然到咱們東江水師來，直接作為將軍掌兵，誰也不服氣。這一回，可得叫他們閉嘴了。」

沈遇的履歷早已在軍中傳開，可他對水軍一竅不通，之前便是有再出色的戰績，放在東江水師都不管用。他們之前吃過大虧，同樣是朝廷派來的，一個欽差，成為東江水師的事務大臣，是水師最大的官，偏偏毫無水戰經驗，全憑陸戰經驗瞎指揮一通，還完全不肯聽從別人的意見，他的固執險些讓東江水師與水盜在東江一戰時全軍覆沒，因此沈遇的到來，眾人才會極力排斥。還是後來的幾次水上演習，作戰計劃全是沈遇制定，展現出他的能力，方才得到小部分人的認可。

沈遇並未放在心上，他喜歡用能力讓他們臣服。

這一次，白薇才是最大的功臣。沈遇斂目道：「帶回去審訊。」

沈遇派人通知白薇，玉礦被炸毀，捉拿到水盜，他今夜要審訊，不回去了。

姜家勾結水盜炸毀玉礦的證據，直接掌控在沈遇手裡，由不得姜老爺狡辯。

白薇心裡堵著的那一口氣，總算吐了出來。

「妳爹好轉了嗎？」江氏從屋裡出來，瞧見白薇心情很好。「這都好些天了，每天只能吃湯，瞧著都瘦了一圈。」白啟複是江氏的支柱，如果他倒下，對江氏而言便是天塌了。這些天她吃不好、睡不好，整個人也憔悴了下來。

「娘，妳別太擔心。郎中說話都有保留，爹的情況肯定比他說的要好。爹能聽見咱們說話，氣色也好了許多，相信用不了多久就會醒的。」白薇心中也不好受，才短短幾日，江氏的頭髮都白了。

她篤定的話，讓江氏宛如吃了定心丸。

白薇攙扶江氏進屋。

白離站在角落裡，偷偷瞄江氏和白薇。當初為了姜姍，他義無反顧的拋棄親人，如今親人捨棄他，他方才知曉其中的滋味，萬般難受。

江氏心裡也不好受，一家人的日子越過越好了，兒子卻忠奸不分，給家中招禍。如今悔悟過來，做出的改變她都看在眼底。她是普通的婦人，只渴求家和萬事興。

「薇薇，白離已經知錯，並且在悔改了，妳打算怎麼處置他？」江氏不敢奢求白薇原諒，白薇盡心盡力在對白離，可白離卻一次次作踐白薇的真心。「手心手背都是肉，我就是想、想給他一個去處。」

白離聽見江氏在說他，忙豎起耳朵聽她們的談話。

白薇神色冷淡地道：「妳要留他，他有臉留下來，我還能趕他走？」

江氏一愣，這是准白離留下？

白離呆呆地看著白薇，她不將他掃地出門嗎？

「妳是我娘，我不忍心讓妳為難，他想住在白家便住吧。」白薇對白離真的看淡了，徹底將他當作一個路人，他是死是活，都不會再管。白離但凡顧惜著親人、顧及著她，都不會在得知姜姍買兇殺她一事後，依然選擇拋棄親人，跟著姜姍離開，最後造成了如今的局面。

江氏欣喜，白薇願意給他一次機會。可見白薇神情冷淡，她突然意識到不對勁。「薇薇，妳還會住在家裡嗎？」

「我打算在鎮上買一棟宅子。」有白離出入的地方，白薇並不放心。

江氏怔住了。「妳要搬走？」

「娘，我是出嫁女，早晚要搬出白家的。住在鎮上很便利，阿遇回家也方便。」白薇為了寬江氏的心，淺笑道：「我之前便有這個打算，宅子也已經找好，打算與你們說的時候卻正好出事了。」

「真的是這樣嗎？」江氏將信將疑。

「我不方便的時候就住在鎮上，平常會回家住。」

江氏這才放心。

白離像霜打的茄子般蔫頭蔫腦，江氏相信白薇的說詞，他卻半個字也不信。白薇這是不願意原諒他，所以有他在的地方，她不會留下來。

「妳不用搬出去，我、我沒打算留在家裡。」白離鼓起勇氣站在白薇面前，撲通跪在地上。「姊，妳一心一意為這個家，我卻做出許多令妳心寒的事情。妳念著血脈親情，一次次原諒我，一次次給我改過自新的機會，是我不知道珍惜，差點害死爹，害死我們一家人。我沒有顏面求你們原諒，我欠妳一句對不起！」白離喉口哽咽，砰砰砰地連磕三個響頭，滿臉淚痕道：「妳是我的長姊，但真正算起來，妳不過比我大一歲，咱們家的重擔全都壓在妳身上。娘說得對，兄弟多的家裡，女孩子都是被捧在手心裡疼寵的，哪裡會像妳一樣，在外拋頭露面，遭受許多我們想像不到的挫折和困苦？我離開咱們家方才知道生活不容易，並不如自己想的那般簡單。我除了給家裡惹禍，一無是處。等爹醒過來後，我去鎮上給人記帳，腳踏實地，從新開始。」

白離說完這段話後，不等白薇和江氏開口，站起來就往外走，拿袖子在眼睛上一擦。每一個人做錯事情都要付出代價的，他願意承擔一切後果。

江氏的眼淚一滴一滴落在衣料裡。「白離從小就膽子小，很怕事，可犯糊塗的時候，膽子卻又比誰都大，天都能給捅破。如今他被姜姍給騙苦了，差點害死他爹，這個打擊對他來說很沈重，希望他今後再也不敢犯渾了。」

白薇聲音幽幽地道：「是真的知錯，或者假的悔改，一切靜待時間為證吧。」

第二十八章

玉礦炸毀，姜老爺鬆了一口氣，但這一口氣才鬆一半，郭大人就來到姜家，並且管家還帶來一個壞消息，因此另一半的氣又被憋回去了。

「老爺，沈遇帶領水軍將炸毀玉礦的人全都抓回去了！他們手裡握著這個把柄，坐實咱們與水盜勾結的證據啊！」管家急得滿頭冷汗，臉色煞白。

姜老爺跌坐在椅子上，腦子裡只有兩個字——完了！

他並不蠢笨，從最後的結果得到了答案——姜姍就是白薇做的局，用來激怒他，讓他寧為玉碎，不為瓦全。憤怒之下，他果然失去理智，著了白薇的道！

管家問道：「老爺，咱們該怎麼辦？」

「走一步看一步吧！」忽然，姜老爺一改之前的萎靡，想起什麼，重新振作起來。「之前白離給我的帳，如今也能派上用場。」姜老爺冷笑一聲，他的好處可不是白白給的！

郭大人與知府一同來姜家，隨行的還有數十個帳房先生，特地來查姜家的帳目。

姜老爺神色坦然，笑容滿面，將人迎進大廳。「兩位大人請坐。」

郭大人落坐。

知府遞給姜老爺一個眼色，讓他好自為之。

姜老爺面色不變，反而主動提及。「帳本全都在庫房，大人可以在這兒小住，等帳本查完再回去。」

郭大人並未理會姜老爺，而是讓隨行的先生去庫房查帳。

姜老爺也不氣惱，著人帶路。

知府多少知道姜家不乾淨，這件事鬧出來他難免受到波及，只能幫忙遮掩。「郭大人，近五年的帳本，起碼得查幾天時間，不如在姜府安置下來，免得來回奔波？」知府希望姜老爺能夠籠絡住郭大人，一些小問題可以睜一隻眼、閉一隻眼。

「是啊，住處已經備好。」姜老爺附和道。

郭大人笑道：「不必了。本官不只查你這一家，這一次來做足準備，帶了三十個先生查帳，不出兩日，這些帳本大致能查清。」

姜老爺笑容一僵，不再相勸。

郭大人喝一杯茶後，親自加入隊伍，一同查帳。

兩天一夜，終於將帳本給查清。

他們來前已在東宮看過姜家往年隨銀子送去京城的帳本，數目相差有百萬兩。

郭大人合上最後的總帳本，神色沈肅，對三十位帳房先生道：「各位辛苦了，你們回驛站好好休息兩日。」

諸位先生起身告辭。

郭大人將查好的帳本全都用封條貼好，讓士兵抬去驛站。

姜家這兩日人心惶惶，姜夫人寢食難安，如今帳目查清，一口氣都不敢鬆懈。

「大人，我們都是老實本分的玉商，每年都按照規定給朝廷送銀子，從不敢做假帳中飽私囊，您可得明察啊！」姜夫人瞧見郭大人出來，連忙告苦。「這是一件肥差，姜家靠玉商興家，不少人眼紅想要害姜家，我們看著風光，實則有太多苦楚啊！」

郭大人冷笑一聲。「你們庫房的帳本與送入京中的帳本有百萬兩的差距，這筆銀子用在何處，你們好好到太子跟前去陳述吧！」

姜夫人面色驟變。「百、百萬兩?!」她震驚地看向姜老爺。「老爺，這、這筆銀子是在咱們手裡嗎？」

姜老爺也很驚愕，矢口否認。「借我天大的膽子，我也不敢昧下這筆銀子啊！這中間必定有誤會。」

「這都是出自你們府邸的帳本，豈會有誤會？」郭大人鐵面無私，叫人將姜老爺給綁了。「玉礦炸毀，東江水師的人抓拿住毀滅玉礦的賊子，審訊後，他們交代是水盜的身分，並且與你們多次勾結，盜取朝廷官銀幾十萬兩、糧草三千石，證據確鑿，你還要狡辯？若是不認罪，便到公堂上去伸冤。」

「草民若是昧下這筆龐大的銀子，何至於府中這般樸素？早在太子要查帳時，草民用上這筆銀子便足夠消災了。」姜老爺不肯承認。「大人，一定有誤會，這些帳目全都是草民的女婿做的帳。」他攔下士兵抬的一口箱子，撕開封條，隨手拿出裡面的帳本。「之前梅雨季節時府中庫房漏水，裝著帳本的箱子全都被雨水給浸透，帳本發霉，墨跡暈開，草民的女婿十分勤勞肯幹，又有真才實學，草民便將抄寫帳目的事情交給他。誰知道帳本抄完沒幾日，女婿與草民的女兒回寶源府城去見他的父母，他就藉故與草民的女兒爭鬧，打斷了她的四肢。今日這帳本被查出有巨大紕漏，草民懷疑這是他故意要陷害報復啊！」

郭大人蹙眉問：「他為何要報復你？你是他的岳家，若是他做假帳，勢必要牽連其中，這叫自掘墳墓。」

姜老爺嘆息一聲。「這件事說來話長，草民的女婿是寶源府城清水鎮石屏村白啟複的么兒，他的姊姊正是白薇。白薇參加比賽，在玉器界嶄露頭角，草民模仿了她的幾件玉器，兩人因此結下恩怨。後小女被白離所救，白離對小女有愛慕之情，他向草民求娶。草民本來因為這樁過節，不肯答應這門親事，但小女為了報答恩情，不顧草民的反對，執意嫁給他。白離的父母同樣放不下舊怨，因此也不同意這樁親事，白離為了小女，與白家斷絕往來。草民到底疼惜自己的女兒，不忍她在外受苦，便將他們夫妻倆接回姜家。白離為人圓融，很快就得到草民的信任，草民相信他對小女一往情深，便有心栽培他。」姜老爺說到此處，十分憤懣。「直到現在草民才明白過來，白離是故意救小女好成為姜家的乘龍快婿，再與白家恩斷義絕，獲得草民的信任，栽贓陷害草民啊！郭大人，請您明察，切不可叫小人得逞啊！」姜老爺說到最後，激動得老淚縱橫。

「本官會親自去查證。」郭大人並不信姜老爺的片面之詞。太子倚重白孟，姜家被抄了，便會給白薇接手，因此他不得不懷疑姜老爺早已得知消息，故意反咬白薇一口，畢竟姜老爺與水盜勾結一事證據確鑿。

姜老爺給姜夫人遞一個眼色。

姜夫人默默垂淚。「大人若是不信，可以隨民婦去看看小女。」

郭大人頷首，跟在姜夫人身後去見姜姍，走進院子，就聽見婢女啜泣道——

「小姐，您真是命苦，掏心掏肺對待姑爺，到頭來他對您的感情全都是一場騙局，不但狠心打斷您的四肢，還想讓姜家遭受滅頂之災啊！」

姜姍只嗚咽哭泣。

婢女斷斷續續咒罵白離是個負心漢，郭大人聽不下去，轉身往外走。

姜夫人心中一慌。

郭大人意味深長地道：「你們姜府對待下人宅心仁厚啊！」

姜夫人愣怔一下，醒過神來，覺出味兒了，這是物極必反啊！

尋常人遭遇這等人間慘劇，只怕誰提都會觸動神經而發狂，避之不談才好。可姜姍身邊的婢女倒好，每一個字眼都在戳姜姍的心窩，而姜姍的情緒卻並不十分激烈。

姜老爺同樣暗暗心驚，這個郭大人不一般，不好糊弄啊！

郭大人並不手下留情，以姜家與水盜勾結、炸毀玉礦，並且劫掠官銀與糧草等罪行抓捕歸案。緊接著，郭大人去了一趟寶源府城，調查帳本的真相。

白薇得到消息後，直接帶著郭大人去見昏迷的白老爹，又領著他回一趟石屏村，從百姓口中瞭解當晚的真相。

里正對郭大人說：「白離娶姜家大小姐這件事，咱們鄉鄰不清楚，只知白薇從京城回來後，好像不認可這個弟媳婦，結果白離為了姜姍和白家鬧翻，白啟複和江氏傷透心了。前不久他們小倆口回來，那姜姍竟偷走白薇給皇上雕刻的玉器，大半夜的駕車離開，白啟複和白離追出來，她將兩個人都打傷了。好在當時白家女婿趕來得及時，不然白啟複和白離的小命都不保了。」

「那姜姍是真的心狠，白離對她掏心掏肺，她見玉器偷不走，竟叫人給砸得粉碎！」

眾人搖了搖頭，很同情白家。

郭大人又陸續走訪了幾個鄉鄰，說的內容大致相同。他隱約能猜出來，姜家許是因為模仿玉器一事對白家懷恨在心，又因為太子要重查姜家，而受惠的人是白家，才會故意設一個局，將姜姍下嫁給白離。若是姜姍沒有砸毀白薇為西嶽帝雕刻的玉器，他尚不會這般篤定。

白薇帶著郭大人回到鎮上的玉器鋪子，低聲對他道：「您若不信，有一樁案子，您可以查一查。」

郭大人看向白薇。

「事發當天，我在府城的鋪子被人告到知府前，說是玉鐲有毒，致人昏迷不醒。我想調查瞭解真相，那沈家人卻不肯露面，揚言等昏迷的沈夫人醒來，再開堂審案。當時我心中起疑，怕是有人故意將我引到府城，好在我家中下手，果然，我趕回來的第二天，我爹就出事了。我若在家中，白離與姜姍進不了白家大門，即便進了白家，姜姍也不能將玉器給帶走。」

謝玉琢將調查來的事情告訴白薇。「我近日堵在沈家附近，收買沈府的婢女，之前她閉口不言，我換了個法子才套出消息，沈夫人並未昏迷不醒。」

郭大人來了興致。「你如何套出消息的？」在這敏感時期，沈家的人應該會謹小慎微才是，怎麼會輕易被人套話？

謝玉琢洋洋得意道：「草民告訴她，草民是屠夫，每日都是現宰的牲口肉，讓她行一個方便，草民供貨給她，多給她一些好處。嘿，她說沈老夫人信佛，府中都是吃素，不會吃葷腥，只有沈夫人吃肉，但是已照顧沈夫人遠房表哥的生意，所以讓草民去別家問一問。草民又讓人盯著沈家，結果看見有人往沈府送肉。這沈夫人昏迷不醒，怎麼吃肉？草民當時派人摸清沈夫人那表哥的底子，收買她表哥的好友，請她表哥去吃酒，將人灌醉套話，得知沈夫人並沒有昏迷。」

白薇皺眉。「咱們估計打草驚蛇了。」沈家準會得到信，沈夫人該「醒」來了。

郭大人沈聲道：「若是刻意誣陷，你們放心，本官會給你們一個公道。」

「大人，這沈家是威遠侯的旁支。」白薇微揚的唇角帶著一抹輕嘲。

郭大人沒想到事情這般棘手！

「大人敢給我們一個公道嗎？」白薇這句話帶著些挑釁的意味。

郭大人並不生氣，只搖頭道：「這世間最大的官，也越不過天家。」

謝玉琢望著郭大人離開的背影，撓了撓頭。「薇妹，這郭大人是啥意思？這是幫，還是不幫？」又自言自語道：「若是我，肯定不會蹚這渾水。」

白薇揚手一個栗暴敲擊在謝玉琢的腦門。「郭大人給誰辦事的？」

謝玉琢恍然大悟，郭大人上頭是太子，威遠侯還能大得過太子？他頓時喜上眉梢！「這回姜家是完蛋了！」

不只，威遠侯也會惹火燒身了。白薇面若冷霜，她要打擊的從來不是姜家，而是為姜家作主的威遠侯。威遠侯送來這麼大的把柄，她不好好利用一番，讓勢均力敵的郭大人去扒一層皮，難以嚥下這一口氣。

「妳準備回縣城嗎？」謝玉琢將白薇送出門，看見不遠處有一道人影，不禁皺眉。

白薇順著他的視線望去，看見一個穿著粗布衣裳的婦人，面部用一塊寬大的布巾給遮掩住，只露出一雙眼睛，直盯著她看。似乎想上前，又在猶豫。

「妳別理會，這個人我在府城就遇見了。打我從府城回來，她就一直在鋪子門前轉悠，卻又不上前靠近，我就沒有理會，只是讓人盯著，就怕她是沈家派來的人。」謝玉琢對這沈家十分厭惡。

白薇倒覺得不是沈家的人，她在婦人眼中沒有看見惡意。「行了，我明天去府城，今日去縣城和我娘道別。」白薇讓謝玉琢別送，揮一揮手，上了馬車。

馬車駛出一段距離後，那婦人追在身後，聲音嘶啞地喊著白薇的名字。

白薇讓車伕停下來。

婦人小跑到馬車前，掀開簾子，拿出一個小布包遞給白薇。

白薇遲疑片刻，將小布包打開，裡面包著一根金簪，還有一封信。她將信拆開，只看了一眼，倏地眸光變幻，神色驟變。

郭大人回寶源府城的第二日，如白薇所料，沈夫人醒過來了。

郭大人找吳知府察看宗卷，又親自去玉器鋪子走訪，方才請沈家人來開堂。

白薇作為玉器鋪子的東家，自然也得出席。

郭大人親自開堂審理此案。

沈家人瞧見生面孔，愣了愣，一時沒有反應過來。

郭大人拍下手中的驚堂木。「堂下何人？有何冤情？」

沈夫人跪下來，臉色帶著病態的蒼白。「回稟大人，民婦在白家玉器鋪子買了一只玉鐲子，戴了一日便頭腦昏沈，心悸喘不上氣，第二日起身便昏厥過去。」她拿出玉鐲子，呈上給師爺。「這個玉鐲子請郎中檢驗過，說上面有毒，民婦戴在手腕上，毒氣順著肌膚入體才導致昏迷。若不是民婦身體弱，早早發現，換做強壯的人只怕已救不活。」

「白家鋪子的玉器沒有上千件，也有幾百件，為何獨獨賣給妳的玉鐲子有毒？若是我們有恩怨過節，我乘機下毒報復，倒也說得過去。」白薇話音一轉，冷冷道：「我反倒要指控妳，在玉鐲子上下毒，誣告白家玉器鋪子！」

沈夫人捣住胸口，張開嘴費力地喘氣，似乎承受不住白薇的誣衊！好不容易緩過勁來，她才虛弱地說道：「白老闆，妳又何必如此激動？我並未說是妳在玉鐲子上塗毒，而是這玉料不過關，它本身就含毒。你們又不懂醫理，也沒有特地請一個郎中檢驗，如何知道這原料有沒有毒？」

白薇緊抿著唇角，萬萬想不到沈家來這一手！沈夫人告的是原料有毒，並不是鋪子特地下毒。若鋪子勝出了，只需要賠付醫藥費而已。而沈家打輸這一場官司也沒有其他損失，頂多推說是郎中檢驗錯了。他們鬧出的這一場鬧劇，本身就是為了將她留在府城罷了。若她沒有猜錯，這一只玉鐲子此時再請仵作檢驗，只怕是無毒的。

白薇解釋道：「原料含毒一般是出現在低劣的假玉石上，沈夫人買的是上等羊脂玉，這種情況幾乎不可能出現。不知大人能否讓我過目，確認這玉鐲子是不是出自白家玉器鋪子的？」

沈夫人的眼皮一跳，驀地有一種不好的預感，想要開口制止，然而郭大人已經准許，師爺將玉鐲子遞給了白薇。

白薇看見沈夫人眼底一閃而逝的不安，不禁問道：「沈夫人有疑問嗎？」

沈夫人搖了搖頭，她料想白薇在公堂之上不敢亂來。

白薇順了順頭髮，煞有介事地檢驗一番後，點了點頭。「的確是我們家的玉鐲。」又重新遞還給師爺。

這時，仵作過來了，檢驗一番玉鐲後，對郭大人道：「大人，這玉鐲有毒。」

沈夫人面色大變，因為這個玉鐲壓根兒不可能檢驗出毒來啊！這玉鐲有毒本來就是自家刻意鬧事的，等事情過去後，他們為平息風波，自然會以「誤會」收場，可如今仵作卻說鐲子有毒。

「不可能！」沈夫人立即反駁，話一出口，她就恨不得咬斷舌頭。因為她本來就說這玉鐲有毒，仵作檢驗的結果與她說的一致，她如今反駁了，不就說明這玉鐲本來就是無毒的？

沈老爺暗瞪沈夫人一眼，這蠢婦！

「沈夫人這話是什麼意思？之前妳說這玉鐲有毒，仵作此時也確認有毒了，妳卻又反駁，難道這玉鐲子本來就無毒嗎？」白薇提出疑問。

沈夫人張惶失措，不知該如何彌補。

沈老爺開口道：「郎中說這毒被夫人吸收得差不多了，他檢驗的時候又浸泡了藥水，說這極可能沒有毒了，所以仵作此時查出鐲子仍然殘留著毒，她才會這般吃驚。」

「對對對，是這樣！」沈夫人連忙附和。

白薇似笑非笑地道：「沈老爺，你這話就說錯了。天然玉石是無毒的，你說有毒的玉鐲子該是低劣的假玉石。但我方才看了，這的確是白家鋪子的玉石，而且是上等玉，那又怎麼會有毒？如今被檢驗出有毒，除非是人為下毒。」

仵作點了點頭。「上面是見血封喉的箭毒木，平常戴在手上，若是沒有傷口，並不會中毒。」這句話也說明沈夫人在撒謊。

「不可能！」沈老爺臉色驟變。「如果是箭毒木，夫人就不會昏迷。」

「這就要問你了。」白薇譏誚道。

沈夫人嚇得噤口，六神無主地看向沈老爺，這個結果和他們設想的相反。

白薇道：「懂行的都知道沈老爺的話漏洞百出。這玉鐲上的毒，怕是你們的疏忽，塗抹錯了吧？」認定是沈家故意下毒誣陷，只是陰差陽錯地塗上箭毒木。

「妳血口噴人！」沈老爺情緒激動。「妳方才碰了玉鐲，一定是妳栽贓陷害！」

「我是傻了才會在玉鐲上塗抹毒藥，給你們把柄。無毒不是更好？這樣我能反告你們誣陷。」

「我夫人中毒的症狀與玉鐲上的毒症不一樣，不是更能直接證明我們誣陷妳？」

白薇嗤笑一聲。「是不是你們弄的毒藥，派人去府邸搜一搜便知。」她張開手，讓人來搜身。

郭大人指派一個婢女在白薇身上搜查，並沒有藏毒。

沈老爺不服氣，他根本沒有下過毒，不怕官差去搜。

等官差迅速從沈府主院主屋的妝奩裡搜出裝著箭毒木的瓶子過來時，沈老爺不鎮定了。

「誣陷！是你們串通勾結陷害我！」沈老爺臉色鐵青。白薇的人壓根兒進不去沈家，他們也的確沒有箭毒木，如今卻被搜查出來，只能說，白薇和這開堂審案的大人勾結了！「吳知府，您來主持公道！草民就算要下毒，為何會下箭毒木的毒？」

「這誰知道？若不是你弄巧成拙，說不定這箭毒木便是準備用來禍害其他人的。」白薇故意在玉鐲上塗抹箭毒木，就是明晃晃地讓沈家人知道自己被陷害，卻又拿不出證據洗刷冤屈。

沈老爺氣瘋了，偏偏物證確鑿，他又拿不出證據來證明自己被冤枉，憋屈極了。

仵作舉著玉鐲，望著內壁道：「這毒下得很隱蔽，在刻字的凹槽處，我差一點忽略。」

白薇臉色頓變。「好啊，若不是仵作細心檢查出來有毒，這只玉鐲子退還給我後，只怕當真會害了其他的人。」她跪在公堂中間道：「郭大人，請您給我一個公道！」

沈老爺急道：「大人，請您明察秋毫，草民害誰也不會陷害白老闆啊！我們沈家是威遠侯的旁支，兩家來往密切。草民算是白老闆的叔叔，這是大水沖了龍王廟，一家人不識一家人。」他點出威遠侯，一是告訴郭大人他有靠山；二是讓白薇知道，若是繼續揪著不放，威遠侯會不高興，她這做媳婦的得掂量著來。

白薇義正辭言道：「法不容情！」隨後，又對沈老爺道：「您做得很好，明知我們是親戚，仍然為自己討公道，我今日若是不追究，無法給玉器鋪子正名，更是將律法置於何地？一切但憑郭大人作主！」

沈老爺臉色青黑。

最終，郭大人以誣告反坐罪名，將沈老爺抓拿歸案。

沈夫人嚇得面色發白，連忙追過去，被官差擋住，潸然淚下。「老爺！老爺……」

沈老爺恨道：「我們是被冤枉的，妳別怕事，只管去信給大哥！」

沈夫人記住沈老爺的話，匆匆回府，要給威遠侯去信。

白薇聽到這句話，嘴角往上一翹，繼而對郭大人道：「多謝大人還我一個公道。」

郭大人意味深長地道：「身正不怕影子斜。」

「正是這個理，即便和威遠侯打擂臺，我也是不怕的。」白薇齜牙一笑，一口白牙明晃晃。

郭大人失笑，不和她閒扯。

白薇達成所願，對吳知府道：「無論沈家做什麼，您都頂住，別怕事，該怎麼來就怎麼來，出事還有郭大人頂著呢！」

郭大人腳下一個踉蹌，回頭看向白薇。

白薇朝他揮揮手。「郭大人慢走，小心腳下的路。」

郭大人鬍子抖一抖，著實沒有見過這般厚顏無恥的人！

吳知府真是被白薇的大膽給嚇住了。

白薇並不多說，郭大人既插手管這件事，便會管到底。

離開衙門後，白薇去鋪子裡打個轉，正巧看見兩兄弟抬著一塊石頭進了鋪子。

掌櫃的連忙對白薇道：「東家，這塊石頭您來看看。」

兩兄弟憨厚地說道：「石頭是我們在山裡撿的，豁一道口子出了綠，聽說白氏玉器鋪子最為公道，便帶著石頭來了。」

白薇打量一番，這是一塊青玉，從豁出的那道口子看得出質地非常細緻，光澤柔和，是一塊上等青玉。她不禁笑了，真是剛瞌睡便有人遞來了枕頭。給西嶽帝雕刻的薄胎被打碎，她還沒來得及相看一塊玉料，不想卻有人送上門來了。她讓掌櫃按市價給，並不壓價，而後讓人搬上馬車，回縣城。

白離蹲在醫館門口等候白薇，瞅見白薇來了，他連忙迎上前。「之前有官差問我的話，姜府的帳本是不是我抄的？好在我當時留了一個心眼，那些帳本姜老爺讓人處理掉的時候，我給搶救了一大半，都藏在姜家後院的林子裡。」姜老爺器重他，他很得意，但沒忘了凡事留個退路，就怕抄的帳本出事，沒法向姜老爺交代。哪裡知道，正是因為他的膽小，才保住一命。得知這一件事後，白離驚出一身冷汗，更加羞愧了。
白薇不禁看他一眼，還沒有蠢到家。
「我帶人去找了，他們把箱子給抬走了，到時候我還得去京城作證。」白離底氣不足地問：「妳會去京城嗎？」
白薇回他一句。「不知道。」
江氏拉拉白離的手臂。「你姊本來近期去京城的，玉器碎了，還得三、四個月才能去。」
白離的嘴角緊緊抿著。
白薇去探望白啟複，見他的面色稍稍紅潤，顯示身體漸漸在恢復。
江氏臉上總算有一絲笑容。「今日給妳爹擦手的時候，他的手指會動了，郎中說，或許這幾日就會醒。」
白薇鬆了一口氣，這算是一個好消息。
「姊夫來了。」白離站在門口道。
白薇連忙從屋子裡出來，在門口遇上沈遇。「你跟我來。」
沈遇面色沈肅，跟在白薇身後。
白薇輕敲一扇門，門從內打開，裡面站著一位婦人，赫然就是昨日攔路的人。
婦人半邊臉被燒毀，猙獰的傷疤顯得可怖，她急忙用布巾蒙住臉。

「少、少爺……」婦人看到沈遇，聲音顫抖，眼中含淚道：「沒想到有生之年還能見到您！」

沈遇一眼認出她是英姑，當年母親淩楚嵐身邊的陪嫁丫鬟。

淩楚嵐死後，英姑與院子裡其他伺候的人一同被發放到陪嫁莊子上，之後一場大火，全都喪生了，而英姑早有覺察，是唯一一個逃出來的人。

「英姑姑，妳這些年可安好？」沈遇在寶源府城找了幾年都未曾找到她，沒想到白薇先一步找到了。

英姑領著他們進屋後，跪在地上向沈遇磕頭請罪。「少爺，老奴沒有保護好夫人，她是被威遠侯陷害與人通姦，隨後以她不守婦道的罪名毒死的。威遠侯害怕事情鬧大，自己善後不乾淨，留下蛛絲馬跡被淩家給查出來，所以夫人院子裡所有伺候的人，他一個都不敢留活口，幸好老天開眼，讓老奴逃過一劫。這些年老奴一直藏身在沈府做婢女，想找機會再次回京揭開他的真面目，可老奴不敢回京，害怕一進京就會被他給發現。直到沈家想要害少夫人這事，老奴這才知道這些年來您一直在寶源府城，還在這兒成家了。」英姑打聽清楚沈家誣害白薇的始末，才借機跟著謝玉琢來到清水鎮見白薇，將沈家的陰謀告訴她。

白薇本來就知道沈家是故意誣陷，從英姑這裡更加確定，她才反將一軍，弄來箭毒木的毒，讓英姑回去後想辦法放在沈夫人的屋子裡。

白薇將頭上的金簪拔下來，遞給英姑。「謝謝妳的金簪。」

這金簪頂部的花蕊暗藏玄機，稍稍扭動一下，便有液體流出。白薇就是將箭毒木的毒液裝在這裡面，而她在公堂上拿玉鐲子的時候，裝作整理頭髮，手指上沾了毒，再將毒塗抹在玉鐲刻字的凹槽裡。

英姑並不接。「這是夫人的遺物，您是夫人的媳婦，便當作給您的見面禮。」

白薇看向沈遇，見沈遇微微點頭，白薇才收下。

「此事我有過懷疑，可惜沒有收集到證據。如今能找到英姑姑，母親的死因很快就會真相大白。」沈遇目光冷冽。當年他在母親的床上發現一個男人，因為年輕氣盛，當場拔劍將人給殺了，而後威遠侯帶人進來，定了母親私通的罪。他為還母親清白，四處奔走查找證據，不料母親卻突然暴斃。威遠侯說母親是擔心醜事暴露，憂思過重加重病情，所以暴斃而亡，但沈遇一直不相信。「英姑姑，我如今已查到當年那個害了母親的郎中的蹤跡，等找到人了，便能揭發真兇的罪行，還母親一個清白。」

英姑姑神色激動。「找到那個畜生，絕不能饒了他！」

「傷害過母親的人我都不會放過！」沈遇決定在搗毀水盜之後，再去將郎中揪回來。

英姑姑將淩楚嵐的遺書遞給沈遇。

沈遇看完信後，久久沒有動彈。

白薇看著他眼睛裡密布的紅血絲，雙手握住他青筋暴凸的手。

信中的內容白薇看過，是一個母親對子女的期許，語句很平和，並無怨恨。淩楚嵐早已看透一切，叮囑沈遇與沈晚君不用為她報仇，過好當下的生活就好。她希望自己兒女的生活平靜而幸福，不必沈浸在仇恨當中。淩楚嵐是他們的母親，威遠侯是他們的父親，為母報仇而手刃父親，縱然彼此沒有父子親情可言，到底太過沈重。她選擇錯了良人，便希望所有的恩恩怨怨在她手裡終結，不希望延續到子女身上。

可威遠侯的手段太過陰狠，沈遇根本就來不及看到這一封信。

即便當初看到這封信，沈遇也會做出同樣的選擇。

「遵循內心去做，母親並不知道威遠侯之後做的事情。她知道的話，絕對不會說這一番話的。」白薇語氣低緩柔和，彷彿溫柔的水波緩緩地安撫人心。

沈遇只是很難過，母親胸襟這般豁達，又為何沒有離開侯府的勇氣？若是她離開威遠侯府，或許最後便不會是一場悲劇。這一切，早已沒有答案。

沈遇帶兵追擊水盜。

郭大人則帶著姜老爺、白離一起回京。

白薇日以繼夜地雕刻玉瓶，等玉瓶雕刻好後，傳來了沈遇剿滅水盜、抓到首領的消息，而後他又馬不停蹄地前去尋找當年為淩楚嵐治病的郎中，準備在姜老爺的案件審理之前，將威遠侯毒殺淩楚嵐的罪證收集齊全。姜老爺一案，威遠侯也牽涉其中。

白薇將玉瓶裝在箱籠裡，把菜熱一熱，去屋裡請江氏吃飯。

她一進屋便聽見江氏聲音發顫，激動地喚著白老爹。

「孩子他爹，你、你醒了？」

白啟複的眼珠子動了動，眼皮顫動著睜開了。屋子裡雖然光線昏暗，白啟複仍是閉了一下眼睛，方才適應。

江氏喜極而泣。「太好了，真的太好了！」千盼萬盼，總算盼醒了！

白啟複扯動嘴角，笑道：「哭啥啊？我沒事，就是作了個很長的夢而已。你們說的話，我全都聽得見。」

他不說話還好，一說江氏的淚水流淌得更洶湧了。之前人人都說會醒，不會有事，可白啟複一天不醒，她的心就惶恐難安。早年白啟複遭逢大難，她心有餘悸，如今上了年紀，承受力更加不夠，只願一家人平安喜樂。

「你下次做啥事前，先想一想我們這一大家子，你是咱家的頂梁柱啊！」江氏想到那時看見他不省人事的模樣，心中仍是害怕。

白啟複沒有說話，目光轉向白薇。

白老爹這一睡，睡了三個月，由於身體各方面都很好，早已從醫館搬回家住。

「爹，娘說得對。命都不在了，掙來的榮耀與身外之物又有啥用？」白薇一顆心落下來，擦一下眼角，吸著鼻子道：「爹，你想吃啥？我給你做。」她報了清淡流質的菜單。

「稀粥。」

「好，我這就去做。」白薇去請郎中，將空間留給江氏與白老爹說一會兒體己話。

郎中聽說白啟複醒來，立即提著藥箱去白啟複的屋子。

白薇將稀粥熱好，端去給白啟複喝時，郎中正準備離開。

「妳爹恢復得很好，沒有大礙。」

白薇笑道：「謝謝您，這段時間辛苦您了。」

郎中擺了擺手。「這是我應該做的。」他揭開瓷盅，見裡面是清粥，點頭道：「這兩日吃清淡一些，注意飲食方面。每日用完飯後，扶他下床走一走。」

「好。」白薇端著瓷盅進屋。

「我來，妳先去吃飯。」江氏接過去，心疼地看著白薇眼下的青影。「妳待會兒還要治玉嗎？」

白薇搖頭。「不用，我離刻好了。」

「那好好休息一下，別熬垮身體。現在年輕不覺得，等上年紀，小病小痛就顯出來了。」江氏見白薇只是笑，瞪了她一眼。「妳別不放在心上，妳現在還沒有生小孩呢！」

白薇心下嘀咕，端靠她一個人也生不了啊！他們都未曾同房過。

「趁著我和妳爹還帶得動，趕緊生個娃！」江氏多嘴提一句。

「我努力。」白薇忙應下。

江氏這才滿意。

白薇拍一拍肚子，嘀咕道：「我努力有啥用？」將沈遇給撲了嗎？估計會被他一巴掌給拍飛吧？

白薇回到房間時驚訝了一下，沈遇正坐在椅子上睡覺，玩的是大變活人嗎？她走近了，發現沈遇曬黑了許多，下巴長著一片青渣，眉心皺成一個川字，渾身透著疲倦。

白薇心疼地撫平他緊皺的眉心，手指驀地被握住。

沈遇睜開眼，眼睛裡布滿紅血絲。

白薇張嘴想說什麼，他手一用力，她輕呼一聲，人已跌坐在他懷中。紅唇被沈遇侵占，他強勢地長驅直入，攻城掠地，凶猛之勢宛如狂風肆虐，將她僅存的理智絞成碎片，只能無助地攀附著他，任由他攫取。肺部的空氣彷彿被抽空，白薇紅著臉將沈遇推開，趴在他肩膀上輕輕喘息。

沈遇偏頭在她脖子上蹭一蹭，咬住一塊軟肉，牙齒磨輾啃噬，彷彿能感受到血的流動。

白薇緊緊抱住他的脖子，他的呼吸十分灼燙，令她渾身顫慄。

沈遇克制住自己，輕輕啄吻一下後，鬆開了白薇。

白薇眼睛裡蘊含著一汪春水，一抹桃粉色在眼尾暈染開，平添幾分嫵媚風韻。

沈遇的掌心握住她的腰肢，望著她這般模樣，忍不住又吻了一下她的唇角。「三個月沒有見妳，妳想我嗎？」

沈遇目光灼灼，嗓音沙啞，說出的話讓白薇臉紅心甜，白薇含笑道：「妾心似君心。」

沈遇眼底含笑，凝視著她明媚的笑臉，方才覺得這段時間對她有多想念。

「你抓到人了？」白薇被他滾燙的眼神盯得心裡發麻，聲音不由得放軟。「什麼時候回京？」

「抓到人了。或許是年紀大，身體不太好，又這麼多年過去，以為事情平息下來，想著落葉歸根，便回到祖籍躲藏了起來。」沈遇平日裡的凌厲與鋒芒全都斂去，鮮少地流露出溫和的神色，低聲問道：「玉瓶雕好了嗎？我歇兩日再走。」

「萬幸抓到了，這回一定能讓兇手繩之以法。」白薇鬆一口氣，笑咪咪地說道：「玉瓶雕好了。」

沈遇捏著白薇的手指，沒有開口說話。僅僅只憑英姑姑與郎中還不夠，他得暗中潛進威遠侯府一趟，從常氏入手，看能否找到有用的東西。

當年威遠侯迎娶常氏過門，幾次交鋒，她手中似乎有倚仗。他思來想去，常氏手裡的倚仗，多半是能拿捏著威遠侯的把柄。

這時，江氏敲門。聲音在門外響起。

「薇薇，我聽說阿遇回來了，給他煮好了一碗麵，妳給阿遇端進去。」她摘了點青菜，加兩個荷包蛋，給沈遇下了碗麵。

白薇從沈遇身上下來，繡鞋掉在地上，她索性將另一隻腳的鞋子給踢掉，赤腳去開門。

江氏端著托盤，裡面擺著兩碗麵。「趕緊趁熱吃，待會兒得糊掉。」

白薇接過去。「這個時間吃麵，晚上還吃得下飯嗎？」

「阿遇必定餓了，先吃碗麵墊墊肚子，睡一覺再說。餓了，我晚點再做飯。」江氏笑容和藹，眼睛直盯著白薇的肚子。

白薇被江氏盯得心裡發毛，娘似乎很熱衷催她生崽。難道沈遇回來一趟，崽子就會自己到她肚子裡嗎？

「你們多吃一點。」江氏給白薇一個眼神後，將門關上。

「……」白薇覺得她現在在江氏眼裡，也就是生崽的用處了。

果然，不論哪一個世界，都是到了適婚年齡就催婚，結婚後就催生崽。

她才十八歲，晚點要孩子也挺好的。

「吃吧！」白薇將兩碗麵都擱在沈遇面前。

沈遇推一碗給她。「一起吃。」目光又落在她白嫩小巧的腳丫上。「把鞋穿上。」

白薇坐在凳子上，蹺著雙腳。「穿鞋熱，我在房裡赤腳又沒人看見。」八月的天，正是最熱的時候，地板沁涼，打赤腳最舒服。

「地上涼。」沈遇蹙眉，她的腳丫子在眼前晃，晃得他眼花。「聽話。」

白薇眼珠子一轉，想到江氏的眼神，腳丫子伸過去，腳背在他緊實修長的腿上磨蹭，看著他面不改色地拿著筷子吃麵，突然起了壞心，腳往下移動，從他褲管裡鑽進去，輕輕地撩撥著。

沈遇的腿部肌肉緊繃，目光暗沈地盯著她，略帶著警告。「別鬧。」

白薇雙手撐在桌面上，托腮道：「阿遇，你想做爹嗎？」

沈遇漆黑雙眼變得深幽，一瞬也不瞬地盯著她，似乎在思索她方才的話。

「不想嗎？」白薇見他沒有回答，又問了一遍。

沈遇想過這個問題，只是他和白薇聚少離多，她的事業又正在發展，沈遇擔心白薇暫時不會想要孩子，便將這個念頭給按下去。如今白薇直白地問出來，沈遇有點捉摸不透白薇的心思。她想要孩子嗎？還是不想要，在探口風？

沈遇悶頭大口吃麵，直到見底，又將湯給喝了，拿著帕子擦一擦唇，才抬頭看向白薇。

「暫時沒有想過。」

白薇怔住了。

「妳還太小。」沈遇綜合各方面條件，覺得他們現在不適合要孩子。

白薇有孕就不能做玉雕，她又即將要接手玉礦，太累了。

「哦！」白薇的臉垮了下來。之前她覺得自己還年輕，可以晚點要孩子。但是當沈遇真這樣說時，她又覺得自己不小，比她還小的都做娘了。她悶悶地起身，去幫他拿換洗的衣裳。

「先將鞋穿好。」沈遇拎著鞋走過去，攔腰抱著白薇放在凳子上，單膝跪地，握著她的腳，拿帕子將腳底板擦乾淨後，再將鞋子套上去。

白薇愣住了。就這樣？一般的套路不是給她穿鞋，然後穿著穿著就把她撲倒嗎？白薇皺眉。沈遇的目光太專注，冷峻的面容緊緊繃著，像是在幹一件大事般。她心裡微微發癢，山不來就她，那便她去就山。孟浪就孟浪，反正這是她的人，不能撩還是怎地？

白薇雙手搭在他的肩膀上，借力將他撲倒在地上，整個人跨坐在他腰間。

沈遇懵了，這一切太猝不及防，他只得掐住她的腰肢，將她扶穩，無奈地說道：「當心摔著。」

白薇雙手揪住他胸前的衣裳，凶巴巴地說：「娘三番五次催我生孩子，我一個人怎麼生？」

沈遇失笑。

「你還笑！你一天天不著家，不能體會我被娘催生孩子的痛苦。」白薇瞪著沈遇。謝玉琢都成親了，若叫劉露先生下孩子，那她這個先成親的多丟人啊！「二選一，要麼你去應付我娘生孩子的事情，要麼你就給我一個孩子。」

「我去和娘說。」沈遇握著她的手。「先起來說話。」

話都說到這個分上了，這呆子還在拒絕，白薇真的生氣了！

「等妳步上正軌，我們再生孩子好不好？」沈遇嘆息。「我不在妳身邊，妳一個人懷著孩子太辛苦，我不想缺席孩子的成長。」

「事在人為！」白薇神色認真。「有些事情再苦再累也甘之如飴。我想給你生個孩子。」有一個孩子，他們才圓滿。真的和沈遇提及這個話題後，白薇才覺得，有一個孩子很不錯。「每一個階段都有每一個階段的事情，你能夠確定，度過這一個階段後，我們能將生孩子這事提上日程？」白薇懶得廢話，直接粗暴地撕扯他的衣服。「孩子的事情順其自然，我們成親這麼久，你是我娶回來的男人，我該驗一驗這貨好不好用！你說得對，我現在還小，若用著不稱心，我反正有錢有能力，還能再換一個好——嗯！」白薇一陣天旋地轉，被沈遇反撲在地上，堵住她的唇舌。

沈遇被激怒，如野獸一般，凶猛的掠取。

白薇剛開始還不肯服輸，像是在和他置氣、較量似的。

沈遇彷彿不知疲憊、不會力竭一般，一次比一次凶狠。

白薇滿面潮紅，緊緊抱著沈遇，兩個人抵死纏綿。

最後的一刻，沈遇湊到白薇耳邊，微微喘道：「給我生個孩子。」

月涼如水。

江氏坐在榕樹下，手裡握著蒲扇，望著天上的繁星，臉上的笑容沒有消失過。

白薇的房門一直沒有打開，江氏彷彿看見她白白嫩嫩的小外孫了。

「年輕人的事情，妳少摻和。」白啟複哪裡不知道江氏的心思？

江氏白他一眼。「你懂啥？一個家要有個孩子才會更溫暖。阿遇在軍營，娘子和孩子在家裡，只要想一想，幹活就有勁頭，來家裡也會勤快一些。」長時間分開，再濃烈的感情也會淡，何況沈遇還有一個好出身呢？白薇缺心眼，她不得不給白薇多謀劃謀劃。「說了你也不懂！」江氏起身回屋。

白啟複。「……」

威遠侯府。

常氏聽見姜老爺被抓，要送來京城的消息，頓覺寢食難安。

沈遇進京的消息，對他們來說更是雪上加霜。

「老爺，您說怎麼辦？姓姜的被抓，您收了他的銀子，若將您供出來該怎麼辦？」常氏急得都要哭了。

威遠侯愁眉不展，他當初真不該收了姜老爺的銀子，利用他來對付白薇，誰知給自己挖了一個大坑。常氏在一旁哭哭啼啼，吵得威遠侯心煩，他沒有說出沈老爺被抓入獄的事情。

「火不一定能燒到侯府，妳哭什麼？」威遠侯說了一句「晦氣」，起身大步去往書房。

管家勸道：「侯爺，不如您找大少爺好好談一談？您與他是父子關係，哪有隔夜仇？他最在意的是已逝的夫人，您就說幾句軟話吧？」管家是威遠侯的心腹，比常氏還要清楚威遠侯府的處境。此時再添一把柴，就要分崩離析了。

威遠侯沈聲道：「你將顧時安請來。」

威遠侯不希望侯府斷送在他手裡，可他很清楚，為了往上爬、重塑威遠侯府昔日鼎盛時期榮光，步步下的都是臭棋。他早知道沈遇是麻煩，不該將主意打到他身上的。不說其他，單單姜家一事，便讓他一敗塗地。

顧時安被管家請來，他朝威遠侯行禮。「不知侯爺有何要事？」

「坐。」威遠侯給他倒一杯茶。「姜家潰敗，本侯牽涉其中，你有什麼良計，讓侯府化險為夷？」

顧時安心中一驚，卻面不改色道：「姜家犯了何事？」

威遠侯將姜家累累罪行，著重說了一遍，尤其是姜姍摔碎白薇為西嶽帝雕刻的玉器。「這件事本來與本侯無關，姜家行事那一天，沈家聽從本侯的命令誣告白薇，方才引火焚身。這件事是郭大人親自審理，明白人一眼就能看穿其中關竅。損壞皇上的玉器，這件事可大可小，就怕姜家與匪徒勾結，劫掠朝廷官銀的事情，也會記上我一筆。」威遠侯覺得他太冤屈。

顧時安聽到白薇的名字時，心中掀起驚濤駭浪。得知白薇被西嶽帝看中，並且為西嶽帝治玉時，心中就已經後悔了。當初若是娶了白薇，憑藉白薇治玉上的天賦，他早已平步青雲，又豈會到現在為止，連留在京城的缺位也撈不到？就算外放，也已經遲了，如今只是名不見經傳的小人物，叫他怎麼甘心？原以為抱住威遠侯府的大腿，能夠讓他高枕無憂，可惜侯府徒有其名！「這件事很棘手，但若不是證據確鑿，他們也不能將侯爺如何。」顧時安沈吟半晌後，問：「沈家的人已被押送進京了嗎？」

「尚未到。」

顧時安手指叩擊桌面。「侯爺不必心慈手軟，銷毀了證據，他們能將你如何？」

威遠侯心中凜然，這是要殺人滅口？「我再想想。」威遠侯並非心慈手軟，而是擔心再授人以柄。

顧時安神色不明地道：「侯爺還有一條路，向沈遇求情。他如今是南安王身邊的紅人，如果肯出手相助，一定能夠度過難關。」

威遠侯臉色鐵青，他並不願找沈遇這個孽子。

「侯爺還有兩個人選，沈晚君及白薇。」顧時安眼中閃過微光，沈吟半晌，嘴角微微上揚道：「侯爺何不去找沈晚君？您與她父女關係並未僵化。至於白薇，我與她有些舊交情，我親自出面去找她。」

顧時安與白薇是什麼舊交情，威遠侯心裡門兒清，兩人之前有過婚約。若是放在之前，威遠侯必定不會讓顧時安去找白薇，可如今自身都難保了，又何必拘泥這小節？他一口答應了下來。

威遠侯去國寺找沈晚君。

沈晚君身上的毒解了大半，蒼白的臉微微有了點血色。

她這陣子跟明智大師一起誦經，心態很平和，越發與世無爭。對於威遠侯的來意，沈晚君神色平靜地說：「父親，我是一個和離的女子，沒有夫家，更沒有父輩依靠。您說的事情，我愛莫能助。」沈晚君與威遠侯的關係並不親厚，出嫁之後更是甚少來往。

「妳和離後，便是沈家女。我鋃鐺入獄，妳和沈遇一個都逃不了！」威遠侯怒意勃發。

年幼時，父親並不喜歡她，因此她讓自己變得優秀，想以此讓父親對她關注，可到頭來，不過是強求。他不愛母親，自然不會愛母親生下的孩子。常氏進門之後，沈晚君對父親再也沒有過期盼。

看著威遠侯盛怒的模樣，沈晚君甚至心下釋然。「父親，我和離後已經立了女戶，與沈家無關。」她總算明白過來，大哥回京為何給她立女戶，原來是因為威遠侯府氣數盡了。

「妳──」

「父親，事情早已經成了定局，您何不主動去認罪，請求聖上褫奪爵位？這樣聖上或許會寬恕您。您若是執迷不悟，為了洗脫罪名再犯下罪孽，那麼誰也救不了您。」沈晚君勸誡他，至於威遠侯會不會聽，由不得她。

威遠侯臉色沈鬱，冷笑一聲。「不愧是淩楚嵐生的賤種，一個個都冷血無情！」拂袖而去。

沈晚君怔怔地坐在凳子上，耳邊迴盪著「賤種」兩個字。

原來她和哥哥在他眼中是賤種啊！

說不上心裡是什麼滋味，沈晚君卻是為母親不值得。

威遠侯怒氣沖沖地下山，他不信以他之力會鬥不過沈遇，栽倒在沈遇的手裡。沈遇冠上沈家的姓氏，便是沈家的兒郎，威遠侯府要消亡，沈遇該與侯府榮辱與共才對！

他眼中閃過陰鷙，快馬加鞭，朝一個方向奔去，並不是進京的路。

突然，一隊身著甲冑的兵馬朝他奔騰而來。

「籲——」威遠侯緊緊拉住韁繩，馬匹舉蹄停下，在原地踏步。他目光陰冷地看向前方，待看清楚為首的人時，驟然握緊拳頭。

「父親，今日審訊姜家一案，姜文淵供出您是共犯，我代南安王前來將您押解歸案。」沈遇公事公辦，語氣冷硬。

威遠侯大笑一聲。「本侯真是養出了一個好兒子啊！你今日帶著人馬前來，是真的奉命來抓我歸案的，還是以權謀私，準備公報私仇，弒父呢？」

沈遇面色緊繃。

威遠侯輕蔑地看向沈遇身後的眾人。「他們會是我的對手嗎？」他拔劍，猛地一拍馬背，整個人騰空而起，舉劍朝沈遇刺去。

沈遇抽出長劍防禦，不料威遠侯卻突然收去攻勢，然後「噗」的一聲，長劍刺穿肉體。

威遠侯神色痛苦，嘴角卻是上揚的，冷笑道：「沈遇啊，你輸了！」

第二十九章

沈遇弒父的消息像長了翅膀般，瞬間傳遍了整個京城。

沈遇將威遠侯送去京城醫館急救，郎中束手無策，沈遇又著人通知南安王，請太醫來一趟。

南安王沒有想到事態會這般嚴峻，親自和太醫過來了。

「好端端的怎麼傳出你弒父？」南安王難以理解，看著沈遇身上的血跡，又道：「你弒父，又怎麼不把消息壓下來？」

沈遇面龐冷峻，臉色緊緊繃著。他從未想過威遠侯會為了護著威遠侯府，不惜以身涉險，製造出輿論。正是因為這樣，沈遇更加確認，威遠侯對他們母子三人沒有半點感情。

「就算殺了他，也是因為他罪行累累，不肯束手就擒。」沈遇公事公辦。「等案件調查水落石出後，即便是弒父，又怎麼樣？」

聞言，南安王心中一突，覺得沈遇手中有東西，但究竟是什麼，沈遇卻是避而不談。

「你心中有數就好。」

沈遇低低「嗯」了一聲，守在門口等著太醫的消息。威遠侯飛撲而來的一瞬，血光乍然綻放，那一幕一遍又一遍在他腦中出現。他以為會是自己拿出威遠侯毒殺髮妻的證據，將他送入監獄，卻沒想到威遠侯會絕地反擊。

「將軍，威遠侯沒有性命之憂。」不知道過了多久，太醫滿面疲憊地出來。

「多謝方太醫！」沈遇拱手。

「客氣。」太醫交代一些注意事項後，便告辭離開。

「好在沒事。」南安王心中大定，無論威遠侯多渾球，都不願沈遇因為他而揹上污名。

沈遇緊繃的心緒這才鬆懈下來。「等他醒來，直接押解入獄。」頓了頓又道：「我會把消息傳給威遠侯府。」

「好。」南安王腳步輕鬆地離開。

沈遇回到屋中內室，威遠侯已經醒過來，沈遇嘴角一勾，冷嘲道：「還沒有到時候，就算是閻羅王來，也休想帶走你。」

威遠侯怒瞪沈遇，沈遇刺來的那一劍偏移了，沒有刺中要害，現在聽著沈遇的話，他除了怒火沖天，卻沒有再死一次的勇氣。

「把他關去大牢。」沈遇下令。

「你敢！沈遇，我是你父親！」

「我身為朝廷命官，律法面前，只能大義滅親！」沈遇說得大義凜然。

威遠侯氣得幾乎吐血，彷彿喪家之犬般被官兵拖走。

沈遇瞇了瞇眼，遙望著威遠侯府的方向。威遠侯被抓，侯府的防護會很鬆懈，是探查的最好時機。

顧時安聽說白薇回京了，便尋了時機前來，站在淩府門口等白薇。

一輛馬車駛來，白薇從馬車裡跳下來。

顧時安立即從石獅一側走出來，目光輕柔地喚一聲。「薇妹，妳回來了。」

白薇側頭看去，顧時安穿得人模狗樣，正面帶笑容地望著她，彷彿他們之間關係極親近，是很要好的朋友。他們早已撕破臉，就連對方死在面前都恨不得跳上去踩兩腳，他卻一副什麼事都沒有發生過的樣子。

「薇妹，許久不見，妳變了許多。」顧時安很熟稔地說道：「還記得以前我唸書回家時，妳都會站在村口等我，現在換了過來。」

白薇指著莊嚴氣派的淩府，玩味地說道：「這兒，村口？」

顧時安的笑容僵住，隨即，嘆息一聲道：「薇妹，寒門難出士子，我無依無靠，仕途上很難有成就，沒辦法給妳很好的生活。伯父及伯母對我寄予厚望，我心裡壓力很大，越發想要闖出一條路，偶然間結識了喬知縣，他很看重我，稱呼我為賢姪，還為我在京中鋪路，我欠下很多恩情，最後才知道他想要我做他的女婿，可惜我想抽身而退已來不及。我告訴他已經有未婚妻了，喬知縣卻用前程和你們威脅我，我迫於無奈才向他妥協。我推妳進井裡，實在是因為妳不肯退親，逼不得已才這麼做的，但我從未想過讓妳死，不然也不會救妳上來。

一步錯，步步錯。」顧時安眼底布滿懊悔和痛苦的神色，苦澀道：「薇妹，事情過去那麼久，為此我也付出了代價，妳不能原諒我嗎？」

白薇皺起眉心。「威遠侯給不了你想要的，所以才低聲下氣地來噁心我嗎？」如果原主還活著的話，或許真信了他這番說辭。「顧時安，你明明可以靠才學，為什麼偏偏要靠臉，拉著裙帶關係往上爬？」白薇真的看不上顧時安這種小白臉。「你的骨頭真軟，配不上『讀書人』這三個字。」

顧時安聽著白薇冷酷無情的話，心中怒火翻湧，想著此行的目的，他生生克制住。「我也不想這麼現實，可如今的局勢逼得我不得不趨炎附勢。我向來討厭這種人，最後自己卻成了這樣的人。」顧時安不等白薇說話，便轉移了話題。「伯父和伯母還好嗎？」

「顧時安，你不會是看見我們一家興起了，才想要傍我吧？你還是死了這條心吧，我能有今日也是靠沈遇，幫不了你什麼。」白薇丟下這句話就走。

顧時安伸手想抓住白薇，手臂卻劇烈一痛，他猛地縮回手。

「離她遠一點！」沈遇握住白薇的手，將她護在身後。

顧時安臉色煞白，握住自己的右臂。

沈遇聲音冷冽道：「下次再讓我看見你出現在薇薇面前，你就別想再出現在人前了。」

顧時安臉色鐵青，當初他磕碰了一點，白薇就十分緊張他，為他心疼得直掉眼淚，而今，他看向白薇，白薇挽住沈遇的手臂，那雙盛滿星光的眼眸只容納得下沈遇。

看著他們夫妻倆恩愛甜蜜，相攜進府，他的雙手緊緊握成拳頭。顧時安突然意識到，他失去的不只是前程，還有這輩子最愛他的人。

白薇與沈遇進府，就見高氏焦急地在正廳來回踱步走。

高氏看見夫妻倆回來，急切地詢問。「阿遇，京城傳出你弒父，這是怎麼一回事？」

沈遇淡漠地道：「他想用死換取侯府的生路。」

高氏氣怒不已。「你們是親父子，他做出這種事情，哪裡有半點做長輩的慈愛？根本一點都不顧及你嘛！小姑子真是瞎了眼，才會嫁給他這種男人！」

白薇心中微微一動，問道：「如果威遠侯以為阿遇不是他的兒子呢？」

「怎麼可能？他把小姑子當成什麼人了？」高氏滿臉不可思議。

白薇蹙眉道：「我是設想有這種可能，威遠侯是否誤會了什麼？畢竟他對待阿遇的手段，可不像是親父子。」

高氏臉色驟變，怔忡地坐在椅子上，嘆息道：「若說誤會，還真的有一個可能。阿嵐嫁給威遠侯之前，曾經與甯王有過婚約，並且兩情相悅。那個時候威遠侯老愛在阿嵐跟前獻殷勤，想討阿嵐歡心，但凡阿嵐有個喜歡的東西，他就會費盡心力去張羅。因為他是眾多男人中最肯對阿嵐費心思的人，所以阿嵐發現甯王有反心，規勸不成決裂後，才會選擇嫁給威遠侯。」說到這裡，高氏的臉色變得陰沈。「成親後，阿嵐在新婚夜被甯王擄走，第二日一早才被放回威遠侯府，但兩個人之間根本沒有發生什麼事，威遠侯之後與阿嵐同房，也該知道阿嵐和甯王是清白的，不該這麼誤會啊！後來甯王造反被處決，緊接著阿嵐又突然暴斃，淩府被牽連……」

「啪嚓」地一聲，瓷器碎裂。

白薇和高氏側頭看向門外。

英姑茫然地站在門口，目光有些空洞，水霧在眼眶中凝聚。

「英姑，妳怎麼了？英姑？」高氏問。

英姑被喚了幾聲才回過神來，崩潰地哭喊道：「夫人，冤枉啊！威遠侯冤枉了小姐啊！當初小姐被劫掠，威遠侯發瘋似地到處去找人，回府的時候看見小姐衣衫不整，他掉頭就走了，當日下午才又醉醺醺的回來，把奴婢等人全都趕出門外，與小姐圓房。小姐最是愛乾淨的，受不得威遠侯一身酒氣，事後便讓清洗乾淨，換了床鋪。莫怪、莫怪威遠侯醒來時，掀開被子像在翻找什麼東西，最後一臉陰沈地坐在床榻上。小姐當時問他喝醉可有頭疼，伸手想摸他的頭，威遠侯卻將小姐的手推開，穿上衣裳大步離開了，從此之後對待小姐的態度急轉直下。奴婢和小姐以為男人都是喜新厭舊，得手之後便不懂得珍惜，沒有想到竟是誤會一場！」

沈遇身上散發出駭人的氣息。

白薇心裡很複雜，不知道該說什麼好。突然，她意識到不對勁。為何甯王一死，淩楚嵐就被威遠侯所殺？「甯王造反之前，有見過婆母嗎？」白薇問。

英姑面色大變。

白薇心中明白了，或許威遠侯心裡一直是喜歡淩楚嵐的，只是誤會淩楚嵐在他們新婚之夜貞潔被甯王奪走，新婚後沒多久又有了身孕，這對他來說是奇恥大辱。

淩楚嵐與甯王之間的感情，恐怕也是扎進威遠侯心中的一根肉刺。他認為如果不是甯王要造反，淩楚嵐根本不會嫁給他，就算嫁給他，心裡仍一直深愛著甯王。

這些心結一直沒有解開，又有一個「孽種」天天在眼前晃，心裡怎麼會不扭曲？

偏偏甯王之後又與淩楚嵐見面，徹底激怒了威遠侯，所以才在甯王死後殺了淩楚嵐？

「母親見甯王，是因威遠侯走私軍火，被甯王抓到了把柄，甯王要脅母親見他一面。」沈遇聲音冷硬，猶如三九嚴寒的冷冰。

白薇覺得淩楚嵐太無辜，而威遠侯太自我，活在自己的想像中。

幾個人心思各異，各自回房消化這些消息。

第二日，姜文淵與威遠侯的案件在刑部審訊。刑部尚書主審，南安王旁審。

白薇與沈遇旁聽，遠在國寺中的沈晚君，這一日也到達現場。

姜文淵與威遠侯腳上戴著鐐銬，被官差帶上來。

威遠侯因為受傷的緣故，臉色蒼白。他目光陰冷地瞪著沈遇，恨不得活剮了他！威遠侯心中很後悔，真是養虎為患，早在沈遇一出生，他就該將這孽種給摔死！

刑部尚書逐條唸出他們的罪行後，驚堂木一拍。「姜文淵、沈敬元，你們可認罪？」

姜文淵關在牢中這段時間，一日被審訊三次，若是拒不認罪則刑罰加身。起初兩日他還能扛得住，之後一旦聽見開鎖的聲音，渾身就會不受控制的顫抖，最後終究是撬開了他的嘴，全都認了。也由不得他不認，畢竟證據確鑿，不過是做無畏的掙扎罷了。

他滿身狼狽，身上的囚衣染滿鮮血，整個人削瘦得厲害，雙腿無力地跌坐在地上，瑟瑟發抖，一雙原本精明銳利的眼睛，此時像兩個深幽無邊際的黑洞，顯得空洞而呆滯，反應也遲鈍許多。

「認、草民認罪……」姜文淵顫聲道。

他認罪，便將罪狀給他簽字畫押。

姜文淵的手傷痕累累，兩隻手緊緊握住，才沒抖得那麼厲害，一筆一畫地寫下自己的名字。到了這個地步，死對他來說都是解脫。單單揪出他與水盜勾結，劫掠朝廷糧草與官銀，便是死罪一條！

威遠侯再落魄也是侯爵，因此在牢中並沒有被逼供。

他看著一灘爛泥似的姜文淵被拖下去，沈聲說道：「本侯無罪可認！」他掃一眼沈遇，冷冷道：「姜文淵與水盜勾結之事，本侯並未參與，你們既然已經拿到證據，就應該知道贓銀與糧草的去向。」

「你勾結姜文淵毀壞皇上的薄胎玉瓶，此事姜文淵已經將你供出來。」刑部尚書皺緊眉心。

威遠侯譏誚道：「江大人，凡事得憑證據說話。姜文淵究竟是不是被屈打成招，除了你們和他自己，誰也不清楚，自然不能作為呈堂證供。」他已經派人將沈開來滅口，並不懼怕。「沈遇弒父，那麼多雙眼睛都看見了，江大人為何不直接將他捉拿歸案，反而一直揪著本侯這些莫須有的罪名不放呢？」威遠侯咄咄逼人，從容而鎮定，態度傲慢地道：「王爺要把事情鬧到皇上跟前才作數？」

江大人看向南安王。

南安王嘴角上揚，透著嘲諷。「沈遇按規矩辦事，本王下了命令，不肯束手就擒者，就地誅殺。於私你是他的父親，可於公他是為朝廷辦事，放了你，才是徇私！」手指輕敲著扶椅，南安王淡淡地道：「傳人證。」

官差帶著一個人進來。

威遠侯側頭看去，面色劇烈一變，震驚不已。沈開來明明被滅口了，怎麼會在這裡？

「大人救命啊，草民與威遠侯出自同一脈，他讓草民以手鐲有毒為由，將白薇引到鎮上，好讓姜文淵將玉器給毀了。威遠侯怕草民會提供證據，想將草民滅口，幸好大侄兒看不過去，派人將草民救了出來。」沈開來跪在地上，指控威遠侯的罪行。

威遠侯臉色發青，斥道：「胡說八道！你向來見錢眼開、利慾薰心，此次是被沈遇收買，才故意往我身上潑髒水吧？」

沈開來大呼冤枉，從鞋底抽出一封信。「草民收到這封信後存了個心眼，這才將信隨身攜帶著，沒想到真的有派上用場的一天。」

小吏將信呈遞上去。

江大人忍著信紙上的異味，將內容看完，又比照威遠侯的筆跡，一模一樣。

「沈敬元，你還有什麼話要說！」江大人將證據扔在威遠侯腳下。

沈開來將信取出來時，威遠侯便知事情會被揭穿。但就算證據確鑿，他認罪了又能如何？他只是讓沈開來引走白薇，好讓姜文淵動手，充其量只是從犯，頂多吃一頓板子。受賄的銀子他已經上繳給太子，還能有什麼事？想到這裡，威遠侯越發鎮定。「本侯不過從犯，並非主謀。」頓了頓，又道：「本侯之所以這般做，是為了幫太子盡快掌握姜文淵的罪行證據，受賄的銀子已交給了太子，這件事不過是為了得到姜文淵的信任罷了。」

江大人見威遠侯自圓其說，便覺得事情很棘手。

白薇很意外威遠侯嗅覺如此靈敏，早就覺得事端不對，作出對應之策，還真的不能將他如何。

威遠侯又舊事重提。「南安王，本侯並未犯下殺頭的重罪，你派人捉拿本侯，下令不束手就擒者就地誅殺，未免不妥吧？還是說，你是在幫沈遇脫罪，為他遮掩？」不等南安王開口，威遠侯撩開袍襬，跪在地上。「本侯狀告沈遇故意殺害生父，請江大人為本侯主持公道！」

白薇變了臉色，威遠侯這是要置沈遇於死地！她冷冷說道：「沈遇究竟是不是故意殺你，只管找仵作驗一驗你的傷口便知。從刀口刺入的方向和力道可以判斷，是他對你下毒手，還是你自個兒往他劍上撞好誣陷他！」

威遠侯臉色一沈。

沈遇開口道：「你我是父子，不知為何會落到對簿公堂、你死我活的地步。在你狀告我殺你之前，我也有一罪要控告你，之後你倘若能拿出我殺你的證據，我願意認罪。」

威遠侯被沈遇的態度給唬住。

沈遇拿出一張狀紙，跪在公堂中間，朗聲說道：「臣沈遇控告沈敬元殺害淩楚嵐，請江大人徹查，為家母主持一個公道！」

公堂之上的人全都震驚不已。

就連南安王也同樣詫異，他知道沈遇手中有底牌，卻不知這底牌竟是告威遠侯謀害淩楚嵐！沈遇的性格他瞭解，不做無把握的事，看來是證據確鑿了。想當年，威遠侯為淩楚嵐做的事情轟動整個京城，令未出閣的小姐皆十分羨慕，沒想到結果卻令人唏噓。

威遠侯在沈遇吐出淩楚嵐的名字時，神情恍惚了下，可聽全他的話後，眼底立即布滿陰鷙。「你母親是突然重病去世的，太醫院的太醫都診斷過。」威遠侯皺緊眉心，壓制住翻湧而上的怒意，道：「你要殺我，是懷疑我殺害你的母親，想為她報仇？簡直荒唐！一夜夫妻百日恩，我再禽獸不如，也不會殺害自己的髮妻！之所以針對你，是因為你不認我這個父親，與我斷絕關係，迫不得已！」

沈遇並沒有看向威遠侯，而是將狀紙呈遞上去，接著將英姑請出來。「不知侯爺可還認得她？」

威遠侯看到英姑，微瞇著眼睛，心中有一瞬的疑惑，驀地，他記起她是誰了，瞳孔倏地緊縮。「妳……妳……」竟沒死！

英姑冷笑道：「侯爺，奴婢沒死，你很失望吧？」

威遠侯所有的鎮定，在英姑出現的一剎那全數崩塌，他的臉頰抽動，隱隱顯得扭曲。

英姑跪在地上，表明身分後哭訴道：「請大人作主啊！我家小姐的身子骨兒一向很好，不過染了風寒罷了，侯爺給請了郎中，據說十分有名望，開了幾副藥吃，原本漸漸好轉，可突然有一日，小姐覺得全身乏力，連走路都喘氣，便私底下去醫館請郎中診病，將藥給偷偷換走，身子骨兒才開始將養好。從威遠侯請來的郎中的作為，小姐察覺大事不好，便想將我給遣散，可奴婢還來不及去找大少爺，當天夜裡，威遠侯便一碗藥灌下去，要了小姐的命！事後，奴婢與主院裡的人全都被連夜帶到莊子上，讓人盯守著，兩日後莊子走水，全都給燒死了。奴婢僥倖逃出來，為了怕威遠侯得知發現後追殺，過著東躲西藏的日子。奴婢一心只盼在有生之年能將兇手繩之以法！」

「血口噴人！本侯再不喜歡淩楚嵐，也該是將她給休了，何必置她於死地？」威遠侯死不認帳。

英姑情緒激動地道：「當年你找來給小姐看病的那個郎中，他就是證人！」

威遠侯面色緊緊繃著，陰沈得可怕。

郎中已經被帶進來，滿頭白髮如雪，骨瘦如柴，腳步蹣跚。

他看到威遠侯的一瞬，立即跪在地上道：「侯爺，對不住！小的當年害死夫人，這些年一直受到良心的譴責。原來以為會帶著秘密死去的，誰知公子尋到了小人，這或許是命運的安排吧！」

威遠侯渾身一顫，沒有想到該死守秘密帶到棺材裡去的人竟然鬆了口！

當年威遠侯便知道這個郎中留不得，準備等淩楚嵐死後再殺人滅口的，可這郎中是個聰明人，早已覺察出端倪，留下一副毒藥給他就逃走了。威遠侯雖將人逮了回來，打算秘密處置，但郎中卻說早已將證據與口供交付給一個友人保管，倘若郎中死了的話，東西便會交給淩家。郎中保證，只要威遠侯放他一命，這件事他會爛在肚子裡，帶進棺材裡去，絕不會吐出一個字，畢竟他自己也是幫兇，除非活膩了才會說出來送死。

威遠侯那時顧忌郎中留下的證據與口供，饒了他一命，哪裡知道如今他竟出堂作證！

威遠侯的拳頭捏得咯咯作響，死死盯著沈遇。「你想置我於死地，為此不惜手段。你說說看，究竟給了他多少的好處，才讓一個半截身子入土的人為你昧著良心撒謊？

「當初生你下來，大師便說你命中與我相剋，我還不信。早知如此，在你生下來時就該扔進山裡去餵狼，也不會臨到老了被扣上一個殺妻滅子的罪名！」威遠侯的態度十分強硬，臉色因太過激憤而脹紅。「事情已經過去六、七年，只憑這幾個證人壓根兒無法給本侯定罪！你們想本侯認罪，只管拿出證據，讓我辯無可辯！」

江大人看向南安王，又看向站在公堂中央的沈遇。

南安王也覺得這件事有些棘手，事情過去多年，證據已經被消滅，想要給威遠侯定罪，必須拿出強而有力的證據才行。

江大人問：「沈將軍，你可有證據？」

事情鬧到這個地步，沈遇突然之間不想再爭論下去了。手指緊緊掐著袖中的東西，裡面是郎中當初自保留下的口供與證據，還有常氏與威遠侯密謀害死母親的信件。隨便哪一樣，都能夠給威遠侯定罪。最終，沈遇搖了搖頭。

威遠侯見狀，笑得極為猖狂。「沈遇，我在牢中等你，看你如何將我給扳倒！」威遠侯大笑幾聲後，轉身朝門外走去。

陽光籠罩在他的身上，刺眼的光暈讓他微瞇著眼，忽然間，他彷彿隱約看見一襲紅衣的少女策馬穿街而來。少女翻身下馬朝他回眸一笑，那瞬間的風華絕代令他驚豔。他不由自主地往前走一步，伸手想要牽住她手。

腳下一空，威遠侯一個趔趄，陡然清醒過來，那幻影如泡沫般粉碎。

有多久沒有想起她了？連她的音容都已經模糊。曾經那般的刻骨銘心，以為一輩子都不會忘懷。

他搖了搖頭，是今日那孽子提起淩楚嵐，方才勾起了回憶。

威遠侯覺得自己老了，淩楚嵐嫁給他是迫不得已。他對她太好了，她才會將他當作龜孫子，婚後依舊和甯王暗通款曲。之前對她有多愛，之後就有多恨。

回到獄中，威遠侯席地而坐，靠在牆壁上。這一生，他活得太失敗了！

「咯噔」一聲。

威遠侯抬頭望去，就見獄卒將牢門打開，沈遇朝他走來。

「怎麼，找不到證據，來逼供的？」威遠侯諷刺道。

沈遇站在離威遠侯幾步之遠的位置，細細端詳著他，忽然問：「你後悔嗎？」

威遠侯一怔，感到荒誕地大笑道：「我所做的事情從來不會後悔。唯一後悔的，就是娶了你的母親，將你給撫養長大。」

沈遇看著威遠侯眼底的憤怒、恥辱，便知道他並不後悔殺了母親。

沈遇面色冷峻，朝獄卒一揮手。

獄卒立即端著一碗水進來。

沈遇扣住威遠侯的手腕。

威遠侯奮力掙扎。「你幹什麼？」

「你從來沒有仔細看過我，難道沒有人跟你說過，我們父子倆其實長得很像？」沈遇嘴角微微上揚，透著冷嘲。

威遠侯一愣，手指一痛，一滴血已滴進碗裡。

沈遇也割破自己的手指，擠出一滴血。

瓷白的碗裡，兩滴鮮紅的血液在裡面沈浮，慢慢地靠攏。

「你深愛過母親，卻從來不去瞭解她。若你足夠瞭解，便會知道她並不是你所想的那種人，也不會只因你待她好，便選擇嫁給你。」沈遇看都不看地將碗放在威遠侯手中，帶著人離開。

威遠侯自認很瞭解淩楚嵐，可在感情的世界裡，難免會缺乏信心。

望著沈遇離開的背影，細細回想沈遇的話，他說，兩個人長得很相似。威遠侯陡然發覺，每次看到沈遇時，自己根本就不會去正眼看他。尤其是父子倆關係淡薄後，沈遇常年在外，即便有短暫的相聚，也都是怒目而視。

現在仔細回憶，他竟有些想不出沈遇的眉目，哪裡與他相似？手指隱隱刺痛，威遠侯看著手裡的碗——兩滴血液，慢慢融合在一起了。

他瞳孔緊縮，手指猛然一顫，「啪嚓」一聲，瓷碗砸碎在地上，根本不肯相信這是事實。所有固執的認知，在這一瞬間全被推翻了。

威遠侯心中震顫，難以承受一般，高大的身影轟然倒塌。

他的頭疼得似乎要炸裂了，雙手緊緊抱著腦袋。恍惚間，那些模糊的影像，瞬間清晰了起來。

「世子，我已經是別人的未婚妻了，你對我的好只是徒勞無功，別再做這些事情了，我未婚夫知道會不高興的。你的這些好，應該留給將來為你生兒育女的姑娘。」

無論她如何拒絕，他自認一腔深情不悔，將自己的一顆真心捧到她的面前。

即便遭到冷遇、不被接納，他仍固執地做自己想要去做的事情。

最後，如他所願，淩楚嵐退親了，他上門求娶。

「你不介意我曾經是別人的未婚妻，心中裝過其他人嗎？」

他說不會計較，作夢都盼著這麼一日，只要她肯嫁給他，他會將自己的一切都捧到她的面前。

淩楚嵐失笑，似乎是為他的傻氣。

沒有人生就一副鐵石心腸，他的所作所為，淩楚嵐全都看在眼中，最後她點頭允嫁。

為此，甯王對她冷嘲熱諷，對他極盡奚落，但淩楚嵐替他擋了回去。

「我今後是沈家婦，和夫君榮辱與共。」

的確如她所言，淩楚嵐嫁進威遠侯府之後，對內打點的井井有條，對外也為他鋪路，威遠侯府蒸蒸日上。後來是他厭棄她、和她對著幹，她心灰意冷才不再管他的事情，直至她死，侯府也漸漸衰敗。

她臨死之際，曾說從未做過對不起他的事情。

他不相信。

如今沈遇將蒙在他眼前的迷霧給撕裂，暴露出事情的真相，結果卻是如此的難以承受！

沈遇聽見牢獄中傳來的哭聲，腳步一頓，而後快步走出。

白薇站在門口等他，朝他微微一笑。

沈遇握住她伸來的手，緊緊包裹在掌心。「回去吧。」

兩人沈默無言，一路去往淩府。

白薇有很多話想問，但沈遇的心情想必很糟糕，因此她只得安靜地坐在一旁，等他想說話的時候，再慢慢開導他。

不一會兒，便有人過來通知——

「威遠侯認罪了！」

白薇愣住了，之前威遠侯的態度十分囂張，恨不得和沈遇鬥個你死我活，沈遇見他一面後，不知說了什麼，他竟然就肯認罪了？

「威遠侯想再見一見英姑和沈公子。」

白薇看向沈遇，詢問道：「你要不要再見他一面？」

沈遇對威遠侯感情淡薄，他害死母親後，心中又存了恨。如今知道一切始末後，他心思複雜、沈重。造化弄人，不過如此。然大錯已經鑄成，難以挽回彌補了。

「我便不去了，阿晚若想去，便叫她去見一面吧。」沈遇已經見過了，再見無非是聽他訴說這些年的錯誤、懺悔罷了，毫無意義。

白薇大概猜到他做了什麼，從背後抱住他，安慰道：「你不要有太重的負疚，娘給你寫下那樣一封信，代表她心中早已明白，有些人既認定某些事，就會太過執拗，不願去相信，她便也不去多做解釋，只是想要用事實和時間去證明，或許他會明白。可威遠侯終究辜負了她，越錯越離譜。身為人夫，他未曾做到丈夫的責任，也未曾兌現自己的諾言；身為人父，他未曾做到父親的擔當。他縱然心中依舊愛慕母親，但知道真相對他來說是沈重的打擊，只怕到了地下，他也無顏再面對母親，這又何嘗不是對他的折磨？」

真相之於威遠侯是天崩地裂的打擊，對他來說是最殘忍的報復。

以為一輩子都得不到的愛人，他早已得到了，卻親手被他給毀滅。

「阿晚只怕也不願見他。」白薇收緊自己的手臂。「母親最大的心願，便是讓他知道，從未背叛過他。如今真相大白，已經如願了。」

沈遇轉過身來，將白薇擁入懷中，手臂上青筋凸起，極力在克制自己洶湧如潮的情緒。

白薇抱住他的腦袋，父親殺死母親，他又親手將自己的父親送進監獄，看似大仇得報，可這種自相殘殺，對他來說並不好受。這種心情太過沈重，任何言語都無法去安撫。

「一切都結束了。」沈遇眼睛通紅，這句話從喉中擠壓而出。

白薇心中揪疼起來，千言萬語，只有如釋重負的這一句話。

結束了。

可有些痛，卻是如影隨形，一輩子難忘。

沈遇去找沈晚君，將過往的恩怨糾葛悉數告知她，至於要不要見威遠侯，由她自己決定。

沈晚君隱約也猜到了一點，但真正知道真相後，仍是有一種「原來如此」的恍悟。她苦笑一聲，道：「錯了就是錯了，即便悔過，大錯鑄成，已無法彌補或者挽回什麼。」

沈晚君思緒紛亂，她不想見，又想去見一面。雖說不在意了，到底血脈相連，那是她渴盼多年卻無法如願擁有的父愛。

她想看看那雙眼睛充滿溫暖地看著她時，會是什麼模樣？

沈晚君同意見威遠侯一面，與英姑一起過來。

英姑心中對威遠侯充滿了恨意，咬牙切齒道：「小小姐，您千萬不能原諒他，要讓他含恨而終，嚐一嚐小姐受過的苦！」英姑耿耿於懷的是威遠侯殺了淩楚嵐，以及他在外生了兩個野種，其中一個只比沈晚君小幾歲而已。「他反正也不會在意吧，畢竟有別的女人為他生了子女。」

沈晚君垂下眼皮，雙手緊緊絞在一起。威遠侯將滿腔父愛都給了常氏所出的孩子。

兩人走進監牢，穿過長長的走廊，站在最後一間。昏暗的牢獄中，唯有一小方窗戶透進一些光。

白亮的光照在威遠侯身上，他坐在角落裡縮成一團，顯得格外蕭瑟淒冷。那蓬頭垢面的模樣，哪還有半分在公堂上的囂張氣焰？

沈晚君以為自己的一顆心是冷硬的，但看到曾經滿面風光的他落到這般境地，她心中竟泛出一絲酸澀。

若是、若是他未曾入了魔障而害死母親，盡早的悔悟過來，是不是會是另一種境地？不，不會。母親對父親百般容忍，可眼底卻是揉不進沙子的。知道他在外生兒育女，這個家同樣會四分五裂。

沈晚君還是恨威遠侯，恨他的懦弱自卑。縱然懷疑，卻不敢公然對抗；心中雖怨憎不甘，卻不肯放手去成全。他是一個自私、卑劣、狹隘的男人。

「沈敬元，你找我來做什麼？」英姑的面容布滿恨意。

威遠侯聽到英姑的聲音，猛然抬頭。看見沈晚君來了，眼睛亮了一下，目光又往她身後搜尋，並未看見沈遇的身影，眼底的光芒寂滅。「沈遇呢？阿遇他怎麼不來？」威遠侯爬起來，激動地握著鐵欄杆。「我有話要和他說！阿晚，妳去找妳哥哥來！」

沈晚君看著他憔悴的臉上那若有似無的癲狂表情，心中暢快的同時又覺得難過。「哥哥不會再來了，他不想見你。」

「他在怪我嗎？該怪的，應該怪的，是我親手毀了這一切。」威遠侯握住沈晚君的手，滿臉悔恨。「阿晚，爹錯了，錯得離譜！這輩子都無法彌補了，也不奢求你們原諒，只希望能到地下親自向妳娘懺悔，求得她的原諒。若有來世，我定不會辜負她！」

「呸！」英姑啐了一口。「你放過小姐才是對她好！你為夫不忠，為父不慈，你有何臉面去見她？告訴她，你心中愛慕她，卻在外生了一兒一女？告訴她，她屍骨未寒，你就將人迎娶進門？告訴她，凌家遭難，你落井下石？告訴她，你讓那個女人對付小少爺和小小姐嗎？」

每一個字都如利刃般，扎進威遠侯的心中。

「你無用也就罷了，還一點擔當也沒有！不聽信小姐的話，在外走私軍火，被人拿到把柄，最後是小姐出面為你擺平的，結果你回報她的是什麼？一碗斷腸毒藥！」英姑的情緒十分激動，即便威遠侯死了，也不能化解她心中的仇恨。

威遠侯如遭雷擊，瞬間明白過來英姑指的是什麼，他顫聲道：「那、那一日，她是為這件事去見甯王的嗎？」心裡竟害怕聽到答案。

「是！」

從英姑口中得到確切的答案後，他心膽俱裂，跪在地上低低的笑，笑著笑著，眼淚便掉了出來。他恨不得殺了自己，即便死都不足以謝罪！

他愛淩楚嵐，卻又恨她嫁給他後，在新婚夜與甯王暗通款曲，珠胎暗結，生下一個野種。饒是如此，他也未曾想過讓淩楚嵐死。羞辱她、冷落她，無非是想要逼她低頭，只要她放下身段，求一求他，言明與甯王斷絕往來，再將孩子給送走，他會原諒她一次的。

但淩楚嵐只是不鹹不淡的解釋說她與甯王是清白的，沈遇是他的親生孩子，其餘再也不多說一句。這般敷衍的態度，叫他如何相信？

他報復一般，在外找了常氏，淩楚嵐卻半點都不在意，他的心徹底冷透了。

直到甯王造反之前，他撞見淩楚嵐盛裝打扮去與甯王幽會。他藏在暗中，看著兩個人親密擁抱，甯王許下山盟海誓，說待他造反成功，便接她入宮，封她為后，不在意她與人成親生子過。這一幕狠狠刺激到他，令他想起新婚之夜，內心的怒火與恥辱如鋒刃一般，將他寸寸凌遲。於是，威遠侯陷害淩楚嵐與人私通，並且往宮裡遞消息，說甯王要造反。

這一切一旦開始，便無法回頭了。甯王造反失敗，被砍頭，而他送給淩楚嵐一碗斷腸毒藥，結束了二十多年的愛恨糾葛。

他心中恨意難消，又怕滅口後有漏網之魚，殺害淩楚嵐一事總有一日會東窗事發，因此他構陷淩家與甯王勾結。

沒想到，最後的結果竟是他從頭至尾誤會了淩楚嵐！她並沒有背叛他，甚至處處為他，不料得來的卻是他的屠刀！

威遠侯撕心裂肺，悔恨如浪潮將他淹沒。

沈晚君看著威遠侯痛不欲生的模樣，心裡並不好受。「父親。」

威遠侯神色潰亂，他是罪人，有何顏面奢求淩楚嵐的原諒？

「對不起、對不起……」威遠侯口中喃喃自語，不知是對淩楚嵐，還是對沈遇和沈晚君。抑或者，都是。

沈晚君看著他目光空洞，抱著腦袋的手青筋凸起，臉上淚水縱橫，再不復以往的意氣風發。他整個人被濃烈的悲傷絕望給籠罩，完全沈浸在自己的世界中，與外界隔絕了。

沈晚君想過許多種結果，卻獨獨沒有想到會是眼下這一種。

他可恨、可憐、可悲，卻無法得到諒解。

威遠侯口中仍然在細碎地說著「對不起」，含糊地喚著「阿嵐」。

只是這聲「對不起」，此刻聽起來令人發笑的同時，又生出無限的悲涼。

「走吧。」沈晚君看著漸漸瘋癲的威遠侯，不忍再看。終於明白，哥哥為何不願再來。

英姑心中恨意難平，可事到如今，不過威遠侯一死償命罷了。

這時，有獄卒進來通知。「侯爺，常氏帶著兩個孩子來見您，您見嗎？」

威遠侯充耳不聞，似乎耳邊的喧囂再難入耳、入心。

獄卒連喚幾聲，都沒有得到回應，不禁看向沈晚君。

沈晚君抿緊唇角，想起威遠侯對沈新月和沈旭康的疼寵。「帶他們進來見一見吧。」說不定就是最後一面了。

獄卒將人領進來。

常氏與沈晚君擦肩而過時，惡狠狠地瞪她一眼。侯爺被抓審訊時，她害怕官兵會搜府，想要將多年來藏著的那封密信給銷毀，卻發現不見了。不用想也知道，定是沈遇兄妹倆偷的！可恨她不能聲張，就怕捅出來，與威遠侯一樣身陷囹圄。他們沒有拿出來讓人定威遠侯的罪，她便猜測大概是出了意外，信被毀掉了，否則他們怎會這般好心，沒有拿出來呢？

常氏的眼睛裡布滿熊熊怒火，咬牙切齒道：「你們這些喪門星！侯爺是你們的父親，你們這般冷心冷肺，要害死了他才肯甘心嗎？」

沈新月也怒目相對。「妳母親就不是個好的，你們兩個更是有過之而無不及！父親鋃鐺入獄了，妳是來看笑話的吧？妳等著吧！像你們兄妹這樣狼心狗肺的人，早晚得遭報應，不得好死！」

「啪」的一聲，沈晚君一巴掌打在她臉上。

沈新月摀著臉頰，火辣辣的疼，心中的屈辱和震驚讓她衝上前，要和沈晚君拚命！

獄卒連忙攔了下來。

沈新月尖聲吼叫道：「沈晚君，妳敢打我！」

「長姊如母，妳母親不會教導妳，我只好代為管教。下次妳再口出狂言，我有的是手段叫妳悔改！」

沈晚君眼中的冷意，令沈新月膽寒。

常氏又氣又恨，但也知道此刻孰輕孰重，只得狠狠剜了沈晚君一眼。「妳給我等著！」拽著沈新月去見威遠侯。

誰知，這時又有獄卒過來道：「侯爺誰也不見。」

常氏氣急敗壞，破口大罵。「你們是被沈晚君那賤人給收買了，才不許我們見侯爺吧？我是他的夫人，怎麼就不能見他？」

獄卒直接將人趕出去。「侯爺說了不見。你們想見他，等下次開堂審案，再去公堂相見。」

常氏不依不饒，大鬧著立即要見人。越是見不著，她心中越焦灼。她擔心威遠侯被沈遇兄妹倆掌控，逼迫他將侯府的一切拱手讓給沈遇，到時她和孩子們該怎麼辦？

常氏迫切地想見威遠侯，得到一顆定心丸。

沈晚君遠遠看著上竄下跳的常氏，她和母親是截然不同的人。母親相貌豔麗，氣質風韻卓然，十分冷靜自持；而常氏不過是小家碧玉，只會一些曲意迎合男人的手段，十分媚俗。是如外界所言，母親太過強勢，令父親長期浸淫在她的威壓下，沒有找到男人的尊嚴，而常氏的依附讓他得到了極大的滿足嗎？並不是吧。

他只是單純地找了一個和母親不同的女人。他不想在其他女人身上看到共同點，讓他記起母親來，所以找了常氏。

回到淩府中，沈晚君沒有胃口，並未出席晚飯。

英姑同樣在屋子裡，足不出戶。

婢女給各個院子送了晚飯，白薇好說歹說，勸沈遇吃了一、兩口。

這一夜大家心裡都不平靜，全都在等第二日的開堂。

淩老得知淩楚嵐是被威遠侯所殺後，整個人備受打擊，瞬間蒼老了許多，硬朗的身子骨急轉直下，臥病在床。

高氏一邊罵威遠侯狼心狗肺，一邊又心焦淩老的病情。

沈遇與白薇去見淩老，淩老沈默不說話。

直到沈遇準備離開時，淩老才忽然開口自責道：「阿遇，我對不起你母親啊！」

當年淩楚嵐早已知道威遠侯在外養了外室，並且生下孩子。她的性格剛烈，寧折不屈。之前威遠侯對她的誤解，她能夠等待心結化解的那一日。可她無法忍受威遠侯在外和別的女人生兒育女。她回淩府與淩老促膝長談，提出和離的想法。

淩老因為當時的形勢，拒絕了她。甯王對淩楚嵐賊心不死，饒是她為人妻、為人母。在這種節骨眼上，淩楚嵐若與威遠侯和離，必定會引人猜忌，所以他讓她以大局為重。

若是當初他同意淩楚嵐和離，是否會是另一種結局？這是淩秉德無法解開的心結。

沈遇腳步一頓，隱約意識到什麼，前後連貫起來，就知道母親為何留在威遠侯府不離開，又為何留下那樣一封信了。

第二日，沈遇與白薇正在吃早飯，方才吃了兩口，高氏就匆匆進來，神色焦急。

高氏刻意壓低了語氣，勉強保持鎮定。「阿遇，我有一件事要告訴你，關於威遠侯的，你要鎮定。」

沈遇拿著勺子的手一頓，隱隱猜到了什麼。

高氏低聲說道：「今日一早，獄卒查獄時，發現威遠侯吊死在獄中了。」

威遠侯死了，所有的恩怨也終結了。

他臨去前說要寫認罪書，獄卒送去了筆墨紙硯，他寫下兩封書信。

一封給沈遇、沈晚君，一封給常氏及沈新月、沈旭康。

沈遇沒想到威遠侯會自盡，雙手緊緊握成拳頭，牙齒緊咬著，才不至於讓情緒外洩。

他面龐緊緊繃著，大步朝外邁去。

沈晚君得到消息，匆匆趕過來，臉色蒼白。「哥哥！」

沈遇看她眼中含淚，目光驚惶，似乎沒法接受這突如其來的消息，他的手掌穩穩扣在她的後腦勺，聲音沙啞地安撫道：「別怕。」手掌青筋凸起，動作卻十分輕柔。

沈晚君惶然不安的心，瞬間得到了撫慰。

第三十章

沈遇一行人隨獄卒去往刑部。

常氏和一雙兒女已經到了，正伏在威遠侯身上痛哭。

「你怎能這般狠心啊！旭兒還小，你撒手人寰了，叫我一個婦人怎麼護住他？前頭留下的兩個子女都是會吃人的豺狼，月兒和旭兒在他們面前只怕會屍骨無存啊！」

沈新月最喜歡威遠侯了，他最疼愛自己和弟弟。原以為父親是她和弟弟一輩子的依靠，可誰知父親突然鋃鐺入獄，又突然自盡身亡。她難以接受，心中篤定是沈遇兄妹害死了父親。她滿臉淚痕，淒厲地指控沈遇和沈晚君。「父親死了，你們兩個滿意了嗎？他這輩子最厭惡的就是你們兄妹，你們兄妹是他一輩子的恥辱，就算死他也不會希望見到你們的！滾！你們給我滾出去啊！」

沈旭康也跟著沈新月歇斯底里地罵道：「你們是害死爹爹的壞蛋！這裡不歡迎你們，快離開這裡！」

常氏哭得上氣不接下氣，本以為威遠侯怎麼也得等沈旭康繼承爵位才會出意外，到時候她是老夫人了，身分地位也不一般。可如今沈遇兄妹這兩個隱患還沒有處理掉，威遠侯就走了，他們母子三人搶得過沈遇嗎？越想常氏哭得越傷心難過。

江大人拿著威遠侯留給常氏的書信給她。「你們節哀順變。」

常氏看見威遠侯留下遺書，哭聲戛然而止，兩手一抹淚，接過書信，迫不及待地拆開，看完裡面的內容後，兩眼一抹黑，幾乎被刺激得昏厥過去。

沈新月意識到不對，趕忙拿過去，看完後驚呼道：「不！不可能！一定是沈遇和沈晚君動了手腳，一定是他們幹的！不然好端端的，父親為何不肯見我們？」

威遠侯在信中安排好了後事，他的遺體不需要常氏處理，交給沈遇和沈晚君兄妹倆，他要與淩楚嵐同葬。

爵位已經請皇上褫奪了，他們將成為普通的平民。

家中的產業一分為四，四個兒女一人一份，常氏倒是沒有被安排在其中。

正是如此，常氏才難以接受！她將所有美好的年華都給了威遠侯，不記名分，揹負流言蜚語，為他生兒育女，最後卻什麼都沒有撈到，只留給她一雙兒女撫養。

為了保全他們，大半財產已經被封上繳，剩下的再一分為四，到手中的還能有多少？

常氏並不善打點，又大手大腳花銷慣了，這些家產能支撐到沈旭康成年嗎？她腦袋發懵，淚水簌簌地往下落。

沈遇也看完信了，威遠侯並沒有懺悔，而是以一個慈父的語氣，說著最尋常父親對晚輩的叮嚀。他的家產分配、他的身後事，以及拜託沈遇饒了常氏一命，讓沈新月與沈旭康能夠有人照顧。沈遇若是不計前嫌，力所能及之處，望能多多照拂沈旭康。

最後說道——

我的請求太過無理且過分，大錯鑄成，我虧欠你們的母親，虧欠你們，同樣也對不起另外兩個孩子。我心胸狹隘、懦弱自私，才造成今日種種。阿遇，你隨你的母親，心胸開闊，重情重義，阿旭與你血脈相承，只望你作為兄長，能在他窮困時出手相助。

我這一生太失敗，未能達到父親的期許，將侯府葬在手中，並不是一個好兒子；辜負你的母親，斷送她一生，不是一個好丈夫；對兒女不慈，不配為一個父親。時到如今，我已經無顏再活下去，只望死後能得到你母親的原諒。

不必覺得愧疚，這一切都是我親手造成的。我做下的罪孽深重，無法得到寬恕。

你讓我得知真相，活得明白，心中雖痛猶幸，你們是嵐兒留給我的至寶。

我不敢奢求下一輩子能再做你們的父親，彌補今生錯過的父子親情。

沈遇緊緊捏著這薄薄的一張紙，猶如千金重一般，手緩緩地垂落在身側。

「哥哥。」沈晚君沒有想到威遠侯到最後會變得豁然。他看重爵位，拚死護著，為此一錯再錯，臨了他卻放棄了，只為保全常氏母子三人，一個人承認所有的罪行。

只可惜，常氏並不知道他的良苦用心。

沈晚君很羨慕沈旭康和沈新月，威遠侯生前疼寵他們，臨死仍是記掛著他們，那是一片慈父之心。對待她和哥哥，更多的是愧疚。

沈遇沈聲道：「將他帶回去，準備身後事。」

人死如燈滅，過往恩怨隨之煙消雲散。

無論如何，他都是威遠侯的長子。

但是他請求與淩楚嵐同葬，沈遇卻是不允的。

喪禮很快籌備起來，常氏仍舊沒有離開京城，似乎在等待什麼。

沈遇並未放在心上，但白薇卻對常氏提防起來。

常氏寧可做小，無名無分地跟著威遠侯，圖的就是侯府的富貴。如今這塊到嘴的巨大蛋糕被人分食了，她豈會善罷甘休？

威遠侯是罪臣，又奪了爵位，喪禮從簡。

侯府衰敗後，鮮少有人同威遠侯來往，如今更是門可羅雀，只有幾個顧念著舊情，前來上一炷香。

常氏看著門庭冷清，這才終於認清楚事實。

眼下的威遠侯府，不再是當年鼎盛時期的威遠侯府了。

那時即便她做小，走出去，身上貼著威遠侯的標籤，也會被人吹捧。

心理上的巨大落差，令常氏無法接受，而她將這一切的根源，全怪罪在沈遇頭上。

原來想借著那些達官顯貴弔唁時大鬧一場的，但實際情況與她設想的有出入，常氏鬧不起來。一直到威遠侯出殯，她都很安分守己，按照規矩行事。

白薇幾乎以為常氏轉性了，甚至懷疑自己以小人之心度君子之腹。

這日，威遠侯府的白給除了，掛紅。

常氏對沈遇道：「你父親已經逝去，我們的恩怨兩消。今後或許沒有再見面的機會了，留下來一起共用一頓飯吧？」

沈遇拒絕。

常氏臉上掛不住。「你這是看不起我？」她不禁看向沈家族長，向他求助。

賓客並未全散了，餘下的都是沈家那邊的人。

族長皺眉道：「你們兄妹留下吃個飯吧。」

沈遇這才勉強留下。

常氏突然驚呼一聲。「咱們侯府如今落魄了，只是普通的白身，我已將府中的下人遣散，沒人下廚做飯啊！」下酒樓，不太合適。

沈新月撇一撇嘴。「白薇不是很會做飯嗎？就是不知道咱們這些人能不能讓她下廚？」

沈族長不禁看向白薇。「妳會掌廚？」不等白薇開口，又對沈遇道：「叔公不知道能不能吃你媳婦做的飯菜？」

沈遇臉色陰沈，當即就要拒絕。

白薇拉著他的袖子制止了。「我做。」

沈族長很滿意地點頭。

常氏和沈新月對望一眼，鬆一口氣。

白薇去往廚房，其餘的人全都在堂屋，請沈族長見證劃分家產。

「我一個婦道人家，帶著一雙兒女，一個還未出嫁，一個還未成年，若是日後走仕途不知要耗費多少錢財在裡頭，簡直就是個無底洞啊！」常氏說到傷心處，不禁落下淚水，喉口哽咽道：「侯爺將家產分配好，一分為四，每個子女一份，可不能將家財直接分配啊！沈遇和沈晚君是用公中銀子撫養成人的，沈晚君也從公中拿了一部分嫁妝。我也不多要，先從公中分配出一份月兒的嫁妝、一份撫養旭兒成人的銀子，其餘的再一分為四，方才公允。」常氏這個算盤打得精，好處全都占盡了。

沈晚君冷冷道：「公中只給我兩抬嫁妝，其餘都是我母親留給我的。我是元配所出，沈新月是繼室所出，她可以從我的規格中，在公中分一抬嫁妝。至於我大哥，十歲起便不再用府中的銀子，而是入了軍營童子軍，每個月都有補貼。沈旭康如今七歲，便從公中挪出三年的月銀和進學的束脩，算是全了我們做兄弟姊妹的情誼。」

這一番話，滴水不漏。

常氏臉色鐵青，這點銀子根本入不了眼，她實在不甘心分出一半給這兩兄妹！

沈族長自認很公允，便按照常氏和沈晚君所說的分配。

接下來，看著一筆一筆分割出去的家產，彷彿一刀一刀在剮常氏的心頭肉。

明眼人都能夠看得出來，這份家產的分配，威遠侯是向著沈旭康的。

沈旭康最年幼，自小便是威遠侯親自教養的，情分自然不一般；而沈遇有能力、有手段，並不缺銀子。

可常氏這副模樣，卻像是沈遇占了天大的便宜般。

沈族長原來還有些可憐她的，眼下已忍不住皺緊眉頭，覺得常氏太貪得無厭了。

「沈遇與沈晚君有外家幫扶，老爺向著小的也是正常啊，誰讓我娘家無用，是個破落戶？」常氏垂淚。

沈晚君實在聽不下去了，好在這時，府中一些半大的孩子幫忙將飯菜食盒提了進來，沈晚君便將飯菜從食盒中端出來，擺在桌子上。

沈族長將財產全都分配完，沈遇與沈晚君沒有異議，他直接略過常氏，發話道：「淨手，吃飯。」

眾人淨手後，紛紛落坐。

沈族長動了筷，眾人方才執筷吃飯。

口味中等偏上，不如常氏說的那般神仙美味。

常氏沒有吃過白薇做的飯菜，究竟是什麼口味她也分辨不出來。嚐一口素菜，覺得口味還不錯，便多吃了兩筷子。「我聽說白薇的廚藝好，沒有想到是真的好！」常氏難得說一句公道話。

白薇笑了笑，並不搭她的話。

常氏也不在意，吃了半碗飯，嚐一口素肉，稍微有點辣味，她遂倒一杯茶，一口飲盡，方才緩解了一些。突然，她摀住心口，覺得有一團火在燒，燒心灼肺。「這……」常氏話一出口，一股血腥氣上衝，大口大口的鮮血吐了出來。

常氏旁邊的人見狀，驚慌地避開。

「娘！」沈新月驚叫一聲，而後面色痛苦，摀著肚子跌回座位上。「郎中！快去請郎中！」

沈旭康年紀小，嚇壞了，嚎啕大哭。「娘……姊姊……」抱住常氏，不知所措。

常氏面如金紙，難以置信地瞪大眼睛，張口想指控白薇，喉嚨卻只能發出「呵呵」的聲音，像破敗的風箱。

沈新月稍好一點，她吃得並不多，症狀輕很多，只是腹部絞痛難忍。她憤怒地看向白薇，罵道：「妳這毒婦！妳是想要害死我們，好繼承侯府所有的財產嗎？」

「白薇，我們大家都還在，妳堂而皇之地下毒，未免太目中無人了！以為沒有律法可以制裁妳嗎？」沈族長的面色很難看，白薇行事作風太囂張了。在這飯食裡下毒，如果他們其他人吃到有毒的呢？

「白薇不會下毒。」沈遇篤定地道。

沈晚君也說：「沒有人會蠢到在自己經手的食物裡下毒，這不是昭告天下，兇手是她嗎？」

沈族長冷冷道：「誰知道她是不是故意用這種手法來狡辯呢？因為沒有人相信她會做出這麼蠢的事情！這是人命關天的大事，還是請刑部的人來徹查吧！」

「沈族長難道也相信我們謀財害命？」白薇掃一眼常氏動過的食物，拿著筷子，一一吃過去，甚至倒一杯常氏喝過的茶水喝了。「如果這裡面有毒，我每樣菜都吃了足夠的分量，甚至比常氏吃的還要多一半，早該暴斃了。」

沈族長臉色一變，目光緊緊盯著白薇，她已從最初的慌亂，變得十分冷靜。他並不愚鈍，懂白薇話中的意思——她沒有下毒謀財害命，而是有人以自己為餌，想栽贓嫁禍！

誰也不會往「常氏自己吞毒來陷害白薇」去想，畢竟這得多狠多硬的心腸，才能為這點家產就對自己下毒手？

常氏氣息奄奄，淚水和血混雜在一起，蹭的她臉頰上都是，顯得那白皙的臉更為慘烈。

「我、我們母子三人沒有侯爺庇護，還不是任由你們捏扁搓圓？老爺都不是你們的對手，被你們逼得在獄中自盡了，何況是我們這幾個弱小的人呢？」

常氏費力地從椅子滑下來，跪在地上，滿臉淚痕，哭求白薇和沈遇放過沈旭康和沈新月。「他們姊弟和你們兄妹一脈相承，人生才剛剛開始，求求你們高抬貴手，放他們一馬吧！我們不爭了，也不和你們搶了，你們想要什麼，我都給你們，只求你們放過他們！」

白薇臉色冷沈，常氏太難纏了，她是想把這頂帽子扣在她的頭上！

「妳一直是聰明人，否則老爺為什麼會鬥不過你們？妳想害我們母子三人，這些飯菜你們自己會吃，怎麼會在裡面下毒呢？」常氏看一眼碗筷，其中意味不言而喻。
沈族長原來有些動搖的，被常氏這麼一說，又堅定了下來。
這個時候，郎中過來了，給常氏母女倆診脈，確定是中毒，且是慢性毒藥，不會一下子要人命，而是讓人在疼痛的折磨中死去。
這種毒太陰狠，讓人不寒而慄。
沈族長看著白薇的眼神都變了。
「這毒雖然陰狠，但因是慢性的毒藥，有足夠的時間去配製解藥，不像急性毒藥發作快，立馬毒入肺腑，奪人性命，藥石罔效。」
郎中的話讓沈族長鬆了一口氣。
「噗哧」一聲，白薇捣嘴大笑出來。
眾人紛紛看向白薇。
「我若是要下毒，直接就見血封喉了，不會拖泥帶水，給她活命的機會。」白薇不等常氏辯解，直接拿起常氏用過的餐具給郎中檢查。「您察看看這杯子、碗筷可有毒？」
常氏早在郎中說出毒性的時候就意識到不妙，見白薇拿起碗筷、杯子給郎中檢查，一顆心更是提到嗓子，果然就聽見郎中說餐具無毒，她幾乎將一口牙給咬碎！
常氏是自己事先算準時間服毒的，然後故意讓白薇做飯，她在分割財產的時候，提出一些無理的要求，等在席間用膳時毒發，更能夠充分的顯現出白薇殺人的原因。

為此她做了萬全的準備，怕會出現意外，還提前收買了一個郎中，串通好了，因此沈新月派人去請郎中，她並不怕被拆穿。看見來的人正是她安排好的郎中時，心中的大石更加落定，就等著看白薇生生吃了這啞巴虧！

可誰知這個郎中像是忘記兩個人的交易一般，竟實話實說！

常氏的臉色是真的白了。「怎麼可能無毒？白薇，是不是妳收買了這個郎中？」

白薇意味深長地道：「這郎中是沈新月請的，我沒有插過手。」頓了頓，又說：「府中食材不夠，這一頓飯是我讓人去酒樓做了一桌送來的，這些碗筷也沒有經過我的手。」她側頭看向沈族長，說：「您覺得這飯菜好吃嗎？合胃口的話，下次可以去百香樓光顧。」

聽到「百香樓」的名字，沈族長打消了白薇在飯菜下毒的念頭，因為這百香樓背後的主人是南安王，白薇除非是找死，才會在這飯菜裡下毒。

至於常氏說的碗筷有毒，郎中也澄清了，看來這毒的確有可能是常氏自導自演的，不然她為何很積極的要求白薇下廚？無非是早就有預謀！沈族長想到此，對這孤兒寡母最後的憐憫全消散，這事他管不了。「時候不早，我們便先告辭了。」沈族長帶著人離開。

沈新月還想說什麼，被常氏給制止了。

常氏沒有蠢到家，從沈族長的態度中得知，她的事跡敗露了。之所以沒有捅穿，不過是可憐她的境遇，她若再不識趣地鬧下去，只怕會被他們給整死。

常氏很清楚的意識到，她鬥不過沈遇和白薇！

「這個郎中……」她忍不住問白薇。

「妳對威遠侯並沒有多深厚的感情，妳眼中只有利益，如今被人分掉原來該全屬於妳的東西，妳自然不會善罷甘休的，所以我一直在盯著妳。妳找上郎中後，我把他給策反了，才會在妳讓我下廚時順從妳的意思，想看看妳要玩什麼花樣。」若是平時，白薇不會吃常氏這一套，又不是她正經婆母，為何要做飯給常氏吃？

常氏口中湧出一股腥甜，這回是給白薇氣的。

「妳好自為之。」白薇晦暗不明地掃了沈旭康一眼，冷冷說道：「妳別忘了與侯爺寫的那封信，我們都完好地保存著，哪天妳惹惱我了，就只等著賠命吧！至於沈旭康，到時無父無母的，嘖，多可憐啊！」

常氏面無人色，立即摟住沈旭康，她沒料到東西竟然還在他們手裡！身家性命被白薇拿捏在手中，她哪裡還敢再招惹他們？

白薇見常氏終於學乖了，這才與沈遇、沈晚君一起離開侯府。

他們一走，宮裡便來人準備封威遠侯府，將宅子給收回。

常氏被白薇氣了一通，心口堵得難受，誰知還沒有緩過一口勁來，宮裡就來人攆他們，她氣得破口大罵。「豬狗不如的閹人！欺負我們孤兒寡母沒有依靠，老爺一走就將我們給趕走！哪有這樣做事的？不能等老爺過了頭七再來嗎？也不怕老爺的冤魂纏上你們！」

沈新月看著他們將家具一一貼上封條，只許他們帶著古董珠寶、換洗的衣服，連忙拉著常氏去收拾，就怕這些財物也會被他們搶走。

常氏被提個醒，立即回過神來，哪裡敢再留下來，當即捲著包袱，帶著一雙兒女去往新置的宅子住下，裡面早已安排好，家僕齊全。

出頭七之後，白薇進宮將玉瓶獻給皇上。

李公公進去通報，再請白薇進殿。

西嶽帝政事繁忙，幾乎忘記這個薄胎玉瓶了，白薇進宮，他才記起這一樁事。

威遠侯和姜家皆與這玉瓶有牽扯，西嶽帝對這玉瓶不禁多了幾分期待。

白薇抱著一口箱子擺放在地上，給西嶽帝行禮。

「免禮。快將玉器呈遞上來，讓朕看看！」西嶽帝一揮手，讓內侍取出來，迫不期待地想看玉瓶。

內侍將箱子打開，西嶽帝不等他呈遞，已經從龍椅上走過來。

「讓朕來！」西嶽帝示意內侍別動，親自雙手將玉器捧出來。

玉器觸手細潤，質感並不凝重，極為輕盈。紋飾多而不繁，華麗不庸俗，整體輪廓造型很優美、秀氣，十分高雅。

西嶽帝細細鑑賞，震撼地發現他照亮這個玉瓶時，內壁上的字會清晰地顯現出來。

段羅春玉雕技巧登峰造極，卻未必能做到在內壁刻字的功力，倒是沒有想到他徒弟的雕工出神入化，比他更技高一籌啊！

西嶽帝越看越覺得這件薄胎玉器巧奪天工，每一處粗細都恰到好處，十分的圓融。他感嘆道：「朕真想將妳留在宮中，只為朕一個人雕琢薄胎！」

白薇淺笑道：「若是如此，恐怕皇上要大失所望了。見不到外面的美麗山河，只怕臣婦的靈感會隨之枯竭，再也雕琢不出令皇上滿意的作品。」

西嶽帝爽朗大笑。「妳啊妳！」如何不知道這是她的託辭？但是西嶽帝愛才，難免多了幾分寬容。他想起什麼，問道：「之前被毀的玉器，與這一件相似嗎？」

「回稟皇上，玉器相差無幾，但因為心境與玉料的緣故，這一件玉器更完美。」白薇跪在地上道：「請皇上恕罪，臣婦未護好玉器。」

「妳若未雕刻出令朕滿意的玉器，今日真的會罰妳。」功一過，兩兩相抵，不賞不罰。」西嶽帝擺手，示意白薇起身。

白薇心下鬆一口氣，她真擔心會被西嶽帝問責。伴君如伴虎，西嶽帝脾性好，未必就如表現的這般沒有君威。

「妳再給朕雕琢一套薄胎蓋碗。」西嶽帝這次也給了時限。「兩個月內完成。」

白薇愣住了，蓋碗她還未嘗試過，可比薄胎玉瓶難。至少在現代的時候，她經常雕刻玉瓶練手。

「不能完成嗎？」

不能！白薇在心裡默默吶喊，面上卻信誓旦旦地說：「能！」

回去的路上，白薇神色凝重，為選玉石而犯愁。忽然，她眼睛一亮，段府啊！

白薇直接前去段府，尋找段羅春。

段羅春不在，段雲嵐讓家僕帶著白薇過來。

家僕將白薇領進段雲嵐居住的院子，白薇踏進屋子，一股濃重的藥味便撲鼻而來。她皺一下眉，稍稍適應一下，那股苦澀的藥味不那麼熏人了，這才緩緩地走進內室，就見段雲嵐倚坐在床榻上處理府中庶務。

「咳咳……咳……」段雲嵐劇烈地咳嗽幾聲，一雙薄情又多情的桃花眼水光瀲灩，此刻笑望白薇，清雅的嗓音微微沙啞。「妳是段羅春的徒弟，便是段家的人，有何事與我說也一樣。」

「打擾到你了。」白薇站在床邊，這才發現段雲嵐比起在縣城見時更削瘦了，只剩下皮包骨頭，蒼白毫無血色的面龐，顯出眼瞼處的烏青格外深重。她不禁關切地問道：「你身體如何？」

「身體還好，只是一些瑣事。」段雲嵐將冊子合上，靠在軟枕上，唇角笑意淺淡。「妳來得正好，我許久未曾會友，悶得發慌。」這些時日段雲嵐越來越乏力了，昏睡的時間漸長，有時他甚至覺得，或許會一睡不再醒，因此每次醒來時便著手處理段家事物，悉數安排妥當。

白薇記得沈遇曾說過，段雲嵐沒幾年活頭，可如今看來，怕是連今年都難以撐過去。

「天氣好的話可以去院子裡曬曬太陽，屋子裡通一下風，對身體好。」白薇拉一張凳子坐下，道明來意：「我來找師父買玉石的。」

「待會兒讓元寶帶妳去挑選。」段雲嵐說幾句話都感到很費力，此時病懨懨地歪在枕頭上，眼角下的那顆痣都如主人一般暗淡無光了。他將一個匣子遞給白薇，道：「這個妳收著，段家給每個弟子的見面禮。」

白薇猶豫片刻，看見桌上類似族譜的一本冊子正攤開放著，段羅春的名字下記載著她的名字，是「方」字輩。她見段雲嵐說的屬實，這才將見面禮給收下。

元寶這個時候正好端藥進來。

段雲嵐遂吩咐道：「帶白小姐去挑選玉石。」

「是。」元寶放下藥，看見白薇手裡的匣子與桌上的冊子，面色突然一變，神情恭敬地道：「白小姐，您請。」

白薇詫異於元寶態度的轉變，默默垂下睫毛，盯著手裡的東西，心中驀地生出一種怪異的感覺。「有勞你了。」

「這是我應該做的。」

白薇跟在元寶身後出去，琢磨著匣子裡的東西是啥。元寶方才只瞟一眼，眼神就變得很敬畏，對她的態度與對段雲嵐沒什麼兩樣。

「到了。」元寶打開倉庫門。

白薇一腳邁進倉庫，就見裡面堆積著大大小小、滿滿一倉庫的玉石，大多都是上等玉料，足見段家財富。她壓下驚嘆，對匣子裡的東西興趣更濃厚了。倉庫裡只有元寶，白薇打開了盒子，看見裡面的東西，心中震顫。

段家家主印章！

她和段雲嵐只是泛泛之交，即便她是段羅春的徒弟，也不值得託付一個偌大的段家給她啊！

想起在屋子裡看見的那本族譜，筆墨是新添上去的。可見段雲嵐之前也未思量好，如此倉促地給她，甚至擔心她拒絕，他的身體恐怕比她想的還要差。

白薇突然覺得掌心的匣子變得很燙手。

元寶見白薇滿面憂慮，恨不能拋開手中的燙手山芋，忍不住解釋一、兩句。「白小姐，段家家主之位，並非只有段家血脈能繼承，記上族譜的徒弟也有競選的資格。能者居之，方才能夠引領段家一直在巔峰。」

白薇暗暗心驚，未曾想到段家有這種規矩。段家的創始人極有遠見卓識，高世之度。

「您的能力卓絕，又得西嶽帝看重，品行端正，各個方面都無可挑剔。您能得到認可，不只是主子一個人的決定，是段家投票出來的。」元寶撓了撓腦袋，嘿嘿笑道：「主子說您如今與溫家在合作，姜家的玉礦全都由溫琰給您打點，由您當家主不虧，白得一個溫家。」

白薇很無語，真夠厚顏無恥的，彷彿她占了很大的便宜似的，有沒有問過她的意見啊？

「您是什麼感覺？」元寶一副「有沒有很榮幸」的模樣，這可是人人想要的香餑餑啊！

白薇嘆息道：「有一種被託孤的感覺。」

元寶錯愕地看向白薇。

白薇攤手，一副「你沒有聽錯」的表情。

人生真是處處有刺激，白撿一個便宜相公，師父也是自己送上門的，現在又莫名其妙變成了段家家主。「我能不能……」

「不能！」元寶的腦袋搖成波浪鼓。「段家是玉器世家中的豐碑，您站在這個高度，今後想做什麼都能隨心。別人得努力往雲端上爬，您已經到了雲端。」

「我個人比較著重過程。」

元寶朝她翻了一個大大的白眼。

「丫頭，妳的能力不俗，進步的空間極大。」段羅春從外進來，神情嚴肅地道：「段家對妳而言是錦上添花，沒有段家，以妳的能力，在玉器圈中也能如魚得水，並為妳的鋪子招攬生意，但是每日有雕不完的玉器，這便是妳如今的狀態。妳沒有時間做自己想要做的事情，光是雕玉器就占據了妳全部的時間。妳有爹娘、相公，將來還會有孩子，這些都需要妳分出一點時間，這是玉器鋪子不能給妳的。即便妳有溫家幫忙，但如今又多了一份姜家的財富，這只會讓妳付出雙倍的精力去應付。然而，段家卻可以給妳幫助，妳有足夠優秀的屬下為妳分憂解勞，不需要妳親力親為。妳能騰出時間陪伴親人、照顧孩子、提升自己的技藝，或許妳也能夠培養優秀的屬下。依妳目前的狀態，這些事十年內都不可能做到。」

段羅春是一個很優秀的演講家，白薇在心裡這般認為。他字字句句說到她心坎裡，將她給打動了。她的確有財富，卻沒有時間。

華髮叢生，日漸蒼老的爹娘；夫妻聚少離多。難道她日後懷孕還要上山下海，每日泡在工棚趕工，把孩子交給乳母嗎？

這不是她想要的生活，她做玉雕是為了追求藝術，家庭與事業要兼顧。

最初的拚搏是為了養家餬口，過上更好的生活。經由段老的提醒，白薇才發現她如今本末倒置了。「您說得對。」白薇心情沈重地說：「我需要時間考慮。」

段羅春慈祥地道：「我們等妳的答覆。」

白薇看著元寶朝段羅春豎了大拇指，嘴角不禁抽了一下。

段家的人同心同德，深知獨木難支的道理，沒有太多糟心的事情，一些魑魅魍魎也全都被段雲嵐給肅清了，白薇覺得自己鬆口答應，是遲早的事情。

「妳回去問一問沈遇的意見。」段羅春像一個和藹的長輩，為拿不定主意的晚輩指點迷津。

白薇羞澀一笑。

白薇挑選一塊玉石回淩家，恰好在門口遇見沈遇。

「今日進宮，皇上可有為難妳？」沈遇將玉石扛在肩頭，落後白薇兩步，往府中行去。

「沒有，他讓我再給他雕刻一套薄胎蓋碗。」白薇讓沈遇將石頭扔在牆角，將手裡的匣子給他。「你看一看。」

沈遇打開盒子，看清楚裡面的東西後，他笑了一下。「他真的挑選上妳了？我以為他是說笑的。但以妳的能力，並不意外。」

「喲，你現在挺會說話的嘛！」白薇抬高眉梢，問他拿個主意。「我要答應嗎？」

「段家不錯。」沈遇的手掌覆在她的臉上，拇指輕輕摩挲眼尾，抹掉上頭沾上的一點灰垢。「遵從自己的心意，若不想接納，交給我替妳回絕。」

白薇眉開眼笑道：「我想多抽時間陪爹娘、你，還有咱們的孩子。」

沈遇的目光倏地變得灼熱。

白薇的手指拽一拽他袖子上的白麻布，狡黠一笑，去書房畫圖稿了。

沈遇低笑一聲，向來冷銳的眸子裡盛滿了溫柔與寵溺，隱隱有一絲縱容。

白薇拖了三日，才給段雲嵐答覆，她欣然接受段家的家主之位。

段雲嵐並不意外，給抽出新芽的盆栽澆水。「成為段家家主的人，要改換段姓，但段羅春力排眾議，准許妳不用改姓。不過妳不能用本名，得挑一個行走江湖的別稱。」

「這個好！」白薇信口拈來。「就叫玉夫人吧！」她是治玉的，玉夫人貼切。當然有點小心思在裡面，玉通遇，遇夫人，沈遇的夫人。

段雲嵐不禁看她一眼，低咳一聲。

白薇循聲望去，段雲嵐手握佛珠，斜斜歪靠在輪椅中，姿容清麗，嘴角微微上挑。這一笑，眼下那一顆紅色淚痣散發出絕豔的光芒，映照著他蒼白毫無血色的面頰，平添幾分紅潤，少了幾分病態。她不由得愣神，段雲嵐生得好顏色，可段雲嵐這一脈，只餘他一個人。

「那我今後跟在你身邊學掌家嗎？」白薇不由自主地問。

「嗯。每日都來。」段雲嵐沒有多少時間了。

「好。」白薇應下。

段雲嵐將段家事物一點一點慢慢移交到白薇手中，手把手教她如何打點。

應允給皇上雕的一套碗，段雲嵐不知使了什麼手段，皇上答應一年為期。

白薇每一天都很用心在學，她感受到段雲嵐的急切，恨不得將畢生所學全都教給她，希望她一夜之間能快速消化掉。

他的身體每況愈下，白薇知道他為何心急，怕她沒有學會，他便撒手人寰。

早出晚歸一個多月後，白薇通過段雲嵐的考核，准許她休息兩日。

白薇看著段雲嵐靠在床柱上，說話間他便已經睡過去，手裡的書搭在腹部上。白薇將書取走，扶他躺平，蓋上被子。

「又睡了？」元寶壓低聲音問。

白薇頷首。「睡了。」段雲嵐白天多數在睡，醒來時教她，檢查她處理的庶務。「今日只吃了幾口粥，等醒來時，再餵他吃一點。」白薇叮囑好元寶，便回了淩家。

高氏瞧見白薇今日早早回來，滿面笑容道：「舅母今日煲了素湯，正好補一補。」她吩咐問蘭去廚房端一碗湯過來，拉住白薇的手，端詳一番，心疼道：「這一個月辛苦了，累得瘦了一大圈。」

白薇摸著尖下巴，親暱地挽住高氏的手。「舅母這般疼我，好吃好喝的都往我房裡送，我休息幾天就能夠補回來了。」

高氏被哄得心花怒放。「每日都給妳煲湯！」

「謝謝舅母！」

白薇帶著高氏一起回房，問蘭將湯端來，白薇吹幾口氣，舀一勺素湯放入口中，鮮甜的滋味從唇齒間流過入喉，驀地，胃裡一陣不適，她忙摀住嘴，強壓下那股反胃感。

「怎麼了？不合口味嗎？」高氏見她眉心緊蹙，急切地問道：「還是身體不舒服？」

白薇坐直身體，覺得那種反胃感不那麼強烈了，她放下湯碗說：「可能我這幾日沒有睡好，吃東西容易膩胃。」

段雲嵐很嚴厲，對錯誤是零容忍度，白薇很緊張，心裡壓力大，整個人處於緊繃的狀態，吃的又是素菜，胃口不太好。

高氏不敢大意。「阿遇將妳託付給我們，身體有異樣可不能馬虎了。我派人去請太醫，給妳請個平安脈，看看需不需要吃幾帖藥，調理一下脾胃？」

白薇無奈，但最近有點沒精神，容易疲累，也就隨高氏的心意。

高氏當即讓問蘭拿她的牌子去請太醫。

待問蘭將太醫請過來後，白薇坐在桌前，伸出手腕。

高氏在一旁說道：「這孩子操勞得整個人都瘦了一圈，胃口也不好，您給好好看一看。」

太醫凝神號脈，半晌後，臉上露出笑容。「夫人不必擔憂，這是正常的。待過了這一段時期，便能養回來了。」

高氏愣住了，她眼睛一轉，想到什麼，驚喜地問道：「您、您說的是……」

「恭喜夫人，淩家要添丁了。」太醫笑盈盈地祝賀，又叮囑一些忌口與注意事項。

高氏歡喜得無以復加，連忙讓問蘭去包個大紅封，親自將太醫送出門外。然後興匆匆地進來，笑逐顏開道：「淩家十幾二十年沒有添丁了，這是天大的喜事！威遠侯府的事情，我原來以為要等幾年才能抱你們的孩子呢！段家那邊先放一放，養好自己的身體，瞧妳瘦的。」

白薇懵了，每一個字都聽見了，也懂話中的意思，可組合在一起，她有些反應不過來。她摸著自己平坦的小腹，這裡頭正在孕育一條小生命嗎？她現在的身體這般小，能平安將小豆芽帶到這個世間嗎？一個疑問接著一個疑問冒出來，白薇心裡既慌且亂。但一縷喜悅又從心底破土而出，迅速地蔓延整個心房。這個孩子來得太突然，白薇還未做好迎接他的準備，可她是歡喜的，能夠欣然接受他的存在。

見高氏比她還要歡喜萬分，白薇不禁失笑。「舅母，我心裡有分寸。」

「我得告訴老爺子去，他心裡一高興，身體定會好轉！」高氏忍不住去分享這喜事。

問蘭將素湯撤下去，送了一碗香糯飄著米脂的粥進來，一碟子脆蘿蔔，一盤炒青菜。

「少夫人，您想吃什麼只管和奴婢說，不用嫌麻煩咱們。」問蘭笑著說：「夫人老早盼著家裡添丁，如今總算叫她盼著了，別提多高興了。咱們府上的下人，全都發了一兩喜錢，讓咱們沾一沾喜氣呢！」

白薇十分暖心，高氏當真是把沈遇當作親兒子疼，也將她當作親閨女寵，但凡有啥好東西，都往她房裡送。

清粥味道很好，脆蘿蔔和青菜很爽口，白薇將一碗喝完了。

問蘭不由分說地扶著白薇坐在榻上。

白薇汗顏，覺得她不是懷孕，是肚子裡揣著一顆金蛋，他們生怕將這金蛋給磕碰壞了。

靠在軟枕上，白薇打著哈欠，犯睏了。「妳去忙，不用管我。」問蘭便將碗筷收拾下去。

這一覺，白薇睡得很沈。這一個月沒有休息好，整個人都在透支。段家那邊她已經上手，又得知有孕，心情很平和，沾著枕頭就睡著了。

等她醒來時，夜深人靜，萬家燈火起。

白薇迷迷糊糊地睜開眼睛，一道寬闊的背影遮擋住滿室的燭光，眼睛很快適應昏暗的光線，她撐著身體坐起來，嗓音微啞地問：「回來了？你吃飯了嗎？」

沈遇換上一身常服，正在翻閱公文。聽到身後的動靜，他合上公文，轉過身來，一條手臂穿過她纖細的腰肢，拿著枕頭塞在她腰後，讓白薇坐直身體，舒服地靠著。

「我吃過了。妳餓了嗎？爐子裡煲著湯，要不要喝一點？」沈遇見她皺起眉尖，眉眼溫柔道：「舅母說妳晌午喝湯胃裡不適，這一鍋湯是特地請人為妳煲的，喝了不會反胃。」

「哦。」白薇揚眉問道：「舅母有說我為啥不適嗎？」

沈遇的手臂橫在她腰間，並未收回，聽聞她的話，幽邃深暗的眸子裡透出光來，柔和了他線條冷硬的面龐，呈現出少有的柔情模樣。白薇瞧著很心動，最愛看他專注、只容得下她一人的目光，他不知道有多麼動人。

「你不知道嗎？」白薇面頰泛著桃粉色，朝露般明澈的眼睛裡蘊含著一汪春情，嗓音難得的透著一點嬌憨。「怎麼不說話？」

沈遇傾身壓過來，薄唇印在她的耳畔。「知道。」手移到她的腹部，喉結滾動一下，沙啞地說道：「薇薇，這裡是我的命。」

他們母子是他以命相護的人。

「真好，我現在可以獨自處理段家的事務，你也可以常留在家中，我們能夠一起迎接他來到我們的世界裡。」白薇唇邊輕輕綻出一抹笑，靠在沈遇懷中，將臉埋在他的肩膀上，只願能這般溫情的相守下去。

沈遇就這般靜靜地抱住白薇，沒有任何的言語，只是雙臂一點一點的收緊，彷彿要將她融入骨血，一輩子不分離才好。

「怎麼了？」白薇沈浸在這片刻溫情中，男人的情緒不對勁，她敏銳地覺察到了。仰起頭，雙手捧住沈遇的臉龐問：「出什麼事情了？」

沈遇捉住她的手，用下巴冒出的青鬍渣蹭著她的手心。

「癢！」白薇的手想往後縮，卻被他捉住，放在唇邊親了一下。

「就是想多抱一抱妳。」沈遇聲音低沈，深邃的眸子一瞬也不瞬地凝視著白薇，像是要將她的模樣一刀一刀刻劃在心口。良久，他嗓音低啞地道：「我要出征。」

白薇心口一顫，愣愣地望著他。「怎麼這般突然？」

沈遇沒有說話，這早有徵兆。韓朔去邊關待命一直未回，就是一個信號。

白薇的眼角微微泛紅，鼻子發酸道：「什麼時候去？」

沈遇喉結滑動，望著她柔軟不捨的目光，竟有些開不了口。白薇方才有孕在身，他們表明心跡不久，卻要分隔兩地，且他歸期未定。

「明日。」沈遇從背後抱住白薇，握住她的雙手一起貼在她的腹部上。「我不在妳身邊，將爹娘接過來，讓他們近身照顧妳，妳要自在一些。」

「我身邊有很多人無微不至的照顧我，倒是你，一個人去邊塞，腥風血雨的，得保護好自己，我和孩子在家裡等你凱旋歸來。」白薇的眼淚掉下來，轉過身將他抱住。方才抹了蜜一般的心尖，如今卻是覆上一層霜，喉口哽咽道：「一定要平安回來。」

「好。」沈遇捧住她的臉，憐惜地吻去她的淚水。「等我回來。」

尾聲

五年後。

段家書房中，白薇伏案振筆直書，處理段家各地送呈上來的公文。寬闊的書案上，高高擺放幾疊待她處理的帳本。

若是段羅春此時在眼前，白薇必定要欺師滅祖！

是誰說她在玉器鋪子裡，生命中不是在雕刻玉器，便是在去找玉器雕刻的路上，沒有時間陪伴親人，做不了自己想要做的事情？

她信以為真，結果入了段家狼窩，從原來的雕刻玉器，變成處理各地鋪子的瑣事。成堆的帳本，她同樣分身乏術！

「夫人，今日您要帶小姐去戲園看戲。」元寶在一旁提醒。

沈遇出征一個月後，段雲嵐病逝，白薇走馬上任，元寶跟在白薇身邊，做她的得力助手。

元寶陪著白薇成長，段雲嵐去世後，面臨各家的商賈取消合作，以及心懷野心想要取而代之的段家徒弟，她從不怯場。從舉步維艱到遊刃有餘，她只花了一年時間，便將「玉夫人」的名號打出去。

五年過去了，她將段家推上另一個高峰，現在提起段家，眾人便想到手腕鐵血、行事雷厲風行的「玉夫人」，眼中盡是讚賞和仰慕。

「是嗎？你不提醒，我都忘了。」白薇將公文一扔，伸個懶腰，拍一拍發僵的後頸。「誰再敢說西嶽之財，十之五六藏於段家，我得和他拚命！」

說到這裡她不得不感慨，好在當年玉器大比時，會長為表達歉意，給了她一塊印章，若有事可憑印章找他幫忙。若非他牽線搭橋，找來幾個商賈合作，僅憑她一己之力，這條路走得還要艱難一點，不會這般順暢。

元寶笑道：「這是事實呀！」

「你見過這麼富的人，睡得比狗晚，起得比雞早的嗎？」白薇翻一個大白眼，拍一拍手臂，起身離開書房。「我真想撂挑子，捲款逃了。」

元寶吹捧道：「您千萬別！咱們段家這成千上萬張嘴，全靠您養活呢！」千穿萬穿，馬屁不穿。

白薇站在太陽底下，認命地想著，她就是個勞碌命！

驀地，一個肉球撲到她的懷中。

「娘！您說今日要帶我去戲園子裡看唱大戲！」

白薇雙手托著她的腋窩，將粉妝玉琢的小奶娃娃抱在懷中，手指梳理一下她的小辮子。

「欸，現在就帶妳去。」

「去哪兒？」溫琰從外走進來，張開手臂道：「叔叔抱喜寶。」

喜寶抱住白薇的脖子笑道：「喜寶今日的分要娘抱！」

溫琰細長的眼尾上挑，捏一捏喜寶的鼻子。「小沒良心的，餵不熟妳！」

「餵得熟！可是溫叔叔和娘比，差這麼多。」喜寶伸出自己的小指頭，胖嘟嘟的拇指掐在小指指根處。

溫琰舌尖抵一下腮幫子，嘴角微微上揚，透著一點邪氣。「那妳爹呢？與他相比，我在前面吧？」

喜寶嘟著嘴，不高興地說：「爹爹是大英雄，他在外對抗敵人，他還是在溫叔叔前面喲！」

白薇看著喜寶維護沈遇，心中發酸。

沈遇一別已經五年，至今還未回來，只是平常會寄幾封信回來，還附贈了一張畫像，是他俊美無儔、威風凜凜的英姿，美其名為掛在閨女的床頭，別叫她不認得爹。

溫琰見白薇情緒低落，偏頭望向院子裡盛綻的桃花，低聲說道：「沈遇要回來了。」

白薇愣怔住，眼中滿是不可置信。「你說什麼？」

「沈遇打了勝仗，消息先一步傳到了京城。再過十天半個月，他便回京了。」溫琰垂目望著白薇蒙上一層水霧的眼睛，突然不想再多說。

白薇握緊的拳頭微不可見的在顫抖，她緊緊咬住牙齒，才不至於因為這突如其來的驚喜而激動得失控掉眼淚。這幾年白薇的一顆心一直懸著，戰場上刀劍無眼，她擔心沈遇會受傷，會……這回打了勝仗，一顆心總算塞回了肚子裡。

白薇親一親喜寶，臉頰貼上她白嫩的臉頰，他們一家終於要團聚了！

「娘，爹爹要回來了嗎？」喜寶雀躍地問道。

白薇眉眼溫柔。「是啊，喜寶想爹爹嗎？」

「想！糟糕，我沒有給爹爹準備禮物呢！娘，我們今日不去看戲了，我要給爹爹做禮物去。」喜寶從白薇身上滑下來，邁著小短腿，跑回自己的房間。

白薇也往廂房走去，準備將房間重新清掃、整理一番，這樣沈遇回來的時候，能夠住得舒適安心。

溫琰望著她忙碌的背影，嘖一聲。「等不了嗎？」

白薇笑道：「五年都等了，不差這半個月。別的我不求，他能平安地回來就好。」

她沒有說實話，五年都等了，如今驟然聽聞他凱旋而歸的消息，白薇是一刻都等不得了，莫說還要再等半個月。她得將準備下個月看的帳本全都看完，把時間填得滿滿的，才不至於太難熬。

她吩咐下人將院子打掃乾淨，再將屋子裡的用具給換上新的。

白薇拉開衣櫃，裡面的衣裳都是去年的款式。

每一年白薇都會給沈遇準備衣裳，只是男人一次都沒有穿。

來。
她著人去請繡樓的繡娘帶料子過來，親自挑選幾塊料子、報尺寸，讓她們儘早做好了送的東西。
溫琰坐在炕上，看著白薇指點江山一般，有條不紊地吩咐下人填補物具，皆是那個男人的東西。
「他回來，有這麼高興？」溫琰拿著玉握，慵懶地靠在大迎枕上，目光一瞬也不瞬地盯著白薇清美的面容，她臉上的笑容一直沒有落下。「我許久不曾見妳這般高興。」
白薇倒一杯茶道：「我與他情濃時分離，至此滿心都是牽念。不只我一個人在等他，還有喜寶和我一起掛念。他回來了，怎麼會不高興？」
溫琰低著頭，眼睛下垂，不知在想著什麼，沈默了良久。忽而，他抬頭，目光炯炯地道：「祝福妳。」
「謝謝。」
溫琰留到日暮，吃完晚飯才回去。
白薇牽著喜寶回房，打來一桶熱水給她洗澡，換上一身小褻衣。
「娘親，我想跟您睡。」喜寶一個翻滾，滾到白薇懷裡，柔軟的小手一下一下地撫摸著白薇的臉龐。「娘親，就這一回嘛！等爹爹回來了，您更不能和喜寶睡了！」
白薇心裡柔軟，尤其是聽聞沈遇要回來了，一個人睡終究心裡空落，便留下來躺在喜寶身側。

喜寶高興地縮成小團，依偎在白薇懷中。

白薇摟住喜寶，給她講一個小故事，聽著喜寶均勻的呼吸聲，低頭在她額頭上親了一下。一顆心像喜寶身上的肉肉一般柔軟，投下沈遇要回來的一顆火種，燒得她的心要化了。

她睜開眼睛望著帳頂，滿腦子都是沈遇。

這五年發生了很多事情，大哥中狀元，成為中書舍人，太子的心腹近臣。為了籠絡住大哥，太子妃親自牽線，將堂妹指給他，好在夫妻恩愛，如今大嫂快要臨盆了。

白離腳踏實地地做人，在石屏村做教書先生，兜兜轉轉，仍舊是娶了隔壁村那一位姑娘。

至於想要飛黃騰達、平步青雲的顧時安，在淩府門前一別之後，他知道威遠侯府大勢已去，拋棄了沈新月，另外走一條路子，想在京城謀一個缺位。因為南安王厭棄他，誰也不敢與顧時安沾邊，最後不知攀上誰，在地方上謀到了一個缺位。赴任時，沈新月雇人將他綁了，去年逃出來後，他趕赴任上，缺位早已被人頂替。他拿著文書尋知府大人，希望將缺位歸還給他，最後一頓刑罰加身，被扔了出來，差役將他的文書給撕碎，灑在他的身上，刺激得顧時安自此之後便神志不清、瘋瘋癲癲。他一生追求功名利祿，最後成為執念，一生也毀於此處。

所有善良的人都有了歸宿，為惡者也都有了報應。

一切都很圓滿，唯一遺憾的是沈遇不在身邊。

白薇心裡酸澀，吸一吸鼻子，斂去所有的思緒，將喜寶擁進懷中，臉頰磨蹭她柔軟的頭頂，醞釀睡意。不知過去多久，她終於沈沈睡過去。

門口傳來沈穩的腳步聲，緊接著門被推一下，門被拴住了。

動靜停頓了下，然後門葉被拆下來，一道高大彷佛山嶽般的身影邁進來，再若無其事地將門安裝上，裹挾著風塵，大步邁入內室。

一大一小頭抵著頭睡在床上，緊緊地抱成一團。

沈遇心裡空下來的一部分，瞬間被眼前的畫面填滿。

他半坐在床邊，就著清冷的月光，望著白薇的面龐。五年過去，她依然沒有任何變化，眉宇間多了幾分溫柔寧靜。而他在邊關，聽聞到她「玉夫人」的名聲，卻是一個凶而悍的女子。

沈遇的視線往下一落，看著孩子酣睡的面容，嘴角不禁上翹，鋒銳的目光柔軟下來。這小小的一隻，是他們的孩子。

他伸出一根手指，挑起孩子搭在白薇手臂上的小手，裹在寬大的掌心，入手十分柔軟。他小心翼翼的合攏手指，生怕會碰壞了一般。

小手似乎覺得癢，在他掌心軟綿綿的撓動一下，滑出來的一瞬輕輕抓住沈遇的手。那一種難言的感覺，令他心潮澎湃，想要將孩子抱進懷中，親一親她。

沈遇不捨地將手指抽出來，目光溫柔地望著他生命中最重要的兩個人。另一手，輕輕撫摸著喜寶柔軟粉嫩的臉頰，洶湧而至的幸福感令他彷彿像是踩在雲端一般，此生只想這般寧靜美好的守護著母女倆，寸步不離。

他抬著手指，將喜寶的手指放在唇邊親一下。

鬍子扎得喜寶縮回手，翻一個身，蹬開被子，攤開四肢仰躺在床上。

沈遇笑了，摸著她圓滾滾的小肚子，拉起被子蓋至她胸口，然後起身去洗澡。

洗去一身風塵後，沈遇躺在床邊，將白薇擁入懷中。

白薇腰肢一緊，後背跌入一個溫暖的懷抱，她不適地掙扎一下，藤蔓似乎將她纏得更緊，她伸手去抓，入手的觸感令她陡然驚醒過來，猛地側頭望去，撞進一雙落滿星光的眼眸。「沈遇？」白薇愣怔住，猶如置身夢中，抬手去碰觸他的臉，入手觸感溫熱，那般的真實。她撲進男人的懷抱中，緊緊地抱住他。「你回來了！終於回來了！五年了，時間太漫長，我快要撐不下去了……」她都想不顧一切地撂挑子，帶著孩子奔赴邊關去守著他，和他在一起！原以為還要再等半個月才能夫妻重聚，誰知一眨眼，他便已經在身邊。

白薇吻上他的唇角，兩個人緊密相擁，能夠感受到彼此的心跳聲，這才真切地感受到他回來了。

溫軟的身體入懷，沈遇所有的思念破土而出，這些年想她想得身體都發疼了。

如今重聚，再也無所顧忌，他要將所有的熱情全都獻給她。

沈遇將白薇抱起來，去了隔壁的房間。

日上三竿，白薇方才轉醒，身上有些痠疼。

她懵了一下，記憶回籠，朝旁邊望去，並不見沈遇的人影。

彷彿昨日種種，不過是一場春夢！

「阿遇？阿遇？」白薇赤足下床，抓起衣裳穿上，朝門口走去。

剛邁出門口，白薇就收住了腳。

沈遇坐在杏花樹下，石桌上鋪展著一張宣紙，擺放一方硯臺。他自背後將喜寶摟入懷中，握著她的手，正一筆一畫地教她描紅。

喜寶認真地在宣紙上寫下一個「爹」字，歪著腦袋左右看一遍後，轉頭朝沈遇說話。

沈遇低聲誇讚她，喜寶燦爛一笑。

日光籠罩在父女倆身上，和煦的春風吹拂枝頭，潔白嬌嫩的杏花似紛飛的白雪飄落在他們髮間，化去沈遇周身的鋒芒。

此刻的他沒有家國大愛，只是一個尋常的男人。他目光柔和，低頭在喜寶額頭上印下一吻。

白薇淺淺笑了，眼中一片溫情。

「娘親！娘親，您醒了！」喜寶掙開沈遇的懷抱，朝白薇奔跑過來，像歡快的鳥兒般撲進她的懷裡，聲音清脆地說道：「爹爹說等您醒了，我們一家人去戲園子看唱大戲！」她又嘛著嘴，眼巴巴地望著白薇。「娘，您昨晚又回自己的房間了。今天晚上要陪我睡哦！」

白薇點著她的鼻子。「妳是小大人了，要自己睡。」

「可是爹爹有好多個喜寶那麼大，您為啥陪他睡？」

白薇被問住了，她紅著臉，看向沈遇。

沈遇抱著喜寶道：「我們去戲園吧！」

「耶！現在就出發！」喜寶的注意立刻被轉移了。

白薇鬆了一口氣。

沈遇握住她脂膏般白皙細膩的手，一起去戲園。

喜寶特別喜歡沈遇，在戲園子裡一直膩在他身上。

沈遇對她似乎極為愧疚，因未能陪伴她成長，對喜寶簡直有求必應，就連吃飯都是沈遇一口一口地餵著吃。

等從戲園子出來後，已經暮色四合。

喜寶十分亢奮，並不覺得累，小手朝一個方向指去。「爹爹，我想去夜市！」

「好！」沈遇應下。

喜寶一左一右牽著白薇與沈遇的手，蹦蹦跳跳往前走，兩條辮子在腦後一甩一甩。

傍晚的風極為涼爽，攤販上的風車不停地旋轉。

喜寶跑去攤販前，拿起一個風車，舉著往前跑，晚風吹拂著，風車轉動了起來。

沈遇去付銀錢，白薇望著天邊的殘陽，雲蒸霞蔚，十分美麗。

「邊關的晚霞，有京城的美嗎？」

「很壯麗。」

「今後有時間，你帶我去邊關看一看？」白薇想去走一遍沈遇走過的路。

沈遇的目光蘊含著無限的柔情，她的笑容明媚，霞光漫漫灑在她的身上，掩映生姿。他心中悸動，低聲道：「好。」環上白薇的腰肢，薄唇印在她唇瓣上。「邊關清苦，大漠黃沙，除此再沒別的。」

白薇踮起腳尖，環著他的脖子，熱情地回應他。

萬家燈火在他們身後亮起，悠悠長街十分清幽，唯有喜寶清脆悅耳的笑聲迴盪在耳邊。

白薇依偎在男人的懷抱中，內心一片溫暖寧靜。

只希望餘生一家人能圓滿的在一起，再無分離。

——全書完

文創風
812

沖喜夫妻 3 完

國家圖書館出版品預行編目資料

沖喜夫妻 / 福祿兒著. --
初版. -- 臺北市 : 狗屋, 2019.12
冊 ; 公分. --（文創風）
ISBN 978-986-509-069-2（第3冊：平裝）. --

857.7　　　108018118

著作者　福祿兒
編輯　黃淑珍
校對　沈毓萍
發行所　狗屋出版社有限公司
地址　台北市104中山區龍江路71巷15號1樓
電話　02-2776-5889～0
發行字號　局版台業字845號
法律顧問　蕭雄淋律師
總經銷　知遠文化事業有限公司
電話　02-2664-8800
初版　2019年12月
國際書碼　ISBN-13　978-986-509-069-2

本著作物由瀟湘書院〈www.xxsy.net〉授權出版

定價250元
狗屋劃撥帳號：19001626
網址：love.doghouse.com.tw　E-mail：love@doghouse.com.tw